벗

벗

백남룡

아시아

차례

일러두기

1. 소설 본문은 띄어쓰기와 일부 부호를 제외하고는 북한의 어문법에 따르는 것을 원칙으로 삼았다.
2. 북한에서만 쓰는 단어와 남한에서 익숙하지 않은 단어가 처음 나올 때 괄호 안에 설명을 넣었다.
   예) 남새(채소), 눅거리(싸구려), 때벗이(촌티를 벗어남), 바늘잎나무(침엽수), 봉절(개봉), 왕청같은(전혀 엉뚱한)
3. 남한에서는 과도하게 사용하고, 북한에서는 과도하게 사용하지 않는 '두음법칙' '사이시옷' 등도 단어가 처음
   나올 때 괄호 안에 남한 어문법에 따라 표기하였다.
   예) 리혼(이혼), 리해(이해), 로동(노동)
       바위돌(바윗돌), 뒤바라지(뒷바라지), 해빛(햇빛)
       헤염(헤엄), 헤여지다(헤어지다)
4. 독자들의 편의를 위하여 책의 맨 뒤에 표기법이 다른 단어와 남한에서 익숙하지 않은 단어들을 가나다 순으로
   실어 찾아보기 쉽게 하였다.

벗

백남룡 지음

아시아

1장

그들의 사랑

1.

　시 인민재판소는 산간 도시의 변두리에 자리 잡고 있다. 맑은 창문들은 폭이 넓고 담갈색의 벽체는 주위 건물들보다 류달리(유달리) 환하다. 사회의 긍정이나 사람들의 아름다운 소행을 취급하지 않는 것으로 하여 사업 내용은 침침하지만 건물 표정은 밝다. 앞에는 키 낮은 전나무숲 공원이 있어서 주위에는 늘 신선한 공기가 흐른다.

　시내 주민들 중에는 재판소가 어데 위치하고 있는지 모르는 사람들이 많다. 건전한 경제도덕 생활, 사회륜리(윤리) 생활, 화목한 가정 생활을 하는 사람들은 여기에 올 일이 없는 것이다.

　정진우 판사는 지금 괴로운 심정에 휩싸여 리혼(이혼) 청구자를 건너다보았다. 남의 가정적 불행은 언제나 그의 가슴 속에 연추(납으로 만든 추)를 달아맨 헝클어진 그물처럼 무겁고 착잡한 생각을 불러일으키는 것이다.

앞 상 맞은 켠에는 연한 화장 내가 풍기는 삼십 대의 녀인(여인)이 고개를 떨구고 앉아 있다. 변호사가 출장 중이여서 며칠 후에 오면 리혼 상담을 할 수 있다고 말해주었지만 그 녀인은 가지 않고 여러 시간을 재판소의 복도에 뿌리내린 듯 서 있었다. 그래서 정진우 판사는 녀인을 불러들여 마주앉게 된 것이다.

흰 목을 시원히 드러내놓은 새 류행(유행)의 원피스를 입은 녀인은 울고 있었다. 곡선미 있는 어깨가 가냘피 떨었다.

정진우는 법률상담 문건에 펜을 놓고서 녀인이 진정하기를 기다렸다.

이름 채순희
년령(연령) 33살
주소 강안동 19반
직장직위

직업부터는 녀인의 설분(분한 마음을 풂) 감정의 분출로 하여 쓰지 못했다.

그러나 정진우 판사는 녀인의 직업을 잘 안다. 도 예술단의 성악배우, 중음가수이다. 몇 달에 한 번 정도는 극장 출입을 하는 그는 이 중음가수의 노래를 듣기 좋아했다. 넓은 강물 같은 성량과 부드러운 서정으로 관중을 선률(선율)의 세계에 끌어들일 줄 아는 가수였다.

비둘기 떼가 일시에 날아오르는 듯 열렬한 박수와 꽃묶음을 받군(곤)

하던 녀인은 관중이 모르는 가정적 뒤생활(뒷생활)을 재판소에 가지고 왔다. 무슨 사연일가(까)?… 부부간의 어떤 생리적, 육체적 부족점 때문인가?… 아니, 이 녀인에게는 아들이 있다. 정진우는 이따금 출근길에서 이 녀인이 귀여운 사내애의 손목을 쥐고 가는 것을 본 기억이 있다. 강안동은 그의 집에서 멀지 않은 단층 사택거리이다. 그렇다면 혹시… 남편이 다른 여자를 좋아해서가 아닐가?… 그는 치정 문제가 아니기를 바랬다. 성격상 차이나 시부모와의 관계 문제일지도 모른다. 만약 어떤 별치 않은(특별한 것이 없고 하찮거나 대수롭지 아니한) 언쟁으로 즉흥적인 분노에 떠서 경솔하게 재판소의 문을 열었다면 퍽 다행스러운 일이다. 결혼, 가정을 리상적(이상적)으로만 생각해오는 어떤 젊은 남녀들은 자그마한 곤난(곤란), 의견 상이들을 해소하지 못하고 가정의 '커다란 불행'으로 여기면서 찾아오는 것이다.

그러나 정진우 판사는 자기의 소박한 사업적 희망처럼 일종의 가벼운 문제로 이 녀인이 오지 않았음을 점점 느끼였(었)다.

애원과 결단성이 담긴 물기 젖은 눈, 그늘진 눈시울 언저리, 화장이 벗겨진 얼굴에 깃든 수심은 녀인의 마음 속에 평시의 깊은 고민이 루적(누적)되였음을 말해주었다.

한참 만에 녀인은 손수건을 꺼내여(어) 얼굴의 구석구석에서 설분의 흔적을 지웠다. 세련된 손가짐으로 머리를 쓰다듬어 정상적인 모습을 가꾸느라 애쓰더니 가벼이 한숨을 쉬고 미안한 듯 얼굴을 들었다.

"제 직업은…"

"알고 있습니다. 남편의 이름을 말해주시오."

"리석춘이라고…"

"나이는?"

"35살입니다."

"직장은…"

"강안기계 공장… 선반공입니다."

녀인의 음성은 흐느낌의 타성에선지 약간 떨렸으나 맑은 음색을 가진 가수의 목소리 그대로 고왔다.

정진우는 법률상담 카드에 활달한 필체로 기록하고는 물었다.

"자녀가 있지요?"

"아들이… 아들애가… 흑…"

녀인은 또다시 설음(서러움)이 콱 터져 흐느꼈다. 아들의 불행한 운명이 가슴을 움켜잡은 것이다.

리혼문제로 재판소에 찾아온 녀성들은 대체로 자식에 대해 말하기를 고통스러워한다는 것을 정진우는 판사 생활의 오랜 체험으로 감득하고 있었다. 갈라져야 할 남편과의 사이에서 생긴 아이에 대해 여느 때는 고민과 분노와 절망으로 생각지 않거나 될 대로 되라고 내쳐두었다가도 법 앞에 서게 되면 어머니라는 강렬한 의식이 들어 자식을 누가 데려갈가 봐 겁나하고, 두려워하며, 자식이 불쌍하다는 것을 통감한다. 그러나 아이를 리혼의 장애로 여기지 않는 녀인들도 있다. 그런 녀인들은 리혼할 절박성으로 하여 자기 후대(후손)의 운명에 대해 쉽사리 말해버린다.

"아들이 몇 살입니까?"

정진우는 누그럽게 물었다.

"일곱 살이예요."

"학교에 다니겠지요?"

"우리 앤 생일이 떠서… 올가을에 유치원을 졸업합니다."

녀인은 흐느낌을 삼키고서 이마 우(위)에 흩어진 머리 모숨(한 줌에 쥘 만큼을 세는 단위)을 쓸어 올렸다. 음성이 떨리지 않는 것을 보아 좀 진정 된 것 같았다.

"결혼은… 언제 했습니까?"

"그런 것도… 적나요?…"

녀인은 얼굴에 알릴 듯 말 듯 괴로운 미소를 지었다.

"부부라는 법적 담보(보장)를 받은 날자(날짜)니까 문건에 써야 합니 다."

"저… 그건… 1974년… 5월… 10일입니다."

녀인은 띠염띠염(띄엄띄엄) 말하고는 고개를 돌려 앞 상의 모서리에 눈 길을 주었다. 모름지기 추억이 많을, 오늘과는 상반되는 감정이 넘치던 과거의 그날을 애써 상기하지 않으려는 듯싶었다.

정진우는 서두르지 않고 결혼 년월일란에 적어 넣고서 녀인의 어깨 너머 벽에 걸린 월력을 쳐다보았다. 오늘이 4월 24일이니 달포 남짓이 있으면 이 녀인이 결혼한 지도 십 년이 된다.

"그래, 순희 동무는 리혼 주장이 뭡니까?"

"?…"

녀인은 판사의 말을 리해(이해) 못한 듯 잠시 의아쩍은 표정을 지었다.

"왜 남편과 갈라지려고 하는가… 말하자면 리혼 근거지요. 여기 문건에는 '리혼 청구 내용'으로 되였습니다."

정진우는 펜으로 문건에 방아를 찧으며 부드럽게 설명했다.

"저는… 남편과 의가 맞지 않습니다. 벌써 여러 해째 됐어요. 참고 참다가… 인젠 더는 그대로 살 수 없어요."

또다시 설분이 터질 듯 녀인의 입술이 파르르 떨렸다.

"어떻게 의가 맞지 않습니까?"

"…"

"일반적인 리유(이유)로써는 법률을 만족시킬 수 없습니다."

"못 살겠어요. 도저히!… 우린 잘못 결합되였어요. 성격이 정반대예요."

"남편은 어떤 성격입니까?"

"바위돌(바윗돌)처럼 말이 없고 감정이 없지요."

"감정이 없는 건 좋지 않지만… 입이 무겁다면 그건 남자의 첫째가는 장점으로 되지요."

"사나이답게 무거우면 제가 왜 탓하겠어요… 그러다가도 별치 않은 일을 언질 잡아서 구정물 같은 욕설을 막 들씌우지요(뒤집어씌우지요)."

녀인은 격정을 높였다. 울분은 피아노 연주가의 손길처럼 중음 구역에서 고음 구역으로 쉽사리 올라갔다. 그러더니 동정심을 일으키는 애잔한 절망으로 떨어졌다.

"판사 동지(동무의 높임말)… 저를 도와주세요… 전 그 사람과 정이 없이 사는 지 오래됐어요. 직장과 주위 사람들 보기가 부끄럽고… 아들애 걱정 때문에 재판소에 오지 못했어요."

정진우는 보온병의 물을 고뿌(컵)에 따라 녀인 앞에 놓아주었다.

"순희 동무… 좀더 차근차근 말해보오"

"전… 그 사람하고는 생활리듬이 통 맞지 않아요."

"리듬이라니?"

"전 음악 술어로 표현하고 싶어요. 가정불화의 어지러운 일들을 어떻게 그대로 말하겠어요."

"…"

정진우는 담배재(담뱃재)처럼 희슥한(빛깔이 좀 흰 듯한) 오리가 섞인 머리를 쓸어 넘겼다.

녀인은 비로소 오십 고개는 이르렀을 판사의 얼굴을 유심히 지켜보더니 퍽 진지하고 겸손한 어조로 말했다.

"판사 동지… 생각해보세요. 꽹과리 소리와 고요한 단소 소리가 화음이 맞겠어요? 그런 혼성이중창은 구성할 수 없잖겠어요?"

"예술작품에서야 그렇겠지요."

"생활을 떠난 예술이 없지 않습니까. 가정생활에도 그런 불협화음이 있으면 고통만 주어요. 남편은 저를 아주 경멸합니다. 인간적으로 말예요… 나중엔 옷차림까지 비난하지요. 우리 극장 동무들이 집에 찾아오면 문을 닫고 웃방에 올라가던가 아예 나가버립니다. 판사 동지, 그런 사람과 어떻게…"

정진우는 녀인의 말을 리해할 수 없어 반문했다.

"남편이 얌전한 안해(아내)한테 덮어놓고 그럴 수야 없겠지요. 무슨 불만이 있었겠는데… 그걸 말해보시오."

녀인은 살눈섭(속눈썹)을 내려 깔더니 화가 난 듯 원피스의 앞자락을 아래로 당겼다.

"모르겠어요…전 남편을 존경하지 않은 것도 없고… 늘 리해해왔어요…"

"순희 동무는 정이 없이 사는 남편을 어떻게 존경하고 리해해주었소?"

"?!…"

녀인은 저으기(적지 않게) 놀란 듯 눈섭을 치켜 올리고 판사를 쳐다보았다. 아름다운 눈이 초점을 잃고 허둥거렸다. 판사의 랭정한(냉정한) 눈길과 예리한 질문이 녀인을 당황하게 만든 것 같았다.

"저는 남편에 대한 의무엔 충실했어요. 선반기 돌리는 걸 지구덩이를 돌리는 것만치 큰 일로 아는 그 사람의 뒤바라지(뒷바라지)를 고분고분했고… 오 년씩이나 걸린 창안을 위해서 모든 걸 바쳤어요. 그 사람이 로임(노임)을 못 들여오건, 집을 돌보지 않건… 다 참고 생활을 했어요. 하지만 남은 건 모욕과 허무감이고 고통뿐이예요. 제가 더 참고 견디면서 산다면 재판소에 안 올 수도 있을 거예요… 아니, 아니… 그럴 수 없어요! 인젠 더는 못 견디겠어요. 저는 가수예요. 노래를 사랑하고 관중

을 사랑해요. 남편과의 고통스러운 생활 때문에… 저의 리상을… 앞날
을 희생할 수는 없어요.”

“로임은 왜 제대로 들여오지 못했소?”

“창안을 하면서 숱한 오작(잘못 만든 작품이나 물건)을 내고 공장재산에
손해를 끼쳤지요. 정직한 남편이니 변상을 한 거예요.”

녀인은 씁쓸히 웃었다. 태연하고 어딘가 경멸에 가까운 표정이였다.
리혼 소송의 본질적 주장이 금액상 문제에 있기나 한 것처럼 이야기가
번져진 것을 부정한다는 속대사가 충분히 짐작되였다.

정진우도 그런 생각을 하지는 않았다. 리혼 사건 심리의 구체성과 객
관성에 따라 사실 여부를 알고 싶어서 그렇게 물은 것이였다.

녀인은 손으로 앞 상 모서리를 닳도록 문질렀다. 속눈섭이 짙은 눈에
는 물기가 어렸고 그 투명체 속에서 결심이 확고한 검은 눈동자가 번쩍
거렸다.

“남편은 왜 같이 오지 않았소?”

“그 사람은 재판소에 오는 걸 수치로 여긴다고 했어요. 가정불화를 문
건에 기록하는 이런 곳에 찾아다닐 시간이 없답니다. 그렇지만 서로 갈
라지는 데 동의했어요.”

정진우는 리혼청구란에 녀인의 말들을 요약해서 적어 넣었다. 추상적
인 륜곽(윤곽)만 있는 주장이였다.

녀인은 자기의 주장이 엄숙히 씌여진 법률 문건을 이윽토록 바라보며
숨을 돋았다(몰아쉬었다). 현악기의 가느다란 줄 떨림 소리 같은 숨소리

가 입술 사이로 새여 나왔다. 한참 만에야 녀인은 조심스레 물었다.

"리혼 수속을… 언제쯤 하게 될가요?"

"리혼이란 게 무대에서 노래를 부르고 퇴장하는 것처럼 간단하지 않습니다. 가수 동무의 남편을 만나 사연을 알아보고 인민반과 직장의 반영을 들어보아야 합니다. 그리고 나서…"

"판사 동지는 제 말을 믿지 못하겠다는 겁니까?"

"법정은 한 사람의 호소에 대한 일방적인 믿음에 기초하는 것이 아니라 사실의 객관성과 공정성을 기초로 해서 론거(논거)를 세우게 됩니다."

정진우는 신중히 그루를 박았다(말을 다지거나 힘을 주어 단단히 강조하다).

녀인은 안타까운 듯 원피스 앞자락을 주무르더니 의자에서 몸을 일으켰다.

"판사 동지… 리혼시켜 주세요. 부디 간청해요. 제가 이렇게 재판소에 오기까지 고충을… 판사 동지는 리해 못 하실 거예요."

리혼 소송자들에게서 흔히 호소되는 말이였다.

정진우는 문건을 덮고 직업적 아량이 깃든 상냥한 표정을 지었다.

"순희 동무, 그럼 진정하고 돌아가서 기다리오. 그동안이라도 남편과 아들을 잘 돌보오. 리혼할 때는 리혼해도 도덕은 도덕이니까."

녀인의 살눈섭 긴 눈에는 이미 물기가 말랐다. 그는 교양 있게 인사를 하고서 문 쪽으로 걸어갔다.

문이 소리 없이 여닫기고 녀인의 구두소리는 복도로 멀어졌다.

방안은 고요하다.

늦은 봄의 따스한 해빛(햇빛)이 흘러들었으나 정진우는 아늑한 감을 느끼지 못했다. 녀인이 남기고 간 가정문제의 침침한 여운이 그의 마음 속에 짙은 그늘을 던진 것이다.

정진우 판사는 앞가슴에 두 팔을 얹고서 천천히 방안을 거닐었다. 널마루가 숨이라도 가진 듯 아픈 소리를 낸다.

그 소리를 집어삼키며 책상 우의 전화종이 찌르릉거렸다.

정진우는 송수화기를 들었다.

"판사 정진웁니다."

굵고 든직한 목소리가 귀가(귓가)에 울린다.

"도 공업기술위원회 채림입니다. 소장 동무는 어데 갔습니까?… 방에 전화가 나오지 않는구만."

"평양에 출장 갔습니다."

정진우는 어쩐지 채림이란 이름이 귀가에 익은 것 같았다.

"인차(곧) 옵니까?"

"수일 내로 올 것 같지 못합니다."

"그래요…"

상대는 아쉬운 듯 말꼬리를 길게 늘인다. 잇달아 나직한 한숨 소리가 들리는 걸 보아 뭔가 사정이 있는 모양이다.

정진우는 례의(예의)를 보였다.

"무슨 일인지 말씀하십시오."

"아… 내… 여기 위원장입니다."

"그렇습니까."

"다른 게 아니구… 오늘 거기에 리혼문제가 제기된 게 있잖습니까?"

"있습니다."

"채순희란 녀자(여자)가 왔댔는가요?"

"예…"

정진우는 귀를 기울였다.

상대는 아량 있는 목소리로 그를 어루만졌다.

"판사 동무한테 골치 아픈 일이 생겼겠습니다."

"괜찮습니다. 직업이 그런 걸요."

"그래 판사 동문 어떻게 하겠습니까? 리혼시켜 주시겠는가요?"

말투는 물음이 아니라 은근한 요구가 담겨져서 정진우는 기분이 언짢았다.

"위원장 동문 그들 가정에 어떻게 관계되는지 모르겠지만 우리 사업에 너무 즉흥적 관심을 나타내는 것 같습니다. 관심이 어떤 요구로 된다면 그건 재판소 사업을 간섭하는 걸로 됩니다."

상대는 대답이 없었다.

정진우는 부드럽게 말했다.

"녀자의 말만 듣고는 결론을 내리지 못합니다. 사연을 잘 알아보고 공정하게 사건을 해결해주자면… 아마 시일이 걸릴 껩니다."

"판사 동무, 내 래일(내일)이나 모레쯤 찾아가도 되겠습니까?"

"아무 때건 오십시오."

정진우는 송수화기를 놓았다.

막연한 불안이 엄습해왔다. 그것은 전화줄을 타고 온 도 공업기술위원회 위원장이란 사람의 보이지 않는 인상에서 오는 것이였다. 사유보다도 결론에 조급히 관심을 나타내는 거며, 직위의 위압감이 느껴지는 점잖은 말투며, 소장을 찾은 것이 다 그런 인상을 종합해주었다. 사법상 문제를 직권이나 안면 관계를 리용(이용)하여 유리하게 풀 수 있다고 기대를 가지는 어리석은 사람들을 가끔 보아온 정진우는 전화를 건 일군(일꾼)이 그런 사람이 아니기를 바랐다. 원칙과 융화를 술처럼 뒤섞어 마시는 그런 사람들의 방조 행위는 리혼문제 자체보다도 훨씬 큰 부담을 판사에게 지우는 것이였다.

정진우는 무거운 걸음으로 다가가 쏘파에 몸을 실었다. 눈을 감고 있으려니 낯익은 이름이 다시금 떠올랐다. 채림… 좋은 일로 기억된 이름이 아닌 것 같다. 언제 무슨 사건 때 취급된 인물인가… 이름이 두 글자고 잘 구별되여서인가… 아, 그렇지. 정진우는 생각났다. 채림… 전기문화용품 공장의 판매 과장, 풍채 있는 미남자, 안해의 행실이 나쁘다고 리혼 소송을 한 사람… 끝내 갈라지고 말았지. 정진우가 리혼 판결을 내렸다. 그것은 6년 전의 일이다.

그날, 법정에는 사람들이 적었다. 법제단 가운데 자리에는 정진우 판사가 앉고 두 사람의 인민참심원(판사와 같은 권한을 가지고 재판 사건의 심리

과정에 직접 참여하는 인민의 대표자)과 검사와 서기가 앉았다. 방청석은 휑뎅그렁(넓은 곳에 물건이 아주 조금밖에 없어 잘 어울리지 아니하고 빈 것 같은 모양)하였다. 친척들 외에는 리혼 재판에 흥미를 가지고 찾아온 사람이 없었다. 맨 앞줄에는 채림이 희멀끔(희고 멀끔한 모양)하고 살집 좋은 얼굴을 들고 앉아서 법제단에 앉은 사람들과 배경에 엄숙히 드리운 국기와 국장을 멀쩡히 바라보고 있다. 무표정한 그 얼굴에서 절망이나 번뇌의 흔적은 찾아볼 수 없었다. 채림의 곁에는 그의 안해가 고개를 숙이고 자기의 공민적 생활에서 유감스러운 사변을 기다리며 앉아 있었다. 아마도 그들은 일생에 마지막으로 나란히 함께 앉을 것이다.

정진우는 어리무던한(사람됨이나 마음씨가 어질고 무던한) 안해의 '행실'을 걸어서 리혼의 위장물로 삼은 채림에 대해 분개하고 있었다. 안해가 직장의 생산지도원과 저녁 퇴근길에 몇 번 같이 온 것이 무슨 잘못이란 말인가. 집이 한 방향이고, 동지적으로 즐거운 말이나 사업상 이야기를 할 수 있지 않은가… 그런데 안해를 걸고 들고, 따지고, 손찌검까지 하다니!… 정진우는 채림이 제기한 리혼 소송의 본질적 근원이 거기에 있지 않음을 사건 심리에서 간파했다. "병맥주를 덮여서 손님상에 놓는 때벗이(촌티를 벗어나지) 못한 촌뜨기 녀자…", "키 작고 용모가 보잘 것 없고", "사교성도 지성도 없는…" 녀성을 출세 전도가 양양한 공장의 일군이 데리고 살 수 없다는 것이 리혼 소송의 진짜 본질적 주장인 것이다. 이 따위 부르죠아적 사상잔재, 인습, 관점의 소유자가 제기한 부당한 리혼 소송은 기각을 하고 강한 통제와 투쟁을 벌려야 했다. 안해를 구타한 데 대해서는 형사책임까지 추궁하려 했으나 공장에서 해당한 대책을 세우려 하므로 그만두었다.

채림의 안해… 감히 얼굴을 들어 법제단을 바라볼 용기조차 없는 녀인, 그는 젊은 남편이 도시에서 대학을 다니는 동안 군 산림 경영서에서 일했다. 뙤약볕에 그슬고 바람에 트고 눈비에 젖으면서 어린 나무들을 키우느라 험한 산발을 타고 다녔다. 매달 타는 생활비는 자기가 쓸 것을 조금 내놓고는 꼬바기(꼬박) 남편에게 보내주었다. 다른 녀성들처럼 철따라 옷을 해 입지도 않았고 치장을 하지도 않았다. 산에서, 숲에서, 골짜기에서 일하는 데 나들이 옷이나 좀 있으면 되지 더 필요가 없다고 여겼다. 그의 념원(염원)은 남편이 대학을 졸업하고 훌륭한 기사로 되는 것이였다. 그러면 어느 공장지구에 집을 잡고 오붓한 가정생활을 할 수 있는 것이다. 녀인은 그때를 기다리며 수년간 어린 총각애(사내아이를 살갑게 부르는 말)와 딸을 나무들과 함께 키웠다. 그러나 녀인의 소박한 꿈은 실현된 지 몇 해 못 가서 물거품처럼 부서졌다. 그가 사랑하고 마음 속에 간직해온 남편은 그런 사람이 아니였다. 남편한테서는 심금을 울리는 따뜻한 말을 들어보기 어려웠다. 촌에서 올라온 그에게 도시생활에 어울리는 새옷 한 벌 해주지 않았다. 그 녀자는 한 번도 남편의 마음 속에, 진정 속에 들어가 보지 못하였다. 남편은 가슴의 문을 열어주지 않았다. 이따금 열릴 때면 빈 창고에서처럼 랭기(냉기)가 풍겨 나왔다. 남편은 자기를 안해가 아니라 식모로, 아이보개(보모의 낮춤말)로 여기는 것 같았다. 그러나 녀인은 남편의 직위가 존엄스럽고 사업이 다망

하다는 것을 리해하고 자기를 위안하였고, 아이들과 사랑을 나누며 살 았다.…

정진우 판사는 그 녀인이 불쌍하였다. 그래서 녀인의 인권을 위해 사 건을 기각하지 못했다. 녀인이 조금이라도 반대 의사를 표명했더라면 리혼시키지 않을 것이였다. 그러나 재판심리 단계에서 녀인의 호소는 뜻밖에도 강렬하였다. 그 여자는 남편의 '사랑'을 더 바라지 않았다. 잊 어버린 지 오랬다. 보통 인간적 대접을 받고 싶어 했으나 그것도 없었 다. 멸시와 모욕과 구속뿐이였다. 그 여자는 남편과 더 살 수 없음을 조 용히 부언했다. 주근깨가 돋은 두 볼로는 눈물이 걷잡을 수 없이 흘러내 렸다. 슬픔 속에서 인생을 후회하고 총화(일 전체를 한데 모아 결산함)하는 눈물이였다. 느낌에 떨리는 가느다란 목소리와 연약한 의지의 눈물이 지만 새 생활과 앞날에 대한 굳센 지향이 느껴졌다. 산 속에서 손바닥이 두꺼워지며 굳세게 일해 온 그 녀인은 들국화처럼 찬서리 치는 시들은 풀숲에 피여날 수 있는 것이였다.

정진우는 법률의 힘으로 녀인의 인격과 의사를 존중해주어야 하리라 고 생각했다. 정신도덕적, 인격적 측면을 구속하는 낡은 사상, 인습과 관념으로부터 녀성을 보호하는 것은 우리 법의 사명인 것이다.

정진우는 리혼 판결을 내렸다. 가슴이 아팠다. 사회라는 유기체의 한 세포가 파괴된 데서 오는 무거운 자책감과 함께 자녀들에 대한 걱정은 더욱 떨어버릴 수 없는 것이다. 재판이 있기 며칠 전에 그들 오누이는 정진우 판사의 방에 불려왔다. 오누이는 정진우가 내준 두 의자에 얼마나 꼭 붙어 앉았는지 한 의자는 그대로 비였다. 계집애는 열 살이고 총각애는 일곱 살이였다. 한 학교에 다녔다. 정진우는 아이들을 괴롭히고 싶지 않아 될수록 간단히 담화했다. 인제는 어머니와 아버지가 한 집에서 살지 않고 영영 헤여지게 되는데 너희들은 누구와 살겠느냐?… 자녀 양육은 그 애들의 장래를 더 잘 담보해줄 혈친 쪽으로 하지만 그래도 어린 당사자들의 의향을 존중하고 참작해야 하는 것이다.

오누이는 판사의 질문이 너무나 가혹하고 운명적인 데 놀라서 선뜻 대답하지 못했다. 아버지와 어머니의 불화가 이런 결과를 빚어낸다고는 도저히 생각지 못한 애들이였다. 한참 만에야 계집애가 눈물이 비 오듯 하면서 입을 열었다.

"난… 난… 어머니와 살겠어요."

"나두… 어머니하구… 누나와 떨어지지 않을래."

총각애가 황겁히 대답했다.

…

정진우 판사는 오누이 목소리가 귀가에 들리는 듯싶어 그만 쏘파에서 몸을 일으켰다. 더 회상하지 않으려고 했으나 아이들의 모습은 눈앞에서 사라지지 않는다. 그날의 법정에서 판결은 딸애만 어머니가 키우고 아들애는 아버지가 양육하도록 했다. 어머니한테 가면 좋을 것이였으나 녀인에게 부담을 지울 수는 없었다. 아들애의 물질생활 면과 관련된 장래도 고려해야 했다. 그리하여 오누이마저 갈라졌다.

그것은 6년 전 일이다. 여섯 해라는 세월이 흘렀다. 정진우는 그 후 그들의 생활을 잘 알지 못했다. 채림은 인차 다른 젊은 여자를 안해로 맞았으나 녀인은 재가하지 않고 딸애를 데리고 살아간다는 것만 알았다. 지금 처녀애는 열여섯 살이고 총각애는 열세 살 일 것이다. 한 도시에서 살면서도 만나기 힘들었다. 몇 해 전엔가 우연히 거리에서 만났지만 그 녀인이 황황히(어쩔 줄 모르고) 피해 가는 통에 물어보지도 못했다. 하긴 그들이 어떻게 살건 간에 다시 소송이 제기되지 않는 이상 판사나 재판소가 관심할 일이 아니였다. 겹쌓이는 일거리에 부대끼다나니(사람이나 일에 시달려 크게 괴로움을 겪으니) 관심을 두지도 못했다. 그러나 정진우 판사는 지난날 자기가 관여한 하나하나의 사건들과 사람들을 잊지 않고 있었다. 사건이자 사람의 운명문제였고, 판사의 공정하고 힘 있는 론리(논리)와 증오와 사랑의 감정을 필요로 하는 것이며, 따라서 그만큼 기억에 뚜렷한 자욱을 남기는 것이였다.

채림… 도 공업기술위원회 위원장… 과연 그 사람일가?… 사생활에서 그런 아름답지 못한 과거를 가지고서도 재판소에 다시 오겠는가? 하긴 그때의 채림이 경질되지 않았다면 충분히 다른 사람의 리혼문제와 같은 일에 면구스러움을 모르고 얼굴을 들이밀 수 있으리라고 생각되였다. 순박한 안해의 사랑과 의리를 배반하는 사람이니 지난날의 마음 속 상처쯤은 쉽사리 메꿔버렸을 것이다. 그렇다면 그가 채순희와 친척 간인가?… 아니, 이름이 같은 다른 사람일 수도 있지 않은가… 정진우는 불쾌한 상념에서 벗어나고 싶어 방안을 거닐었다. 널마루가 삐걱거렸다.

2.

저녁 무렵에는 예견치 않은 비가 내렸다.

산간지대 날씨의 변덕이다.

정진우 판사는 사무실에 우산을 두지 못했다. 비가 멎기를 기다릴 수는 없었다. 강안동 19반은 퍼그나(퍽) 가야 하지만 집으로 가던 길에 들릴 수 있었다.

그는 잎사귀가 피기 시작한 방울나무들 밑으로 뛰다싶이(뛰다시피) 걸었으나 얼마 후에는 앞머리에서 비물(빗물)방울이 떨어지고, 어깨와 잔등이 축축해옴을 느꼈다. 차거운 비였다.

개울창이 흐르는 크지 않은 세멘트 다리를 넘어서자 단층사택들이 질서 있게 늘어섰다.

비옷을 입고 사출장화를 신은 처녀가 정진우의 머리 우에 우산을 높이 들고 서서 친절히 가리켜주었다.

리석춘의 집은 두 칸짜리 아담한 기와집이였다.

부엌문 곁에는 예닐곱 살 되는 총각애가 비에 젖어 떨면서 처마에서 흘러내리는 락수물(낙숫물)에 눈길을 팔고 있었다.

그 옆에는 아이처럼 비를 맞은 누런 개가 턱을 멍하니 쳐들고 앉아서 다가오는 사람을 지켜본다. 털이 비에 젖어 귀찮은지, 성미가 누그러운지 짖지도 않는다.

정진우 판사는 마당에 들어서며 물었다.

"너 이 집 애냐?"

"아저씬… 어데서 왔나요?"

대답을 생략하고 묻는 것을 보니 똑똑한 애라는 생각이 대번에 든다.

아이는 비에 젖은 머리가 이마 우에 착 달라붙었고 닭의 살이 돋아 솜털이 일어선 통통한 볼에는 보조개가 패였다. 분명히 어머니를 닮은 듯싶은 큰 눈에는 순진한 호기심과 함께 그 나이에 어울리지 않게 불안과 의혹이 서려 있었다. 화목하지 못한 가정에서 자란 아이의 지나친 조숙성이였다.

"나 말이지?…"

직업적 관찰력으로 아이를 눈여겨보던 정진우는 말꼬리를 흐렸다. 천진한 아이에게 싸움질하는 어머니와 아버지를 공정하게 평가하고 처리하는 재판소가 있다는 것을 말해줄 수는 없었다.

"난… 너의 아버지 직장에서 왔다."

아이는 눈시울을 쪼프리며(찌푸리며) 재채기를 두어 번 하고 나서 의문스레 말했다.

"아버진 직장에서 오지 않았는데…"

총각애는 판단력이 예민하다.

"허, 똑똑한데… 난 말이다. 좀 먼저 왔다. 너의 아버진 아마 선반기 청소를 하구 쇠밥도 걷어내구야 올 게다."

총각애는 믿음성 있는 눈초리로 정진우를 보았다.

"아저씨도 선반을 하나요?"

"음… 그 비슷한 기계를 돌려… 넌 올가을에야 유치원을 졸업하구 학교에 붙지?"

"생일이 늦어 그래요."

총각애는 어른처럼 나직이 한숨을 쉬였다.

"네 이름을 어떻게 부르니?"

"리호남이예요."

"그래. 호남이… 집에 아무도 없느냐?"

총각애는 머리를 끄덕이고서 한걸음 비켜섰다.

그제야 정진우는 부엌문 고리에 걸린 자물쇠를 보았다.

총각애는 재채기를 연방하더니 기침을 짖었다(하였다). 아이의 얼굴이 숯불빛이 되였다.

정진우는 더럭 걱정이 들어 총각애의 젖은 이마를 짚어보았다. 불 땐 아래목처럼 따끈했다.

"너 감기 들었구나. 옷까지 젖어서 어찌겠니… 아프지?"

그래도 총각애는 아니라고 머리를 가로 흔들었다.

정진우는 옆집들을 살펴보았으나 아직 퇴근하지 않았는지 쇠들이 잠겨 있었다. 그가 망설이고 있는데 울바자 저쪽에서 아까 그에게 집을 가리켜주던 사택마을 처녀가 오고 있었다.

정진우는 울바자 곁에 이르자 머밋머밋 다가오는 처녀에게 물었다.

"동문 집이 어디요?"

"여기서 좀더 가야 합니다. 저기 강변사택에…"

"인민반도 다르겠군."

"예…"

"처녀 동무, 한 가지 부탁하자구. 이 집 부몬가 오거든 내가 애를 데려 갔다구 말해주오."

정진우는 호남이가 들을 수 없게 나직한 목소리로 자기가 판사라는 것과 집주소를 대주었다. 호남이 아버지도 만나고 인민반장과도 담화하려던 계획은 미루어야 했다.

총각애는 줄기침을 해댔다.

정진우는 손수건을 꺼내여 총각애의 젖은 얼굴과 머리를 닦아 주었다.

"호남아, 너 우리 집에 가 기다리자. 여기서 멀지 않아."

총각애는 정진우가 미덥게 여겨졌던지 순순히 손목을 맡기고 따라 선다. 조그만 장화 안에서 빗물이 꿀쩍거렸다.

정진우는 애의 장화를 벗겨 비물을 찌우고 신겼다. 아이는 또 기침을 한다.

"업을가?"

"응…"

애는 몸이 지쳤는지 정진우의 잔등에 덥쑥 실렸다.

개가 불안해서 꼬리를 저으며 따라 나선다.

"곰이, 넌 있어… 아저씨, 곰이를 데리고 가면 안 될가요?"

"딱한데… 우리 집은 아빠트 3층이란다."

"곰이, 넌 있어. 인차 올게."

개는 꿍꿍거리며 꼬리를 사리더니 도로 부엌문 곁에 주저앉았다.

비살(빗살)이 좀 가늘어져서 우산이 없는 그들이 걷기엔 퍽 다행스러웠다.

아이는 여덟 살치고 무거운 편이였다. 이미 축축해진 정진우의 잔등에 애의 젖은 가슴이 달라붙어 끈끈해나더니 곧 뜨끈해진다. 아이의 체온이 높은 것이였다. 정진우는 물탕을 철벅거리며 걸음을 다우쳤다(다그쳤다). 나무가지(나뭇가지)들에서 비방울(빗방울)이 뚝뚝 떨어진다. 목덜미에 차겁게 떨어지는지 아이는 목을 움츠리고 정진우의 잔등에 코를 박았다.

"얘 호남아,"

"응?"

"너 예술단 유치원에 다니니?"

"응."

"왜 집에 혼자 오군 하느냐?"

"난… 큰 애예요."

"허, 예술단 유치원이 멀지 않느냐. 그래서 다른 애들은 어머니나 아버지의 손을 잡고 오지?"

"난… 일… 없어요."

서글프고도 퉁명스러운 대답이다. 부모의 다심한 정을 그리워하는 마음이 순진한 질투 속에 비껴 있었다.

"얘, 넌 어머니가 좋으냐… 아버지가 더 좋으냐?"

정진우의 목과 귀등에 아이의 단 입김이 스친다. 총각애는 그의 목덜미에 얼굴을 박고 근근해 있더니 가만히 속마음을 터놓았다.

"둘 다 좋아."

"!…"

의가 나쁜 부모의 틈사리에서 유년기의 밝은 감정을 억제당하면서도 어느 한 편을 긍정하거나 부정하지 않는 아이의 속궁냥(속궁리)이 갸륵하였다.

정진우는 아이의 엉뎅이를 추슬러 올렸다.

비를 맞으며 한동안 걸었다.

총각애는 잠자코 엎드려 있다. 잔등이 뜨끈해오는 걸 보니 열이 더 나는 것 같았다.

정진우는 요즘 안해가 출장길에서 돌아와 집에 있는 것이 다행스레 생각되었다. 지금쯤 남새(채소)연구소에서 돌아와 저녁까지 차려놓았을 것이다. 집에 있을 때는 언제나 식탁을 정성껏 차리는 안해이니 이 총각애한테도 무언가 맛좋은 별식을 대접할 수 있을 것이다. 그 다음엔 안해와 같이 아이를 더운 물에 씻어주고 약도 먹여 따뜻한 아래목에 눕히면 시초감기는 떨어질 것이다. 그리고 나선… 리석춘이를 만나볼 겸 공장에 전화를 걸가?… 채순희가 사택마을 처녀한테서 들으면 먼저 올지도 모르지….

정진우는 아빠트 현관에 들어서서야 호남이를 내려놓았다.

아이의 손목을 잡고 계단을 올라 집 문 앞에 이른 그는 가슴이 덜컥했다. 문에 쇠가 잠긴 것이다. 그는 신문통에서 열쇠를 꺼내여 문을 열었다.

부엌에서는 남편이 집에 들어설 때 느끼는 안해의 체취와 음식들의 냄새와 온기가 혼합된 그런 저녁 훈향이란 조금도 없었다.

호남이를 더운 물에 씻어 주고 구미에 맞게 저녁을 먹이려던 계획은 허물어졌다.

정진우는 책상 우에서 안해의 필적인 글쪽지를 집어 들었다.

미안해요. 난 급히 연수덕으로 떠나요. 뻐스가 있어요. 이 비 뒤끝에 날씨가 차지고 예견치 않은 늦서리가 내릴 것 같다고 해요. 눈도 올지 몰라요. 시험분장의 숱한 모종들이 근심돼서… 량해(양해)하세요. 저녁도 못 지었어요.

정진우 판사는 화가 불쑥 치밀었다. 언제 량해를 해서 주부 노릇을 했던가?… 온몸이 비에 젖고 보니 그 량해란 말이 더욱 비위를 거슬리고 부아를 돋구었다. 이십 년이 넘는 가정생활에서 연구사업을 하는 안해 대신 어쩌는 수 없이 주부 역을 담당했던 날들이 순식간에 꼬리를 물고 련상(연상)되였다. 사람들의 눈에 크게 띄지 않는 성과나 좀 거둔 연구사업, 고산지대의 남새재배… 오십 고개 밑에 이르도록 안해의 연구사업을 위해 언제까지 이런 앞치마 생활을 참아가며 해야 될 것인가.

"아저씨네도 엄마가 늦게 와요?"

신발장 옆에 어리둥절해서 서 있던 총각애가 지루한 정적을 참지 못해 물었다.

정진우 판사는 황황히 얼굴에 친절한 주인의 표정을 지었다.

"이 집 엄만 출장 갔다. 어 꼬마손님, 장화를 벗었으면 어서 들어오라구."

총각애는 쭈밋거리며 방안에 몇 걸음 걸어오더니 깨끗한 장판방에 찍힌 제 어지러운 발자국을 보고는 부끄러운 듯 얼굴을 붉혔다.

정진우는 웃음을 지었다.

"일없어. 어려워말구 어서 젖은 옷부터 벗어라. 나하구 같이 더운 물에 씻자."

젖은 웃옷을 벗은 정진우는 총각애가 옷 벗는 것을 도와주었다. 아이는 속옷까지 젖었다. 정진우는 가마의 더운 물을 떠놓고 아이를 다심스레 씻어주었다. 군대 나간 아들 하나인 그는 갑자기 호남이한테 갈아입힐 옷이 없어 따뜻한 아래목에 앉히고 털요포로 몸을 감싸주었다.

감기약을 먹고 따가운 물을 불어가며 마시고 난 호남이는 인차 요포 속에 노그라졌다.

정진우가 저녁밥을 안치고 방안에 올라오니 총각애의 보조개 패인 볼과 이마에 땀방울이 송골송골 내돋았다. 열은 더 오르지 않았다. 제때에 치료되는 것 같았다.

정진우는 마음이 놓여 아빠트 밑층에 있는 책방 사무실에 내려가 전화를 걸었다. 강안기계 공장의 가공직장장은 리석춘 선반공이 아직 퇴근하지 않았다고 했다. 정진우는 아들애가 있는 자기 집 주소를 대주고 인차 보내달라고 부탁했다.

밖에서는 비가 세차게 내렸다.

정진우는 아빠트 계단을 천천히 올라왔다. 마음이 무거워졌다. 이제부턴 혼자 끓여먹고 일 다니면서 웃방의 '남새온실'을 관리해야 한다. 습도와 온도를 재면서 물을 주고 가꿔줘야 한다. 생육 변화를 관찰일지에 구체적으로 적어야 한다.

안해가 연수덕이나 또 다른 곳으로 출장갈 때마다 그 일은 집에 있는 정진우에게 차례져서 인제는 례사(예사)로운 일로 되였다. 그래서 안해는 글쪽지에 '남새온실'을 당부하지 않았지만 "미안해요.", "량해하세요."란 의미 속에 포함시킨 것이다. 머리에 서리가 내린 지금에도 그런 부탁이다.

정진우는 총각애를 데리고 집에 들어섰을 때처럼 결이 나고 안해에 대한 까닭 모를 불만이 솟구쳤지만 어쩌는 수 없었다.

3.

정진우 판사는 집에 찾아온 리석춘 선반공과 마주앉았다.

중키에 얼굴은 순박해 보이나 조각상처럼 표정이 박력 있었다. 눈빛은 부드럽고 유순했다. 쇠를 다루던 두껍고 마디 굵은 손이 털요포 속에

36

서 혼곤히 담든 아들애를 쓰다듬을 때는 가늘게 떨렸다. 선반공은 방안이 무너지게 한숨을 톺았다.

"판사 동지… 리혼하게 되면 애는 어쩝니까? 법에서는 처한테 애를 주겠지요?"

"법조문에는 그런 것이 없소. 아이의 양육과 장래에 유리한 쪽에서 맡게 되여 있소."

"그럼, 이 앨 내가 데리고 있게 해주십시오. 부탁입니다. 내가 잘 키우겠습니다."

"가정을 똑똑히 운영 못 하는 아버지한테 말이요?…"

"글쎄… 거야 사실이지요. 할 말이 없습니다. 그렇지만 애만은 담보합니다."

"석춘 동무, 흥분하지 마오. 여긴 법정이 아니요. 맘을 가라앉히고 말해보시오. 어째서 생활리듬이 맞지 않는지… 되도록이면 안해를 사랑했던 먼 과거부터 시작해보시오."

리석춘은 '생활리듬'이란 말이 안해의 입에서 나온 것임을 느꼈는지 쓰거운 미소를 지었다. 그는 정진우가 권하는 담배를 어줍게 붙여 물고 나서 잠든 아들애를 물끄러미 바라보았다. 유순하고 부드러운 두 눈에 추억의 짙은 음영이 깃들었다.

"내가 맨 처음 그 사람을 만난 것은… 초산군의 철제일용품 공장에 이동작업을 갔을 때입니다. 십 년 전의 일이지요. 우린 셋이였습니다. 나하구 조립공 두 사람인데… 그 철제일용품 공장에 우리 강안기계 공장에서 만든 선반기와 후라이스, 원통연마반들을 설치해주고 가능하면 운전공들의 기능 양성까지 해주고 돌아오라는 과업을 받았습니다…"

…월말에 철제일용품 공장 회관에서는 분기 생산총화를 지은 뒤에 혁신자들을 축하하는 모임이 있었다.

강안기계 공장에서 온 손님인 석춘이는 다른 두 명의 조립공들과 같이 무대에 불려 올라갔다. 철제일용품 공장의 소박한 사람들은 자기들을 성심껏 도와준 석춘이네를 공장 생산혁신자들보다 먼저 축하해주려는 것이었다.

석춘이는 얼굴이 수수떡처럼 붉어지고 어리둥절해져서 박수 소리가 끓는 객석을 내려다보았다. 자기가 해온 평범한 일에 대한 보상과 명예를 모르는 그의 마음은 갑자기 불안하기도 하고 기쁘기도 하였다. 그리하여 흔들린 마음은 정직하고 성실한 보금자리를 떠나 어데론가 둥 날아가 버릴 것만 같았다. 발은 목타일을 깐 무대바닥에 붙어 있는 것 같지 않았다.

객석 사이로 꽃묶음을 든 세 처녀가 무대 쪽으로 올라오고 있었다.

맨 앞에 선 몸매가 늘씬하고 이마가 시원스레 열린 처녀는 마찰프레스 운전공인 채순희였다. 처녀의 몸을 안개처럼 감싼 모스린(얇고 부드러운 면직물인 머슬린) 치마저고리는 아름다운 얼굴과 몸에 황홀하게 어울렸다. 그 처녀가 든 꽃다발은 마치 그의 부풀은 가슴에서 피여난 것 같았다.

순희를 알아본 순간부터 석춘이는 둥 뜨던 마음이 훌 가라앉고 긴장해졌다. 무슨 죄나 지은 것처럼 가슴이 두근거리기 시작했다.

'제길할, 하필 저 처녀가 꽃다발을 들고 올 게 뭐람.'

그는 순희 쪽을 보지 않으려고 애썼다.

순희와는 별로 다정히 사귀지 못했지만 한 달 남짓한 기간 석춘의 마음 속에 점점 깊이 자리 잡은 처녀였다. 먼 거리 뻐스를 타고 처음 이 산촌읍에 내렸을 때 석춘이네는 거리에서 우연히 만난 순희의 안내로 공장을 찾아가게 되었다. 읍거리가 그닥 넓지도, 복잡하지도 않아서 가리켜주면 될 것이었지만 처녀는 공장을 대표해서 맞이해 주기라도 하듯이 친절을 베풀었다. 그래서 공장 지배인은 경리지도원도 아닌 순희에게 석춘이네를 공장 합숙에 자리 잡도록 도와주라고 부탁하기까지 했다. 그날 밤, 석춘이는 합숙방의 침대에 누워 낯선 고장이라는 감은 조금도 느끼지 못하고 제집처럼 잠을 푹 잤다. 아침에 창문으로 해살(햇살)이 비쳐들 무렵에 눈을 뜬 석춘이는 대뜸 어제 만난 처녀를 생각하게 되었다. 왜 그 처녀가 머리속에 떠올랐는지 알 수 없었다. 타 고장에서 만난 첫 사람이여서인지… 아니면 처녀의 류창한(유창한) 목소리와 어글어글한 눈, 구김살 없는 살뜰한(자상하고 지극한) 미소와 례절(예절) 있는 활달한 몸가짐과 행동이 그의 젊은 가슴에 지울 수 없는 인상을 남겼는지… 들꽃처럼 수수하고 볼수록 아름다운 용모에 반해버렸는지… 일어나 창문을 여니 따뜻한 해빛과 신선한 공기가 그를 포옹했다. 어데선가 멀지 않은 곳에서 산골물 흐르는 소리가 경음악처럼 들려온다. 마음이 까닭 없이 설레이고 기뻤다. 자연의 청신함과 더불어 생활에 대한 신심, 희망이 가슴 뿌듯이 느껴졌다. 석춘은 자기의 이런 생신한 감정과 열정이 그 처녀 때문에 솟아난 것만 같았다.

공장에 나간 석춘이는 마찰프레스 곁에서 작업 준비를 하고 있는 순희를 보았다. 진갈색 작업복을 단정히 입은 순희는 그에게 "밤새 안녕하셨어요?" 하고 상냥하게 인사를 건늬였다(건넸다). 어제와 다름없는 미소, 음성, 표정이였다. 석춘은 공연히 프레스 곁에서 서성거리며 소재를 작업대 우에 옮겨 놓아 주기도 하고, 기대(공작기계나 방직기계 등을 이르는 말)의 성능을 묻기도 하였다. 주위 사람들에게 좀 싱거운 청년으로 보이기도 하고, 처녀가 마음에 있어 그런다는 평가도 듣게 된 석춘의 이런 행동은 날마다 계속되었다. 공장에서 가지고 온 설비들을 조립하고 설치하는 여가에도 눈길은 자주 마찰프레스가 있는 쪽으로 쏠리군 하였다.

그는 수십 가지 기대들의 소음 속에서도 순희가 돌리는 마찰프레스의 음향을 가려들었으며 그 소리의 진동 주기를 들으면서 순희가 긴장해서 작업하고 있다는 것을 짐작했고 이마에 내돋은 땀방울마저 련상해보는 것이였다.

한 달이라는 날자는 바람처럼 지나가버렸다. 석춘은 속이 탔다. 그는 어떻게 하면 순희에게 자기의 속마음을 터놓을가 하고 궁리했다. 그러다 문득, 쪽지편지를 쓸 생각이 났다. 석춘은 합숙호실에 엎드려 끙끙 갑자르며(뜻대로 되지 않아 힘들어 하며) 편지를 썼다. 쓰고는 지우고 또 찢어버리고 다시 썼다. 그는 밤 깊도록 여러 장을 썼지만 종시 마음에 드는 편지를 만들지 못했다. 앞뒤가 맞지 않는 문장꾸밈이 되였는가 하면,

처녀를 탐내는 엉큼한 속심이 내비쳤고, 진실한 사랑의 감정은 간데없이 어느 소설책의 작중인물이 쓴 것과 비슷한 련애편지로도 되었다. 그는 순희에게 편지를 쓰면서도 자기가 련애(연애)편지를 쓴다고는 생각지 않았다. 그런 것은 사내답지 못한 감상적인 처사로 여겼었다. 그러나 온 밤 쓴 글이 결국은 련애편지 범위를 벗어나지 못했음을 깨닫자 화가 나서 집어치우고 말았다. 다음날 그는 옆 호실에 있는 순희네 작업반 수리공한테 점직한(부끄럽고 미안한) 부탁을 했다. 순희에게 좀 할 말이 있느니 저녁 늦게 강변 황철나무 부근에 나와달라고…

그날 밤은 흐렸다. 달은 애초에 보이지 않고 별들이 검은 구름장 사이로 언뜻거리더니 그것마저 자취를 감추었다. 구름은 낮추 드리우고 어둠은 점점 짙어갔다. 대기는 숨막힐 듯 무덥고 미풍조차 불지 않았다. 석춘은 강변의 황철나무에 등을 기대고 선 지 벌써 한 시간 가까이 되였다. 순희는 나타나지 않았다. 강변에서 멀지 않은 곳에 있는 순희네 송림식 아빠트에서는 전등 불빛이 환히 흘러나오고 있었다. 그 불빛이 여기 강변에까지 희미하게 비껴 강뚝길이며 나무와 바위들의 거뭇한 형체를 그려주었다. 몇몇 처녀 총각들이 지나갔을 뿐 순희의 모습은 나타나지 않는다. 비방울이 떨어지기 시작했다. 굵은 비방울은 나무 잎사귀들에서 후드득후드득 소리를 내였다. 석춘이는 초초해졌다. 이어 초초감은 외로움으로 바뀌였다. 복잡한 생각이 갈마들었다. 밤이 돼서 강변에 못나오는 게 아닌가? 아니, 가 같은 건 안중에 없는지도 모르지… 석춘은 마찰프레스 곁에서 만날 때나, 소재를 나를 때나 늘 자기를 살뜰히 다정하게 대해주던 순희의 모습을 상기하자 왜 그런지 모욕감 비슷한 것이 솟아올랐다.

비는 점점 더 세게 내렸다. 그는 황철나무 밑에 몸을 바싹 기대고 섰으나 벌써 나무 잎사귀들이 푹 젖어서 비를 피할 수 없었다. 비마저 나무 줄기 밑에 숨은 그를 찾아내여 적셔주고 모욕하려는 것 같았다. 처녀는 안중에도 없어하는데 저 혼자 심장이 달아서 어리석게 밤 시간을 초조히 보내는 그의 단 가슴을 식혀주고 씻어주어 정신이 들게 하려는 것 같았다. 시간이 흘렀다. 송림식 아빠트의 전등불이 하나 둘 꺼졌다. 애꿎은 풀대를 뜯어 잘근잘근 토막을 내던 석춘이는 홱 내여던지고 황철나무 곁을 떠났다. 비줄기(빗줄기)는 그를 사정없이 두들겼다. 강변길에 무성한 풀들이 그의 발목을 휘감으며 신과 바지가랭이(바짓가랑이)를 적셨다. 술에라도 취한 듯 휘청거리며 걷던 그는 어느 장난꾸러기 애녀석이 매놓은 풀옹노에 걸려 그만 꼬꾸라졌다. 주름을 세워 입은 바지무릎에 흙탕이 묻었고 두 손바닥도 어지러워졌다. 그는 풀을 한줌 와락 거머쥐여 힘껏 나꾸채서는 흙 묻은 손바닥을 닦았다. 손바닥이 얼얼하고 쓰렸다. 쏙새풀 같은 것에 손이 벤 것 같았다.

불시에 길 앞쪽에서 탄력 있는 발자국 소리가 들리더니 저만치에서 뚝 멎었다. 석춘은 고개를 들었다. 강변길에는 우산을 받쳐 든 녀자가 멀리 아빠트에서 흘러나오는 희미한 불빛을 등지고 서 있었다. 그의 다른 손에는 우산이 또 한 개 쥐여 있었다. 석춘이는 끌리듯 다가갔다. 그 녀자는 놀라지도 물러서지도 않았다. 석춘이는 컴컴한 우산 그늘 밑에서 채순희의 얼굴을 보았다.

순희의 머리는 비바람에 좀 흐트러져 있었지만 정색한 쌀쌀한 표정과 어울려 더 아름다워 보였다.

"오래… 기다렸지요?…"

순희의 음성은 미안함으로 약간 떨렸다. 그것을 느끼면서도 석춘은 퉁명스레 물었다.

"나올 생각이 없은거구만요."

"…"

순희는 아무 말 없이 손에 든 우산을 석춘에게 내밀었다.

석춘은 받을 념을 않고 말뚝처럼 서 있었다. 강변에서 비를 맞고 있을 자기를 동정하여 우산을 들고 왔다는 생각이 불쑥 들었다. 그러나 이제까지 절망과 실책과 후회의 감정 밑에 묻혀 있던 자존심과 분기가 굴뚝같이 솟아올랐다. 동정의 대상으로 되다니!… 그는 치솟은 울분을 가까스로 누르며 잠자코 순희를 에돌아갔다.

"우산을 쓰세요… 옷이 젖어요…"

"난 이미 젖었소. 동무나 마저 쓰오…"

심술궂은 대답이었다. 그는 혼자서 우산을 두 개 쓸 수 없다는 생각을 하면서 어처구니없는 쓴웃음을 지었다. 그리고 순희가 우산을 가지고 나온 것이 동정이 아니라 진정한 호의였다면 자기의 행동이 모욕으로 되리라는 것을 생각했다. 그러나 그는 내친걸음을 늦추지도 않고 그대로 저벅저벅 걸었다. 뒤에서 따라오는 발자국 소리는 나지 않았다. 순희는 그냥 서 있는 것 같았다. 그는 뒤를 돌아보지 않았다. 돌아보고 싶었지만 약해지는 마음에 채찍질을 하면서 공장합숙으로 걸었다. 주룩주룩 내리는 비, 어둠 속에 묻힌 산촌의 읍거리, 진창길… 비소리밖에 들리지 않는 밤의 산촌적막은 쓸쓸한 공허와 회오리 감정을 자아냈다. 이곳에 뻐스로 도착한 이튿날 아침, 맑은 해 비치고 신선한 대기와 푸른 산천이 즐비한… 그렇게 정다운 고장으로 느껴졌던 곳이 지금은 조금도 마음에 붙지 않았다. 여기에 이동작업 온 것을 진정 후회하였다. 래일로 일을 끝내고 돌아가리라… 그는 서둘러 결심하고 때아니게 소용돌이를 한 경솔하고 복잡한 심증을 결산지으면서 걸었다.…

  그렇게 마음 속으로 청산해버린 처녀가 지금 꽃다발을 들고 무대로 올라오고 있었다. 석춘이는 외면하고 태연히 서서 객석을 내려다보았다. 그러나 마음 속은 태연할 수 없었으며 온 신경은 순희에게 쏠려 있었다. 까닭 없이 불안하고 두근거렸고 무슨 죄라도 진듯 심정이 안정을 모르고 허둥거렸다. 그는 순희의 존재를 잊어버리지 못했으며 처녀에 대한 어리석고 경솔한 감정을 자책하고 깨끗이 씻어버리지 못했음을 알았다. 과연 무엇을 자책하고 씻어버린단 말인가?… 안개처럼 몸을 감싼 조선옷을 입고 꽃다발을 들고 오는 순희를 보는 순간부터 그의 가슴에 파도친 것은 무엇이였던가?… 의식적인 온갖 결심의 굴곡은 그를 조종하지도 지배하지도 못하였다. 그것은 지금에 와서 거품처럼 소용돌이 우에 떴고 부서져갔다. 가슴 속에서는 순희에 대한 그리움과도 같은 따뜻한 감정이 조용히 설레였다. 어제밤 일에 대한 미안함과 용서를 바라고 싶었다.

순희는 다가왔다. 세 번째에 선 석춘이한테 곧바로 다가왔다.

"정말… 수고하셨어요."

순희는 아무 일 없은 듯 평시의 상냥한 미소를 띠고 그를 바라보았다. 두 손으로 꽃묶음을 내밀었다. 우산이 아니라 꽃이었다. 처녀의 체취와도 같은 싱싱한 향기가 그를 취하게 하였다. 처녀의 살뜰한 음성과 어글어글한 눈길 앞에서 석춘이는 자기를 잃어버렸다.

축하모임이 끝난 뒤 공장 예술소조원들의 공연이 있었다. 소박하고 생활적인 종목들이였다.

순희가 손풍금수와 함께 무대에 나섰을 때 객석에 들어찬 공장 사람들은 열정적인 박수를 보냈다. 자기네 공장가수를 사랑하는 마음이 그 소리에 넘쳤다. 순희는 가슴에 두 손을 마주잡고 서정이 풍부한 목소리로 노래를 불렀다. 순희한테서는 중음가수로서의 천품과 재능이 깊이 엿보였다…

석춘이는 불현듯 자기가 순희에게 상대되지 않음을 깨달았다. 저렇게 아름다운 처녀가 투박스레 생긴 자기를 사랑할 리 없었다. 부질없는 련정(연정)에 속을 태웠다는 생각이 가슴을 아프게 하였다. 온몸에서 기운이 쑥 빠지는 것 같았다.

순희는 관중을 노래의 절절한 감정세계로 이끌었지만 석춘이는 그에 동화되지 못했고 점점 더 침울하고 어두운 심정에 휩싸였다. 그는 어제 밤 비 내리는 속을 헤치고 합숙으로 가면서 랭정히 결심한 생각들이 옳으며 그대로 행동해야 한다는 것을 깨달았다. 같은 호수물(호숫물)에서 헤엄(헤염)치며 논다고 해서 오리가 아무리 소원해도 백조는 그와 짝을 이루지 않을 것이였다. 그는 끝내 노래를 다 듣지 못하고 의자에서 일어나 허리를 굽히고 객석 사이를 빠져나갔다.

달이 밝은 밤이였다. 그는 회관 앞의 널다란 공지를 지나 소공원으로 걸어갔다. 거기에는 나무들이 많았다. 달빛이 가리운 나무 그늘 속은 컴컴하였다.

석춘은 돌의자에 주저앉았다. 낮 동안 더워진 돌의자는 채 식지 않아서 구들처럼 뜨듯했다. 그는 삶의 의욕을 잃어버린 사람처럼 맥을 놓고 멍하니 앉아 있었다. 자신에 대한 까닭 없는 울화가 치밀었다. 무엇 때문에 분수에 닿지 않는 처녀한테 련정을 품고서 이런 고민을 하는 것인가… 그는 어제밤과 같이 련정의 구속에서 벗어날 수 있는 유익한 론리적 사고를 하고 싶지도 않았다. 머리속에서 갈팡질팡하는 복잡한 감정이 사랑이며 그것이 여지없이 실패했다는 것을 의식할수록 그는 힘을 잃게 되였다. 자기에게는 자신의 감정을 통제할 의지력도 결단성도 없는 것 같았다. 그는 이곳 공장에서 채 하지 못한 일을 다른 두 조립공들이 마저 하게 하고 자기는 래일 떠나겠다고 생각했다. 떠나버리면 그만일 것 같았다. 정든 자기 공장, 작업반 사람들 속에서 생활하면 처녀도, 사랑도, 실망도, 고민도… 죄다 잊어질 것 같았다. 몸에 밴 선반작업, 쇠비린내, 금시 깎아낸 따가운 축… 작업반 사람들의 익살, 건전한 로동(노동)생활만이 그의 심장을 약동하게 하고 온몸에 활력과 창조적 욕망을 불러일으킬 것이였다. 그래선지 불시에 떠나온 정든 도시, 공장, 일터,

사람들이 그리웠다.

　회관의 출입문이 활짝 열리는 소리가 나고 사람들이 쏟아져 나온다. 웃음 소리, 커다란 말 소리, 잔기침 소리, 누구를 찾는 소리, 아이들을 찾느라 걱정하여 부르는 소리… 분명치 않은 활기찬 소음이 공간에 퍼진다. 자기네 공장 예술소조원들의 소박한 공연에 만족한 사람들의 기분이 그 혼합된 소음에 실려 있는 듯싶다. 사람들은 회관 앞의 공지를 지나 소공원 옆길로 뿔뿔이 흩어져 집으로 간다. 전지불과 담배불이 여기저기서 벙긋거린다. 어느 총각이 처녀를 놀래워 놓는 소리가 들리고 뒤따라 웃음 소리가 밤안개처럼 어둠 속에 흩어진다. 차츰 주위는 조용해진다.

　공지 쪽에서 발자국 소리가 돌의자 있는 데로 다가오고 있다. 졸다가 뒤늦게 나온 사람인지… 왜 소로길로 가지 않고 돌의자 쪽으로 오는가… 무언가 주저하는 듯 조심히 다가온다. 그러더니 아주 가까운 뒤에서 멈춰 선다. 한동안 침묵… 정적 끝에 녀자의 나직한 부름 소리가 들린다.

　"석춘 동무…"

　"?!…"

　순희의 따뜻한 목소리를 듣는 순간 석춘이는 전류에라도 닿은 듯 부르르 몸을 떨며 솟구치듯 돌의자에서 일어났다. 달빛이 어린 석춘의 눈은 타는 듯 이글거렸다. 그는 불시에 삶의 모든 것을 재생하고 싶은 팽팽한 욕망과 흥분을 안고 순희와 마주 섰다. 눈빛의 강렬한 언어가 교차되는 순간… 그런 순간은 말보다 눈이 더 많은 것을 말하고, 말하지 못할 감정은 눈이 묘사한다. 석춘이는 어떤 후더운(절절하고 뜨거운) 충동으로 일어섰지만 자신을 그리고 순희를 어떻게 리해해야 할지 몰랐다. 다만 그는 이제까지 고민하고 결심하고 또 고통을 느끼던 것을 잊어버렸고, 어째서인지 그 모든 것의 근원이였던 처녀를 다시금 마음 속에 받아들이고 싶은 것이였다.

"왜 여기 앉아계세요?"

"…"

"전 석춘 동무가 도중에 나가는 것을 보았어요."

"!…"

노래를 부르면서도 내가 나가는 것을 보다니!… 소공원의 외진 나무그늘 속에 있는 것도 찾아내고!… 그는 처녀의 관심을 뜨겁게 느꼈다. 그것은 단순한 동정이나 인정이 아닌 것이였다. 그러면서도 그는 처녀의 후한 관심의 깊이에 과연 무엇이 있겠는가 하는 의혹을 떨어버리지 못했다. 사랑, 진정이 아닌 일종의 선의나 호기심이 아닌지…

"같이 가지 않겠어요?"

순희는 나직이 물었다.

석춘이는 대답 대신 걸음을 뗐다.

공원소로길을 아무 말 없이 걸었다. 읍 소재지의 밤길은 호젓했다. 훈훈한 밤바람이 불었다. 실아지(어린 가지)가 가벼이 날리는 버드나무 사이로 감알 같은 가로등이 드문드문 걸려 있었다.

"어떻게 되여 나를 찾아냈소?"

석춘은 흥분을 누르고 일부러 뚝스레 물었다. 그는 변화가 심한 고민을 드러내지 않고 될수록 태연한 표현을 짓고 싶었고 자존심과 인격적 무게를 잃지 않고 싶었다.

순희는 석춘의 얼굴에서 내심을 읽어내려는 듯 찬찬히 바라보았다. 달빛 속에서 처녀의 눈은 류달리 광채가 났다.

"그저… 만나고 싶어서요… 그러니 찾았지요."

"…"

한동안 침묵이 흘렀다. 머리 우 가로등에서 곤충들이 날아예는 소리가 윙윙 들린다.

"어제밤… 경박스런 내 행동을 용서하오."

"저도 그래요… 그런데 그걸 화제에 올릴 필요가 있겠어요?"

"!…"

석춘은 순희의 이런 아량 있는 성품이 진정 마음에 들었다. 녀성(여성)이라기보다 부드러운 감정의 폭이 넓은 노래를 대하는 것 같았다.

"난 래일이나 모레쯤 기대 설치가 끝나면… 돌아가려고 하오."

"왜서요?!"

순희는 놀란 듯 걸음을 멈추었다.

"그저… 여기 있긴 괴로우니… 하긴 더 있어서 뭘 하겠소."

"우리 공장 사람들한테 기능까지 배워주기로 했다죠?"

"애초 계획이야 그렇지요."

"그럼 그렇게 해야 되지 않아요. 큰 공장이 작은 지방 공장을 도와주는 건 의무가 아니나요. 우리 고장이 마음에 안 들어도 말이예요.”

“!…”

“석춘 동무, 제게도 선반기능을 배워주지 않겠어요?”

석춘은 저으기 놀랜 눈으로 순희를 바라보았다.

“순희 동문 프레스 기능공이 아니요.”

“프레스는 운전이 반복되고… 단조로워요.”

석춘은 남게 된 구실을 가지게 된 것이 은연중 기뻤지만 그런 내색은
보이지 않았다.

“순희 동문… 노래를 잘 부르더군요.”

“호… 때늦은 박수군요. 아까는 채 듣지 않고 나가더니.”

“거야 동무 노래에 감동되여 나갔지.”

“거짓말…”

순희의 무랍없고(허물없이 가깝고) 정다운 감정이 달빛처럼 석춘이를
포근히 감쌌다.

석춘은 걸음을 멈추고 순희 쪽으로 몸을 돌렸다. 순희의 통통한 어깨
가 석춘이의 가슴에 부딪쳤다. 그는 추위라도 느낀 듯 몸이 오싹 떨렸
다. 온몸의 피가 천천히 순환을 멈추는 것 같았다.

순희는 당황해서 반걸음가량 물러섰다.

석춘은 달빛이 어려 홍조 띤 볼이며 륜곽이 선명한 입술, 셀 수 있을
듯싶은 속눈섭 속에서 두려운 듯 내다보는 눈동자를 보았다. 곡선미 있
는 어깨 밑에서 붕긋한 가슴이 세차게 뛰는 것이 느껴졌다.

순간 석춘이는 저도 모르는 충동에 끌려 원피스 앞자락을 매만지는 순희의 손을 그러쥐였다. 조그마하고 단단하고 따스한 손이였다. 그 손은 무언가 안심찮아하면서 조심스레 끌려왔다.

　　"순희 동무… 동무는… 정말 나를…"

　　성급한 속삭임이 단 입김과 함께 처녀의 얼굴에 덮씌워졌다. 순희는 손을 맡긴 채 고개를 옆으로 돌렸다.

　　"응? 대답해주오."

　　석춘의 거친 숨소리는 더욱 빨라졌다.

　　"이러지 마세요…"

　　순희는 불안해서 속삭였다. 처녀는 석춘의 손에서 자기 손을 빼내고는 그의 앞가슴을 떠밀었다. 석춘이는 바위처럼 끄떡하지 않고 곱씹어 물었다.

　　"사랑하지?"

　　"호… 누가 듣겠어요."

　　순희는 아까보다 더 힘껏 떠밀었다.

　　"부탁이요. 한마디만…"

　　"래일 또 만나요. 그러면 되잖아요."

　　순희는 뒤로 물러섰다. 석춘의 애끓는 심정은 아랑곳없이 처녀의 눈은 달빛 속에서 즐겁게 웃고 있었다. 자기를 향해 보내는 그 행복스러운 미소가 석춘의 마음을 어느 정도 위안하였다.

　　"내가 집까지 바래다주면 안 되겠소?"

"괜찮아요. 다 왔는 걸요."

"…"

"어서 가보세요. 호실 동무들이 기다리겠어요."

순희는 희붐(날이 새려고 밝은 기운이 어렴풋이 비쳐 오는 모양)한 달빛 속으로 총총히 멀어졌다.

…그리하여 석춘이는 인차 떠나지 못했다. 같이 온 두 조립공이 공장으로 돌아간 다음에도 열흘이나 지체하면서 순희와 다른 선반공들에게 기능을 배워주었다.

헤여지기 전날 밤은 쪼각달이 떴다.

그들은 키 낮은 버들숲과 자갈이 깔린 강변에서 만났다.

달빛에 은백색을 띤 안개가 산 쪽에서 서서히 밀려온다. 강뚝의 황철나무들이 숨을 가진 듯 잎새를 설렁거린다. 강변 자갈밭 속에 듬성듬성 널린 커다란 바위들은 달빛에 조명되여 기묘한 형체들을 이루었다. 나란히 선 두 바위는 그들처럼 정서가 풍만한 이 강변에 사랑을 속삭이러 나온 것 같았다.

고르롭지 못한 바닥을 씻어 내리는 산골 여울물이 밤의 고요에 씩씩한 활기를 뿜어주었다. 영원하고도 지칠 줄 모르는 음향이다.

강 맞은 켠 산에서 접동새가 운다. 먼 옛날 어느 가난한 어머니가 오막살이에 의지가지 없이 남겨둔 불쌍한 어린 자식들을 잊지 못해 죽어서 접동새가 되여 슬피 운다는 전설, 그런 구슬픈 전설이 깃든 새의 처량한 울음 소리도 두 청춘에게는 신비롭고 정답게만 느껴졌다.

바위에 걸터앉은 석춘은 기타를 그러안고 선률을 고루었다.

무릇 젊은이들이란 사랑하는 사람에게 잘 보이고 싶어 하고 자기의 장점과 재간을 은근히 자랑하고 싶어 한다. 그것은 어리석음도 경솔성도 아니다. 사랑의 순박성에서 오는 진실한 감정이다.

기타를 어지간히 탈 줄 아는 석춘은 이날 밤 합숙호실 청년에게서 기타를 빌려 가지고 나왔다. 음악적 재능과 감수성이 풍부한 순희 앞에서 기타 치는 솜씨보다도 선률을, 음향적 정서를 깊이 사랑하는 자기를 보여주고 싶은 것이였다. 하지만 기타는 그의 심정을 잘 알아주지 않았다. 손가락이 말을 듣지 않아 음정이 틀리여 생뚱스런 소리를 련발(연발)하군 했다.

석춘은 얼마 후에 한숨을 쉬고서 기타를 내려놓았다. 소리통이 자갈 밑에 닿느라 궁근소리(웅숭깊은 소리)를 낸다.

순희는 나직이 위로했다.

"강변은 소음이 많아 안 돼요. 기타는 방안에서 쳐야 감정이 살아요."

"!…"

석춘은 고마왔다. 순희의 이런 마음이 진정 사랑이라고 그는 생각했다. 이슬에 옷을 적시며 밤길을 거닐고 머리를 맞대고 선반을 배워주고… 무르익은 생생한 사과향기를 맛보는 것 같이 처녀의 체취를 느끼던 그 열흘 간의 나날들을 어찌 사랑이 없이 보낼 수 있었으랴… 그도 사랑했고 순희도 사랑했다. 그는 정 깊은 타는 듯한 눈으로 순희를 쳐다보았다.

순희는 수줍은 듯 앞가슴을 주름잡은 원피스의 리봉(리본) 깃을 만지

작거렸다. 오늘밤 순희는 더욱 아릿다와 보였다.

여울물은 써늘한 물비린내를 풍기며 쉬임 없이 흘렀다. 소용돌이에서 밀려난 거품과 잔물결이 달빛에 번쩍거렸다. 커다란 고기비늘 같은 물결은 기슭에 부딪쳐서는 생명 같은 광채의 발산을 잃고 묵묵히 흘러간다. 그러면 그 뒤로 다시 또다시 끊임없이 금빛 물쪼각들이 밀려오군 한다.

"순희 동무… 여울물이… 숨 가진 것 같소. 물소리는 수천 가지 감정의 목소리 같고."

"저는 아주 어렸을 때부터… 이 강의 차거운 물에 조그만 손을 잠글 때부터 저 물소리를 사랑했어요."

"기타로 여울물 소리를 내여봤으면 좋겠소. 저 풍만한 선률을 그대로…"

"해보세요. 할 수 있을 거예요."

"아니, 난 안 되오… 기타 치는 재간은 없으니까…"

석춘은 물끄러미 강물을 바라보았다.

"그렇지만… 내겐 음악에 못지않은 생활이 있지…"

석춘은 스스로 확신한 듯 머리를 쳐들고 말을 이었다.

"선반공 생활… 여기에 나의 보람이 있고 저 물소리처럼 변하지 않는 선률이 있소. 동무도… 그걸 믿어주지?"

"믿어요…"

"순희… 동문 나와 같이 그런 생활의 길을 가겠소?"

"녜… 가겠어요…"

순희는 조용히 머리를 끄덕였다. 이미 가슴 속에 품어두고 있은 듯 신중한 대답이었다.

석춘이는 행복에 취해 일어섰다.

"고맙소!"

그는 순희의 량(양) 어깨를 꽉 그러잡고 얼굴을 들여다보았다. 쪼각달은 처녀의 눈을 밝게 비쳐주지 못했다. 그러나 석춘이는 요전날 밤처럼 두려워하는 눈동자가 아님을 보았다. 그 눈은 어둠 속에서 하늘가 머나먼 곳의 별처럼 사랑과 앞날에 대한 말 없는 언약을 하며 부드럽게 빛나고 있었다…

"그 후 두 달 만엔가 우리는 결혼을 했습니다."

리석춘 선반공은 담배를 빨았으나 이미 불이 꺼진 지 오랬다.

정진우 판사는 성냥을 그어주었다. 사랑이 움트던 그 생의 봄 시절부터 시작된 석춘의 이야기들은 길었지만 흥미가 있었고 요긴한 점들이었다. 정진우는 비록 그것이 법률상담 카드에도, 리혼 소송장에도 쓰지 않을 먼 과거의 일이지만 부부의 현행생활, 감정, 행동, 견해들과 함께 가정문제를 파악하고 해결하는 데서 하나의 요인으로 된다고 보았다.

리석춘 선반공은 괴로와서 담배를 더 피우는 것 같았다. 꽁초에 손끝이 따가울 때까지 재털이에 비벼 껐다.

"결혼생활은 남들처럼 행복하게 흘러갔습니다.…"

…석춘의 생활은 파도마냥 설레였다. 집을 잡고 안해를 데려왔다. 안해에 대한 긍지는 사뭇 컸다. 선반공으로 가공직장에 취직 시켰는데 종업원

이 수천 명 되는 강안기계 공장에서 석춘의 안해 소문이 자자하게 났다.

순희는 공장 예술소조에 망라되었다. 그가 련습(연습)과 공연을 끝내고 직장에 돌아와 밤교대 선반을 돌릴라치면 작업반 선반공들이 피곤하겠는데 그만두라고 했다. 가공직장의 자랑인데 일을 안 하고 노래만 불러도 좋다고 롱말(농담)을 했다.

날은 생활과 더불어 물처럼 흘러갔다.

신혼생활의 첫 두 해가 지나가고 아들이 태여났다.

어느 날 저녁, 집에 돌아온 안해는 우울하고 말이 없었다. 부부는 밥상을 마주하고서 조용히 수저질을 하였다.

석춘이는 안해의 어두운 심정을 느끼면서도 선뜻 묻지 않았다. 신혼생활의 경험으로 그는 안해가 정신적 면에서나 생활을 꾸리는 면에서 자립성이 강한 녀자라는 것을 알고 있었다. 안해는 남편에게 마음 속 고충을 토설하거나 방조를 구하는 적이 드물었다. 왜 그런지 달이 지나감에 따라 가정생활에서 언어적 절제라고 할 만큼 침묵이 잦았다. 그는 무엇이 안해의 성격에 변화를 가져왔는지 알 수 없었다. 그런 속에서도 안해의 사랑의 외적인 표현, 매일처럼 작업복과 속샤쯔들을 빨아 다리고 바지주름을 세워주고 넥타이까지 매주는 다심한 행동에는 변화가 없었다. 그런 잔정을 어찌 안해의 의무라고만 볼 수 있으랴. 남보다 더 번듯이 남편을 내세우고 싶어 하는 은근한 욕망이 담겨 있는 것이었다.

저녁상을 물린 뒤, 순희는 어린 호남이를 잠재우고서 새 노래의 악보를 들여다보고 있었다.

석춘이는 사이문을 열어놓은 웃방에서 책상을 마주하고 앉아 있었다. 그는 현장에서 대충 그린 도면을 골똘히 들여다보았다. 도면이라기보다 손으로 우불구불 그린 기계형체 그림이었다. 공장 기술부의 기사들도 그의 도면은 리해하지 못했다. 도면이 요구하는 선과 단면도와 기하학적인 설계 원리가 무시되거나 엉터리 없이 되였지만 석춘이 자신은 알고 있었다.

"저, 이보세요…"

순희가 침묵을 깨뜨렸다. 그는 드러난 어깨에 흘러내린 머리를 쓸어 넘기고는 이불에 몸을 옹송그렸다.

방안에는 벽시계의 추소리만이 들렸다.

"어서 말하오."

석춘이는 도면에서 눈길을 들었다.

"저… 부부 간이 다 선반을 하는 게 좀 별나지 않아요?"

"누가 뭐라고 하오?"

"아니, 그저 내 생각이예요."

"?…"

석춘은 안해의 말이 진지하고 오래동안(오랫동안) 생각해둔 것임을 알았다. 무엇인가 걱정되였다.

"솔직히 말하오."

"난… 선반을… 그만두었으면 해요."

"힘드오?"

"그런 것도 있지만… 가수가 되고 싶어요."

"당신은 공장 예술소조에서 노래를 부르지 않소."

석춘은 말을 쏟아놓고 나서 자기가 실언했음을 깨달았다. 안해는 전문가수가 되고 싶어 하는 것이다. 석춘은 이날 밤 오래도록 잠들지 못했다. 불안하기도 하고 안해가 측은하기도 하였다. 남자들과 같이 말없이 선반교대 작업을 하는 안해를 과연 얼마나 걱정하고 념려(염려)해주었던가. 안해의 지향을 생각이나 했던가… 그저 공장 예술소조에서 노래를 잘 부르는 안해에 대한 긍지감만 안고 살지 않았던가… 가수… 예술극장… 훌륭한 직업이지… 그렇지만 욕망을 가진다고 다 실현될 수는 없지 않은가…

뜻밖에도 석춘이가 안해의 직업문제로 더 근심하지 않아도 되였다. 공장에서는 선반공 채순희의 음악적 재능을 아껴 도 예술단에 추천해주었던 것이다.

석춘은 진정 기뻤다. 안해가 도 예술단의 가수로 된다는 데서 오는 긍지와 기쁨도 컸지만 보다는 신혼생활의 첫 해처럼 애정과 즐거움이 흐르는 가정을 되찾을 수 있을 것 같았다.

순희는 예술단에 나가면서부터 다감해지고 얼굴에 늘 미소가 어렸다. 극장에서 집에 돌아와서는 그전 같으면 하지 않을 말도 겸손하게 묻군 하였다.

순희는 발전이 빨랐다. 가수로서의 선천적인 재능과 큰 포부, 지향에서 오는 이악한(한 번 마음먹은 것을 끈질게 이루려는) 노력이 그를 성공하게 하였다. 일 년이 못 되어 산간 도시 주민들의 사랑을 받는 중음가수가 되었다.

석춘이는 공장에서 돌아오면 아들을 탁아소에서 찾아오고 저녁밥을 지어놓고서 공연을 끝내고 늦게 돌아오는 안해를 기다리군 하였다. 안해는 처음에 몹시 기뻐하고 고마와했지만 그것이 차츰 관습적으로 되여가자 아무런 감동을 느끼지 못하고 응당한 일로 여기는 것 같았다. 생활은 라선형(나선형)처럼 한 바퀴 돌아 본래의 자리 우에 왔다.

석춘은 안해한테서 전처럼 생기는 침묵과 도고한 자립성이라고 할 성격의 변화를 불안스레 감수하였다. 그것은 남편에 대한 까닭 없는 불만에 기초한 것도 같았고, 일종의 공허성에서 생기는 기분 같기도 했다. 가정생활은 안해의 사생활을 충족시키지 못하는 것 같았고 안해는 자기 정신령역의 일부분으로 적당히 가정에 몸을 잠근 것 같았다.

석춘은 신혼생활의 애정을 되살리고 싶은 욕망이 강해질수록 집안일을 세심히 도와주었고 세대주(가장)로서 의무에 충실하게 되였다.

그날도 석춘이는 집안일을 착실히 해놓고서 어린 아들을 달래고 있었다.

문지방을 넘어선 안해는 침울하고 눈빛은 차거웠다. 이따금 아이와 련결된 대화만 없다면 얼음이라도 얼 것처럼 랭랭한(냉냉한) 분위기였다. 안해는 차려놓은 밥상을 일별하고서 시틋이 한마디 했다.

"난 이렇게 해주는 게 달갑지 않아요."

"피곤하겠는데… 내가 도와주는 게 싫단 말이요?"

석춘은 눈살이 꼿꼿해졌다.

"이보세요. 난 당신이 저녁에 부엌일을 다심스레 안 해도 좋아요. 녀자가 할 일인데 피곤해도 내가 하겠어요. 밥을 좀 늦게 먹으면 뭐래요. 당신은… 저녁 시간을 잡사에 날려 보내지 말고 공부를 하세요. 공부를…"

"또 그 소리요?"

"그러지 말고 공장대학에라도 다니세요."

"그까짓 간판이나 얻자고 다섯 해를 밤마다 고생하겠소."

"간판이 아니예요. 인격과 지식이예요. 당신이 여러 해째 씨름질 하는 기계 창안도 도움 받을 수 있을 거예요."

"내가 앉아 뭉갠다고 어수룩하게 보지 마오. 남편이 선반고급기능공이란 걸 당신이 모르오? 기술자로 등록되였으면 만족하지 뭘… 대학졸업증이 꼭 있어야만 되는 게 아니오. 공장에 나가 선반을 돌리고 주근주근 기계를 창안하고… 사회를 위해 평범하게 사는 이 생활이 내겐 좋소."

"당신이 선반기술로 복무한다는 건 결혼할 때 내한테 말했어요."

"그랬지. 당신도 공감했고… 그런데 인제와서 당신은 뭔가 변해간단 말이요."

"…"

안해는 말문이 막혀선지 고래를 돌려버렸다.

둘 다 화풀이나 하듯 저녁을 먹지 않았다.

석춘은 안해와의 불협화적인 감정의 근원을 자신에게서 찾아보려고 했지만 허사였다. 공장에서 성실히 일하고 가정생활에 충실하고 안해에게 진정을 기울인 자신을 부정할 수 없었다. 가슴 속에서 소중한 어떤 것이 허물어져 내린 듯 허전했고 잇달아 반발심이 솟구쳤다. 이미부터 안해에게 있는 특유한 녀성적 자존심과 극장생활에서 생긴 허영심이라고 할 어떤 순박하지 못한 것이 안해를 현란한 무대의상처럼 감싼 것 같았다.

석춘은 안해의 마음을 맞추기 위해 루루이(누누이) 자신을 돌이켜보고 립장과 행동을 수정할 필요를 느끼지 않았다. 저는 저대로 나는 나대로 살면 되지 않겠는가. 상처입은 자존심은 아물지 못하게 되였다.

순희한테서는 차차 남편에 대한 다심한 행동이 하나둘 자취를 감추었다. 매일처럼 작업복을 빨고 샤쯔를 손질하고 바지주름을 칼날처럼 세워주던 일들이 도수가 떠졌고 어떤 것은 아주 잃어버린 것처럼 나타날 줄 몰랐다. 표면적이고 관습적인 그 일들 밑에서 안해의 정이 식어간다는 것을 그는 느끼였다. 그러나 그런 것에 별로 개의치 않았다. 그는 그저 텁텁하게 사는 것이 더 좋았다. 공장에서 기계를 돌리는데 무대에 나서듯 차리고 다닐 필요가 있으랴. 석춘이는 다시는 집에 돌아와 저녁밥을 짓지 않았다. 일이 끝나면 작업반 휴계실(휴게실)에서 장기를 두지 않으면 창안하는 기계를 주물렀다. 겉보기에 생활은 의연히 자기의 궤도를 굴러가는 듯하였다.

어느 날, 순희는 극장에서 돌아와 석춘의 기름때 절은 작업복을 빨고 있었다.

웃방에서 낮에 생각해두었던 것을 도면에 옮겨보던 석춘은 안해 쪽을 흘깃 보았다. 꽛꽛한 작업복에 비누를 칠하고 주무르고 물을 철썩거리는 안해의 손길은 어딘가 거칠었다. 호남이가 뭐라 응석부리며 말해도 귀를 기울이지 않는 것을 보면 내심이 좋지 않다는 것을 대번 느낄 수 있었다. 아닌 게 아니라 한참 후에 순희는 거품이 잔뜩 발린 손을 무릎 우에 늘어뜨리고 물었다.

"호남이 아버지… 다축라사 가공기계는 아직 멀었어요?"

"좀더 하면 될 것 같소."

"꼭 같은 대답이군요. 두 달 전에도 그랬고 지난 해에도 그런 말을 했지요."

"그때보담 전진이 많소. 이젠 아주 확신이 생겼소."

"저번엔 합금재료를 랑비(낭비)하더니 이번엔 전동기를 태워먹지 않겠어요?"

"변상한 것 때문에 그러오?"

"글쎄 자재과에서 다시 토론해보겠다는데도 당신은 부득부득 했다지요?"

"국가의 귀중한 재산을 잘못 썼으면 물어내는 게 옳소."

"돈보다 인격이 중요한 거예요. 난 일을 제대로 못해 변상이나 하고 다니는 사람의 처라는 말을 듣는 게 창피해요."

"!…"

모욕감이 전류처럼 석춘의 온몸을 휩쓸고 지나갔다. 그는 가까스로 분김을 누르고 침묵을 지켰다. 자칫 더 시비가 오가다가는 주먹이 나가고야 말 것 같았다.

폭발적인 방안 공기를 감촉했는지 순희도 한동안 잠잠했다. 그러나 속에서 괴여 오르는 울화를 터치지 않고는 견딜 수 없는 모양이다. 순희는 소랭이(물을 담아 무엇을 씻을 때 쓰는 둥근 용기)의 비누 때물(땟물)을 퇴수통에 활(거칠고 갑작스럽게) 쏟아버리고 내쏘았다.

"그렇게 일할 바에는… 창안이고 선반이고 다 그만두는 게 나을 거예요."

"난 선반기능으로 일하는 게 수월하오."

석춘은 흥분이 좀 가라앉아서 낮은 목소리로 응수했다.

"참, 답답하군요. 대학에도 갈 념을 안 하지… 창안하는 것도 세월이 없지… 작년엔 공장 관리일군으로 제발(발탁)되는 걸 반대했으니… 모르겠어요. 속마음을 말예요."

"선반공으로 사회를 위해 복무하는 내 생활신조를 허물려고 하지 마오. 당신은 그걸 모르고 결혼했소?"

"낡은 과거가 여기에 무슨 상관이 있어요. 생활은 오늘이고 앞에 있어요."

"…"

"어쨌든 마련이 있어야겠어요. 변화가 있어야지요. 전망이 없이 단조롭고 따분해서야 어디 살겠어요. 분별 있게 생각하세요. 호남이 아버지 생활에서 변화가 있어야 우리 가정생활에도 변화가 생길 거고 얼음도 풀릴 수 있다는 걸 말이예요."

"꼭 그렇게 생각하오?"

"자신이 고지식하게 두른 울타리가 가정을 구속한다는 걸 리해하세요."

"그러니 우린 풀지 못할 모순을 안고 있구려…"

침묵으로 언쟁은 끝났다.

외견상 남들이 보기에는 화목한 것 같은 생활이 흘러갔다. 보람 있고 분주한 공장 생활, 극장공연 생활의 련속(연속)으로 그들은 가정을 잊기도 하고 마찰과 신경전이 없이 평온한 나날을 보내기도 하였다. 그러나 재 무지 속의 불씨는 의연히 남아 있었다.

아들애의 생일날이였다.

석춘이가 저녁에 견습공 청년과 지금은 공장 설비관리원인 옛 기능공 아바이(어르신)를 데리고 집에 오니 안해의 극장에서 남동무 하나와 녀동무 둘이 와 있었다.

안해는 부엌에서 지지고 볶고 하였다.

오래간만에 집안에 웃음과 즐거운 화제가 피여 올랐다. 곧 풍성한 식탁이 차려졌다. 빛갈(빛깔) 좋은 포도주를 유리잔에 따랐고 차거운 맥주 거품은 고뿌를 넘어났다.

모두들 이 집안의 장래 주인인 호남이가 무럭무럭 자라 나라의 역군으로 되기를 바래서 마시였다.

옛 기능공 아바이가 석춘이더러 기타를 한 곡 타라고 청했다.

석춘은 벽에서 기타를 벗겨가지고 방구석의 책상 곁에 앉았다. 무릎 우의 기타를 애인처럼 그러안고 투박한 손으로 자신 있게 기타줄을 건드렸다. 웅글고 셈세하지 못한 소리였지만 심장이 울리고 마음을 어덴가 먼곳으로, 여울물이 사품치는(계속 부딪치며 세차게 흐르는) 강변으로 끌어가는 것이었다. 때로 음정이 틀리지만 않았으면 괜찮은 연주일 수 있었다.

순희는 마뜩지 않은 눈길로 남편을 건너다보다가 툭 쏘았다.

"그만하세요. 낡은 곡이 지금 감정에 맞아요? 솜씨도 그건데…"

"왜 그러나?… 한 곡 더 타라구."

감상에 젖은 옛 기능공 아바이가 점잖게 나무랐다.

"이 동무한테 기타를 주세요. 아바이, 이 동무가 예술단 기타수예요."

순희는 무랍없이 소개했다.

아바이는 식탁 건너편에 앉은 기름 바른 머리를 잘 빗어 넘기고 주홍빛 넥타이를 단정히 맨 중년의 배우를 건너다보았다. 아바이의 주름 많은 얼굴에 불만스러운 그림자가 얼핏 스치더니 년장자(연장자)다운 너그러운 표정으로 말했다.

"자네 연주는 이 담에 극장에 가서 듣기로 하세. 섭섭치 않겠지?"

"옳은 말씀입니다. 이런 데서야 주인이 타야지요."

방안에 서린 미묘한 분위기의 짬에 끼인 기타수는 맥주 기운까지 덧친 벌거우리한 얼굴에 열적은 웃음을 지었다.

아바이는 석춘이 쪽에 얼굴을 돌리고 고무하듯 말했다.

"이 사람 석춘이, 그걸 타라구. 거 있지 않아… 결혼식 때 탔던 노래 말이야… 원 이런, 통 생각이 안 나네 그려, 좋은 노래였는데… 그래, 호남이 어머니가 알겠군. 그때 석춘이 기타반주에 노래를 했었지?"

그 노래를 생각하자 석춘은 심장을 쥐여 짜는 듯한 아픔을 느꼈다.

내 나서 자란 조국을 나는 사랑해
그대의 푸른 하늘과 정든 산천을
…

그날 석춘이는 술과 행복에 취해 그러지 않아도 솜씨가 서툰 기타반주를 잘하지 못했지만 순희가 노래를 잘 불러 '소품'(작은 예술작품이나 공연)의 결합이 좋았다. 방안에 가득 찬 작업반 선반공들이 손이 터지게 박수를 치며 재청을 요구했다. 그래 무슨 노랜가 또 불렀다.

추억 속에서 그 노래의 선률이 꿈틀거렸으나 석춘은 의자에서 일어났다. 그리고 안해의 차거운 얼굴을 건너다보았다. 가슴이 쓰렸다. 그 결혼식 날 노래를 부를 때 그는 안해와 얼마나 다정히 서 있었던가. 안해는 얼마나 수줍어하고 홍조 띤 얼굴이었던가. 정겨운 눈길로 거칠고 소탈한 작업반 선반공들을 따뜻이 바라보지 않았던가.

석춘이는 기타를 내려놓고서 옛 기능공의 옆에 와 앉으며 갈린 음성으로 권했다.

"아바이, 음식이나 듭시다."

"아니, 괜찮네. 난 많이 먹었어."

"!…"

방안의 흥취는 깨여졌다.

포도주도 맥주도 얼마 축내지 못했다.

기능공 아바이는 방구석에 앉아 과자를 먹고 있는 어린 아들애를 불러서 자기 무릎에 앉혔다.

"내 좋은 걸 하나 줄가?"

그는 주머니에서 희고 반짝거리는 스뎅(스텐인리스)으로 만든 조그만 자동차를 꺼냈다. 앞코숭이(맨 앞쪽 끝) 번호판에는 '리호남'이란 이름과 생년월일이 새겨 있었다. 베아링(베어링) 바퀴가 달리고 운전수까지 앉아 있는 정교한 스뎅 수공품이였다.

방안 사람들의 말없는 시선이 집중된 가운데 기능공 아바이는 차의 꽁무니 태엽을 여러 번 감아주고 장판방에 놓았다.

스뎅 자동차는 풀메뚜기 나래 소리같이 가벼운 소리를 내며 빠른 속도로 방안을 질주했다.

기쁨이 폭발한 아이는 달려가 자동차를 덮쳤으나 가속력이 높은 차는 어느 틈에 빠져나와 방안의 다른 쪽으로 내뺐다. 단순한 놀이감이 아니라 로보트에 비유할 세공기계품이였다.

어른들의 웃음꽃이 방안에 활짝 폈다.

석춘은 눈시울이 뜨거워졌다. 공장에서 가장 기능이 높은 아바이지만 그걸 만드느라 얼마나 고심했으랴. 장난감 차이지만 옛 견습공과 그의 가정적 행복을 진실로 축복하는 마음이 깃들어 있는 것이였다.

방안 사람들이 즐거워하는 가운데 기능공 아바이는 움쭉 일어서더니 색갈(색깔)이 바랜 자기의 모자를 꾹 눌러썼다.

석춘의 안해는 당황해했다.

"더 놀다가시지 않구…"

"미안하우… 아주머니, 호남이를 잘 키우시우. 우리 공장 선반공의 후대니까. 이 애가 크면 훌륭한 기계공이 될 거요."

아바이는 어린 아들애한테 다가가서 솥뚜껑 같은 손으로 악수를 청했다. 아들애는 의젓하게 오른손을 내밀었다. 아바이는 자기의 근로정신, 쇠를 다루는 억세고 성실한 마음을 넘겨주기라도 하듯 아이의 조그만 손을 흔들어주었다.

바래주러 나온 사람들이 마당가에 머물렀을 때 기능공 아바이는 석춘의 어깨에 손을 얹고서 잠자코 들여다보았다.

"이 사람, 도대체 어떻게 된 일인가? 응?…" 하는 물음이 아바이의 근엄하고도 질책하는 눈빛 속에 담겨 있었다.

희붐한 어둠 속이였지만 석춘은 속마음을 꿰뚫는 아바이의 눈길, 화목하지 못한 가정 분위기가 념려스러워 발길을 떼지 못하고 불안해서 서 있는 아바이 앞에서 고개를 떨구었다.

한참 만에 아바이는 석춘의 어깨를 위로하듯 꽉 그러 쥐였다 놓았다.

"괴로와 말라구… 사랑싸움이겠지. 칼로 물베기거든… 아무랬든지 간에 자네 안해야 출신이 선반공이 아닌가."

"!…"

석춘이는 아바이를 뜨겁게 바래주면서도 번민에서 헤여날 수 없었다.

선반공 출신의 안해… 접동새 울던 먼 산촌의 밤, 달빛을 품은 안개가 감돌고 여울물이 사품치는 강변, 자기의 서투른 기타연주를 애정을 가지고 대하던 사랑스런 처녀는 이미 안개처럼 어데론가 사라져버렸다.

손님들이 다 가고 아들애는 스뎅 차를 그러안고 잠에 곯아떨어졌을 무렵.

순희는 컴컴한 창밖을 내다보며 조용히 그러나 확언하듯 말했다.

"우린… 아무래도 결합이 잘못되였어요. 생활리듬이… 맞지 않아요."

"그런 것 같소… 생활리듬… 당신이 음악 전문가답게 비유를 잘했소."

"무슨 마련이 있어야겠어요."

"당신 좋을 대로 하오. 내 가부는 묻지 않아도 되오. 난 공장일이 바빠서 당신과 시비를 가릴 틈이 없소."

석춘이는 웃방으로 올라가 미닫이를 닫아버렸다.

가정불화는 차츰 주위에 새여 나갔다. 사람들의 말밥에 오르고 동무들과 집단의 충고가 잇달았으나 상처는 나아지지 않았다. 달이 감에 따라 더 부어오르고 곪아갔다.

그러나 석춘은 묵묵히 아침 일찍 나가고 밤늦게 공장에서 돌아왔다. 때로 공장에서 자기도 했다. 말 못할 고민을 일에 묻어버렸다.

그리하여 사랑과 결혼시절에 켰던 아름다운 등불은 꺼졌다.…

"판사 동지, 내 자신이 가정문제에서 정당했다는 것을 변명하기 위해 말한 것이 아닙니다. 그렇지만… 더는 처와 살지 못하겠습니다. 우린 갈라져야 합니다. 우린 정말 생활리듬이 맞지 않습니다."

"그래, 다축라사 가공기는 성공했소?"

"예, 지난 달에 도 과학기술축전에 내놓았습니다."

"성공했구만… 그걸 만드느라 몇 해 걸렸소?"

"오 년인가… 끌었습니다."

"고생했겠소. 새 기곌 만든다는 게 수월한 일이 아니지."

정진우는 담배를 피워 물었다. 그는 생각이 깊어졌다. 오랜 가정불화 끝에 이들 부부가 스스로 귀납추리해낸 '생활리듬'이란 표현이 어덴지 적중한 데가 있는 것 같았다. 음의 길이와 지향성이 다르고 장단이 맞지 않는 생활… 누구에게 더 잘못이 있는가?… 재판소에 오게 된 구체적 동기는 무엇인가? 창안이 성공한 후에 불화는 더 격화되였다. 수년간 고심하던 일이 빛을 보았으니 안해 앞에서 체면도 서고 리해도 받았을 터인데… 그렇다면 말하지 않은 또 다른 사연이 있는가?

털요포 속에서 잠든 호남이가 꿈결에 입술을 오물거리더니 보조개가 쏙 들어가며 웃는다.

선반공은 아들의 얼굴에 자기 얼굴을 애정스레 바싹 가져다대고 들여다보더니 땀에 붙은 이마의 머리를 쓸어 올려주었다.

"깨우오. 열도 떨어졌는데 저녁을 먹이기오."

정진우는 일어나 밥상을 펴놓았다.

"이러지 마십시오. 집에 업고 가겠습니다."

석춘이는 당황해했다.

정진우는 무릎을 세우는 석춘의 어깨를 꾹 눌러 앉혔다.

"우리 집사람이 출장을 가나서 별로 준비가 없소."

"아들을 데리러… 가정문제로 온 제가 어떻게…"

석춘은 진정 미안해하며 일어났다.

"판사네 집은 법정이 아니요. 어서 앉소. 나를 섭섭하게 하지 말구."

현관문을 조심스레 두드리는 소리가 났다.

정진우는 나가 문을 열었다.

뜻밖에도 현관에는 비에 푹 젖은 채순희가 얼굴이 거멓게 죽어서 있었다. 앞가슴에는 조그만 꾸레미(꾸러미)를 안았고 다른 손에 접어 쥔 꽃우산에서는 비물이 줄줄 흘렀다.

"판사 동지… 우리 애가…"

순희의 음성은 떨렸다. 폭우 속을 헤치며 유치원으로, 극장으로, 집으로 달려 다녔고 마침내 사택마을 처녀를 만나 여기로 찾아 온 것이리라.

"뭘 그러고 섰소. 어서 들어오시오."

아들이 정말 판사의 집에 있다는 안도감으로 해선지 녀인의 얼굴에 화기가 돌았다. 그는 현관 쪽에 돌아서서 치마자락(치맛자락)의 비물을 쥐여 짜고서 정진우를 따라 들어왔다.

"석춘 동무, 누가 왔나 보시오… 부인이 동무와 아들을 찾아 비속(빗속)을 헤맸구만… 허, 그러니 온 집안 식구가 다 모였소. 가만, 이거 내가 보통식탁을 차려서는 안 되겠다."

정진우는 서둘러 벽에 걸린 앞치마를 벗겨 허리에 두르기 시작했다.

그러나 판사의 성의와 우애가 넘치는 익살도, 롱말도… 방안에 서린 싸늘한 기운을 가시지 못했다.

석춘은 우두커니 서 있었고 순희는 털요포를 젖히고서 잠이 채 깨지 않은 아들애한테 꾸레미에 가지고 온 마른 옷을 입히기 시작했다.

잠이 잔뜩 실린 아이의 머리는 이쪽저쪽으로 건들거렸고 손은 팔소매를 제대로 꿰지 못한다. 석춘이가 쭈그리고 앉아 애를 붙잡아주려고 하자 순희는 날씬한 손으로 그의 손을 탁 치워버렸다.

순희가 옷을 다 입히자 총각애는 완전히 잠이 깨였다. 아이는 어리둥절한 눈으로 어머니와 아버지를 쳐다보더니 정진우에게 얼굴을 돌렸다. 모든 게 생각나는지 입술이 방싯이 열리면서 두 눈에 생기가 어렸다.

녀인이 무작정 호남이의 어깨를 끌어당겨 업으려 하자 정진우 판사는 법정에서처럼 엄하게 말했다.

"순희 동무, 애를 놔두시오. 저녁을 먹인 다음 데려가도록 하오."

아들을 어머니보다도 법률이 더 옹호하고 보호할 권리가 있다는 것 같은 그 인간적인 예리한 말 앞에서 녀인은 몸을 흠칫 떨었다. 그제야 지친 듯 방바닥에 주저앉았다.

정진우는 밥상을 차리고 불화한 가정의 후대를 성의껏 대접했다.

호남이는 아버지와 어머니의 눈치를 살피면서도, 앓는 자기를 비속으로 업고 온 머리 희끗한 이 아저씨의 후더운 인정에 녹아서, 배가 고파서 풋철(겨우 눈뜨기 시작한 사리분별)도 잊어버리고 숟가락질을 했다. 한참만에야 어머니의 볼에 흐르는 눈물, 아버지의 어진 눈에 그렁한 물기를 보고는 문득 깨달았는지 숟가락을 조용히 놓았다.

"고마와요."

채순희는 일어서면서 아들애 대신인지 또 다른 의미에선지 정진우에게 사례했다.

순희는 아이를 업으려고 했으나 석춘의 억센 손에 뺏기고 말았다.

호남이는 부모의 충돌에 습관이 됐는지 아무런 의사표시도 없이 순순히 아버지 잔등에 업혔다.

생활의 길에서 친척도, 벗도 아닌 이런 사람의 집에 오리라고는 예상치 못했을 그들 세 사람은 말없이 판사의 집을 나섰다.

정진우는 아래층 현관 층계에 서서 그들을 따뜻이 바래주었다.

저만치에서 호남이가 그를 향해 손을 흔들고 석춘 선반공이 뭐라고 말했으나 아빠트 수채통(하수관)에서 흘러내리는 세찬 물소리에 가려들을 수 없었다.

비줄기와 어둠이 그들을 휩쌌다.

그러나 순희가 우산을 높이 들어 아들을 업은 남편 쪽으로 우산날개를 기울이는 것은 똑똑히 보였다. 아들을 비 맞히지 않으려는 마음에서이겠지만 어쨌든 그들 가정은 이 비속에서 한 우산을 쓰고 가는 것이다.

그들이 아주 보이지 않을 때에야 정진우는 채림이 어떤 사람인지 물어보지 못했다는 생각이 들었다.

수채통에서는 비물이 좔좔 쏟아져 내렸다.

찬바람이 아래층 현관층계에 그대로 서 있는 정진우의 옷자락을 날리고 얼굴에 선뜩하게 비말을 들씌웠다.

정진우는 침울한 얼굴로 비 내리는 어둠 속을 묵묵히 바라보았다. 석춘이 부부가 남기고 간 그 가정적 불행의 구름은 정진우의 마음 속에 차거운 비를 뿌려주고 있었다. 그들이 그냥 한 우산을 쓰고 가는지… 그래도 이 비바람에 옷이 젖겠구나… 정진우는 걱정과 근심이 덧친 어두운 심리에서 벗어나지 못했다.

맞은 켠 아빠트 창문들에서는 수백의 전등 빛들이 흐른다. 하루 동안 헤여졌던 안해와 남편들이 그리운 듯 만나고 아이들이 모였을 것이다. 저마끔(저마다)의 생활과 이야기들과 감정을 안고 와서 불빛 아래에 헤쳐 놓는다. 시내물(시냇물)처럼 다정하게 즐겁게…

어둠 속에서 비는 내리고 수채통에서 떨어지는 비물이 양철판을 뜨며 아픈 소리를 지른다.

찬 비말이 얼굴에 끼얹고 따스한 품을 찾기라도 하듯 옷자락을 들춘다.

날씨가 점점 더 차진다. 대륙성 찬기압이 흘러나오는 모양이다.

정진우는 불현듯 안해가 생각났다. 해발고가 높은 연수덕에는 서리보다도 는개비(안개보다는 조금 굵고 이슬비보다는 가는 비)나 눈이 내릴지 모른다. 새벽엔 해토된 땅껍데기가 꽛꽛이 얼어붙을 것이다. 솜옷을 가져갔는지… 안 가도 될 걸… 그곳 농장원들이 실험포전을 어련히 돌보지 않을라구…

정진우의 뒤에서 조심스런 인기척이 났다.

그는 몸을 돌렸다.

현관층계 우에는 두툼한 쎄타(스웨터)를 입고 우산을 손에 쥔 녀인이 서성거리고 있었다.

2층에 사는 연공(건설현장의 높은 곳에 올라가거나 매달려 일하는 기능공)의 안해이다. 마흔 살이 훨씬 넘은 중학교 교원이다. 녀인은 저녁마다 현관에서, 때로는 더 멀리 나가서 남편을 기다리고 맞아들인다. 그러나 길이 어긋날 때가 많다. 술을 좋아하는 연공은 선술집에서, 또는 친구네 집에서 마시고는 기다리는 안해는 아랑곳없이 왕청같은(생각하였던 것과는 전혀 엉뚱한) 아빠트 뒤쪽 골목에서 불쑥 나타나는 것이다. 술 마신 뒤엔 주정도 없고, 말도 없고, 얌전스레 잠을 자지만 건강이 나빠지는 건 셈에 두지 않는다. 안해를 무척 사랑하고 집안에서 큰소리 한 번 내지 않는다. 행복한 가정이지만 술을 끊지 못하는 남편 때문에 녀인은 시름을 놓지 못한다.

녀인에게는 걱정이 많고, 할 일도 적지 않다. 교수안 작성, 새 교편물 제작, 학생들의 수학실력 제고… 담임한 학습 학생들의 품행, 성적, 교양문제… 하루에도 수많은 문제거리들이 녀교원(여교원)의 어깨에 실리는 것이다. 녀교원은 그 무거운 짐들을 떠메고 나가면서도 남편과 학생들을 차별 없이 애정을 가지고 대한다. 아니, 학생들을 더 사랑하는지 모른다. 녀교원의 그 마음은 처녀시절과 조금도 다름이 없었다. 녀인은 학생들에게 애정과 청춘을 깡그리 바치느라 어느 총각을 사랑해보지도 못했다. 그에게는 부모의 사랑도 없었다. 전쟁 시기 미국놈들의 폭격에 부모를 잃고 애육원과 초등학원에서 자랐던 것이다. 그한테는 '자기'라는 개념, '자기의 앞날'과 '자기의 목적' 같은 것이 없었다. 처녀는 스무 살에 교원이 되자 자기를 키워준 어머니조국의 품에 피와 정신을 용해시켜 사고하는 데 습관되었다. 학급의 학생들은 그 자신이였고 학교는 그의 집이였으며 학생들의 미래는 그의 앞날이였고 그 모든 것은 조국이였다. 처녀는 매달 로임의 마지막 한 푼까지도 학생들을 위해서, 교편물을 위해서, 앓는 학생의 건강을 위해 썼다.

녀교원은 스물아홉 살이 되여서야 누가 소개해준 연공 청년과 결혼을 하였다. 용모만 얼핏 보았을 뿐 어떤 남자인지? 성품이 어떤지?… 캐묻지는 않았다. 결혼 후에도 교원생활을 계속 할 수 있게 도와주겠다는 연공 청년의 고마운 말 한마디에 운명을 허락한 것이였다. 그리하여 첫날밤에 연공 청년의 바위같이 든든한 가슴에 안긴 녀교원은 까닭모를 서글픔에서 철없는 소녀애처럼 울었다. 부모 없는 설음인지, 그토록 사랑을 바친 아이들과 교단생활을 잃어버릴가 싶은 두려움에선지, 지나친 행복이 과거의 추억과 슬픔을 끌어내서인지… 그는 울었다. 녀교원의 가산이라고는 자그마한 트렁크와 앉은 책상과 책들뿐이였다. 그렇지만 결혼식날에 동네 사람들과, 동무들과, 제자들, 학부형들이 가지고 온 선물과 기념품들은 녀교원의 하숙방을 하나 가득 채우고도 남았다. 녀교원이 조금 가르친 십 년 전의 학생 부모들까지 결혼식날을 어떻게 알고 찾아왔다. 마을에서 그렇게 사람들이 많이 모인 혼례식은 처음이였다. 연공 청년은 홀몸이라고 생각했던 신부를 둘러싼 뜨거운 사회적 배경에 어리둥절하였다. 그때부터 연공은 안해를 더욱 사랑하였고 어려워하고 존경했다. 직장에 갔다 와서도 방안에서 안해와 학생들의 즐거운 말소리가 들리면 방문을 열지 않고 도로 아빠트 아래에 내려가서 담배를 피우며 기다렸다. 학생들이 교원과 마음껏 시간을 보내고 간 뒤에야 그는 집으로 들어갔다.… 연공은 지금도 신혼생활 때처럼 안해와 의가 좋다.

정진우는 현관문 어구에 비껴섰다.

연공의 안해는 미안한 듯 허리를 다소곳이 굽히고 정진우의 곁을 지나간다. 녀교원은 우산을 펴들고 비가 채찍질하는 어둠 속에 나서더니 어데로 마중 갈지 몰라 우두커니 서 있다.

정진우 판사는 돌아서 천천히 층계를 올라갔다. 왜 그런지 걸음이 무겁고 계단이 높아 보인다. 올라가야 집에는 아무도 없다는 고독감에서 오는 것이라는 걸 어렴풋이 느낀다. 안해 생각이 불만스럽게 밀려든다. 안해는 이 4월 한 달에만도 이십 일이나 연수덕에 가 있었다. 집에 와서 연구소에 다닌 지 한 주일도 못 되는 오늘 또 그곳으로 떠나갔다… 과연 이런 부담 많은 '홀애비 생활'을 언제까지나 해야 할 것인가… 는개비 내리는 먼 고산지대에 떠나간 안해에 대한 애정과 불만이 그의 심중을 착잡하게 뒤흔들었다.

2층 계단을 거의 올라오는데 아래층 현관에서 젖은 발을 터는 소리와 말소리, 우산 접는 소리가 들려왔다.

"비 오는데 마중은 무슨… 어련히 오지 않을라구."

퉁명스러우면서도 사뭇 온정이 밴 연공의 목소리.

"왜 늦었어요?"

녀인의 근심스런 목소리.

"응, 기중기 침목감을 저녁 늦게야 실어왔더군. 다 퇴근한 지 오랬는데 사람이 있어야지… 혼자 부리워 쌓고 나니 허리가 늘씬합데."

"선술집을 그대로 지나오진 않았겠군요."

"하- 어디 냄새가 나오?… 내 인젠 술은 끊었어."

"오늘부터요?"

"그럼…"

"호, 십 년 체병이 떨어지겠어요."

"뚝 덜어질 거요."

"정말이지요?… 약속해요."

연공과 녀인의 목소리는 점점 작아졌다.

정진우가 3층 계단을 다 올라서니 말소리는 아주 가늘어졌다.

"여보… 거 뭐 교편물 같은 거 만드는 게 없소?"

"왜 그래요?"

"도와주려구…"

"엉큼한 생각… 마시고 싶으니까."

"허, 집게로 꼭 집어내는군."

"당신 마음 속이야 아이들같이 단순한 걸요. 교편물 만들 일은 없어요."

"안 됐군… 그런데 여보… 날씨가 추워지는군 그래… 거 벽장에… 전번날 마시던 거 좀 있지?"

"끊은 지 삼 분도 못 돼서…"

"한 잔만… 난 술하군 리혼을 못 해. 당신과 결혼하기 훨씬 전에 술에 정을 붙였으니까."

"…"

정진우 판사는 행여나 아들에게서 편지가 오지 않았나 하고 신문함을 살펴보고서야 문을 열었다.

어쩐지 집안이 썰렁한 게 찬기운이 돌았다.

웃방 '온실' 걱정이 더럭 나서 황황히 올라가보니 아닐세라 창문의 환기창이 열려 있었다. 거기까지 넌출이 뻗어 오른 줄당콩(콩과의 한해살이 덩굴성 식물) 이파리들이 불어드는 찬바람에 떨고 있었다. 서둘러 환기창을 닫고 온도계를 보니 다행히 온도가 그닥 떨어지진 않았다. 새로 육종한 모종들이 좀 우려됐으나 어차피 내한성부터 키워야 한다는 그럴 듯한 생각에 위안을 가졌다.

정진우는 모종 화분들에 물을 주기 시작했다. 화분마다 이제 싹을 내밀거나 반 뽐(반 뼘) 가량씩 자란 고추, 도마도, 배추, 무우, 부루… 들이 애리애리한 잎들을 펼치고 있다.

거의 다 안해가 자기 식의 육종방법으로 얻은 종자들을 심은 것이다. 연구소의 일부 사람들의 지지를 받지 못한 종자들이지만 안해는 제 살붙이처럼 귀중히 여기고 한 집안에서 살게 한다. 이 남새종자를 시 주변 농장 시험 포전(채소밭)과 연구소 포전에도 심었다. 원종의 두 배는 될 풍요한 수확을 희망하는 안해이다. 그러면 남새밭 면적을 줄이고 노력도

줄이고도 이곳 산간지대 사람들의 남새부 식물을 보다 풍성하게 공급할 수 있다고 한다.

그러나 육종사업이란 계절과 세월과 풍토에 의존하는 만큼 한 번의 시험이 한 해를 보내게 된다. 그런 시험을 수 번, 수십 번을 반복한다. 수천 년 동안에 쌓아진 인류의 경험과 자연의 진화에 의해 물려진 조그만 씨앗들을 목적대로 갱신한다는 게 과연 쉬운 일이겠는가…

안해가 이제라도 전진이 없는 연구사업을 그만두면 어떨가… 집과 아이들 속에서 정상적인 행복한 가정생활을 누리면서도 성과를 거둔 과학자들이 좀 많은가…

정진우는 후회와 실망에 잠겨 안해의 사업이 가지는 장구성과 간고성을 생각해보았다.

처녀시절의 안해를 사랑할 때 이런 앞날을 상상이나 했던가?…

4.

스무 해 전… 가을날.

정진우는 대학강당에서 자기의 소론문(소논문)을 발표하였다. 법학부 5학년에 진급하면서 준비한 학과론문이었다.

"인류 혼인사에 관한 법률적 고찰"… 학과론문치고는 너무나 큰 제목이였다. 력사적, 생활적 자료를 풍부히 안받침(뒷받침)하여 쓴다면 두꺼운 저서가 될 수 있는 글이였지만 학과실습론문으로 성급히 집필하여 주제에 비한 내용의 빈약성을 초래하였다. 그러나 정진우는 유물변증법의 견지에서 력사가들이 개척한 혼인분야의 발전력사를 깊이 연구한 데 기초하여 학과론문을 썼다. 그리하여 초고를 읽은 기숙사 호실 동무들은 학술적으로 볼 때 충분한 가치가 있으며 대학생의 론문으로서는 우수하다는 평가를 내렸다.

정진우는 은연중 긍지를 가지고 연탁에 나섰다. 강당에는 학생들이 많이 들어찼다. 대개는 법학부 동급생들과 하급생들 그리고 학구적 호기심을 가지는 졸업반 학생들이였다. 다른 학부 학생들도 적지 않았다. 교내에서 론문을 발표할 때는 제목과 발표자와 날자가 대학벽신문에 소개되였던 것이다. 그중에서도 법학부 학생들의 론문은 다른 학문의 계선을 넘어 청강생들의 관심을 끌었다.

강당의 앞줄에는 법학부의 '벌침'이라는 별명을 가진 윤희가 낯모를 처녀와 함께 앉아 있다. 윤희는 정진우의 고향 도시 처녀였다. 윤희는 어딘가 얄궂은 미소를 정진우에게 던지고 있었다. 학과론문이 과연 어느 만큼 금새(물건의 값이나 가치)가 있는가 보자는 기색이였고 아무리 론리성 있게 잘 씌여졌어도 자기한테는 어느 구석이든지 쏘이리라는 표정이였다. 그와는 달리 곁에 앉은 낯모를 처녀는 정진우에게 류다른 호기심을 띤 선망의 부드러운 눈길을 보내고 있었다. 정진우는 어쩐지 그 처녀의 따스한 눈빛이 마음속에 깃들이는 감이 느껴져 처녀를 다시금 바라보고서야 론문원고에 고개를 숙였다.

"인류의 유년 시기에…"

정진우는 강당을 쭉 둘러보고서 가라앉는 음성에 쟁쟁한 운률을 돋구었다. 그의 어딘가 교수다운 청청한 목소리는 론문의 세계에 일종의 신빙성을 부여하면서 강당에 울렸다.

"인류의 유년 시기에 사람들은 자기의 원시적 거처인 열대와 아열대의 밀림 속에서, 동굴 속에서 무리를 지어 살았습니다. 자연과실과 식용식물 채취, 연약한 짐승을 사냥하는 것이 그들의 주요생업이였습니다. 원시적인 남녀의 분업조차 아직 생겨나지 않은 이 시기를 구획 짓는다면 구석기시대 초기보다 훨씬 거슬러 올라가야 할 것입니다. 고등동물에서 진화하여 직립보행을 시작한 '인간'은 나무 막대기와 돌도끼 같은 로동도구와 불을 발견하기 전까지는 수천 년을 이런 상태에서 살았습니다.

이 시기를 지배한 인류의 첫 혼인형태는 군혼이였습니다. 맹수들과 알 수 없는 자연의 광란, 부족 되는 식료로 하여 무리를 이루고 살지 않으면 안 되었던 원시인들에게는 정신도덕 생활도 극히 빈약하였습니다. 동물의 본능에 가까운 먹고 살아가는 것밖에는 다른 정신적 '목적'이 없었던 그들에게서 군혼은 자연스러운 '도덕'이였습니다. 원시인들에게는 이런 혼인관계를 규제하는 어떠한 금지적 조치나 제한 같은 것은 필요 없었으며 있을 수도 없었습니다.

이 원시군혼은 오래동안 계속되였습니다.

유년기를 벗어난 인류는 나무와 돌로 된 도구, 불의 사용, 물고기 식료, 활과 화살의 발명, 목축업 등으로 구석기시대를 맞이하였습니다. 맹

목적으로 무리를 이루고 살던 인간은 첫 씨족공동체를 형성하게 되었습니다. 그것은 모가장적 씨족공동체였습니다. 당시의 혼인이 군혼이였던 조건에서 자식은 어머니만을 알 수 있었으며 어머니 갈래에 의해서만 혈통을 따질 수 있었습니다.

세대와 혈육의 구분이 없이 진행되는 군혼관계는 원시인들의 빈약한 의식 속에서도 모욕과 수치라는 감정을 서서히 발생시켰습니다. 따라서 무질서한 군혼생활은 점차로 그 범위가 좁아졌습니다. 그리하여 모계씨족제도 초시기에는 훨씬 진보한 군혼이 생겨났습니다. 무질서한 혼인집단이 세대별로 되였고, 나아가서 형제와 자매 사이의 혼인도 배제되는 전진을 이룩하였습니다. 모가장적 씨족공동체는 대체로 구석기시대 중기에 발생하여 말기와 신석기시대를 거쳐 발전하였습니다.

원시적 가정경제의 생산력이 발전하고 인구밀도가 증대함에 따라 모권사회는 정신적 발전을 이룩하였습니다. 군혼관계는 사람들이 경제적 리익(이익)과 더욱더 큰 모순을 가져왔으며 특히 녀성들에게 고통스러운 것으로 되였습니다. 녀성들은 굴욕적이고 억압적인 성관계에서 벗어나기 위해 모권시대의 자기의 경제적 영향력, 가장의 권력에 의거하였습니다. 그리하여 녀성들의 주장을 배태한 씨족협의회의 끊임없는 론쟁(논쟁), 새로운 긍정적 결정들과 낡은 혼인전통, 관습, 군혼의 쾌락을 버리려 하지 않는 남자들의 집요성 간에는 치렬(치열)한 '싸움'이 오래동안 벌어졌습니다. 결국은 수천 년 동안 계속된 군혼의 관습을 타파하고 대우혼에로 이행할 수 있었습니다. 대우혼에서는 남자는 한 녀성과 살되

다처제는 의연히 남성의 권리로 남아 있었고 자녀들은 종전과 같이 모친에게 속해 있었습니다. 군혼의 잔재를 완전히 타파하지 못한 과도적 혼인형태이지만 대우혼은 인류력사에서 새로운 도덕륜리 생활을 이룩한 녀성들의 '법률적' 승리라고 보아야 할 것입니다.

대우혼이 단혼 즉 일부일처제로 넘어가는 것은 신석기시대 말기와 청동기시대에 와서야 이루어졌습니다. 이 시기 사회적 분업인 목축업과 농업이 더욱 발전하여 농사에 보습경작이 적용되고 본격적인 집짐승 기르기가 시작되였습니다. 발전한 이 목축업과 농업은 힘이 센 남자의 전문직업으로 되였습니다. 씨족공동체경리에서 지배적 지위를 차지하게 된 남자들은 대우혼의 세습을 무시하고 안해와 아이들을 자기 편으로 데려다가 한 가정을 이루고 살게 되였습니다. 그에 기초하여 혈통계산과 상속은 아버지 갈래에 의하여 하기 시작하였습니다. 남자는 자기의 재산을 상속할 명백한 혈통의 자식을 필요로 했기 때문입니다…"

정진우는 청강생들이 자기의 학과론문에 귀를 기울이는가를 보고 싶었지만 어쩐지 그럴 여유가 생기지 않았다. 그는 잠시 말을 멈추고 고개를 얼핏 들어 객석을 보았을 뿐이였다.

모계씨족공동체의 붕괴와 부계씨족공동체의 형성, 철기의 발명으로 인한 생산력 발전, 분업, 잉여생산물, 사적 소유, 상품생산, 교환, 착취, 계급발생… 정진우는 씨족공동체의 경제적 기반이 무너짐과 함께 새로운 혼인관계인 단혼에 기초한 고유한 가족이 사회경제적 단위로 되는 과정을 개괄적으로 피력하였다. 그는 객석에 앉은 적지 않은 법학부 학생들과 청강생들에게는 혼인사에 관한 이런 개괄이 력사가들의 리혼을 여러 면에서 답습한 것으로 하여 흥미가 덜하리라고 생각했다. 그러나 그는 법률적 견지에서 분석한 부분들에는 자기 몫이 있다고 여겼다.

"…계급들 간의 대립과 충돌의 산물인 국가는 지배계급의 사적소유를 공고화하며 근로인민을 압박하고 착취하기 위한 강제적 수단의 하나로서 법을 만들었습니다. 착취계급의 리익을 옹호하는 국가권력의 무기인 법은 원시사회와 씨족사회에서 유지되던 풍습, 전통 여론, 관습, 씨족협의회 결정 같은 것과는 본질적으로 다른 것이었습니다.

고대 슈메르 법전과 그것을 계승한 기원전 16세기 바빌로니아 국가의 함무라비 법전… 등에는 형사, 민사관계와 함께 혼인관계를 규제하는 법조문이 밝혀져 있습니다. 일부일처제의 혼인형태를 규정하는 고대 국가들의 법률은 매음과 간통을 없애는 건전한 도덕륜리관을 확립하기 위한 것이 아니라 사적 소유를 세대를 이어 공고히 하려는 목적에서 나왔습니다. 사적 소유의 축적과정은 사회와 가족에 있어서 남자의 권력을 더욱 강화시켰고 녀성을 경제적으로 예속시킴과 동시에 녀성의 정치적 및 정신적 노예화를 특징지었습니다.

봉건사회로 들어와서 혼인관계는 재산과 함께 신분, 권세에 의해 강제와 굴종 속에 진행됨으로써 녀성의 인간적 감정, 인권을 점점 더 유린하는 쪽으로 발전하였습니다. 고려시기의 '상정례문'이나 리조(이조) 시기의 '경국대전'같은 법전들에서 보면…"

정진우는 연탁의 물고뿌를 들어 목을 적시었다. 강당의 객석은 조용하였다. 청강생들은 론문의 학구적 깊이에 끌려들어가서 물고뿌를 천천히 마시는 정진우의 행동마저도 존경스레 지켜보는 것 같았다.

정진우는 앞줄에 앉은 '벌침'을 보았다. 윤희의 얼굴에서 얄궂고 어딘가 거만에 가까운 도고성(스스로 높은 체하며 교만한 성질)은 자취 없이 사라졌다. 영탁 방향으로 몸을 돌린 윤희의 얼굴은 놀라운 빛으로 가득 찼다. 공부나 좀 하는 멋쟁이 청년인 줄 알았는데 그 해박한 지식과 탐구력은 어데서 생겨난 것인가 하고 연사를 뜯어보는 모양이었다. 그러나 윤희의 옆에 앉은 낯모를 처녀는 몹시 진지한 표정이었다. 아까 첫인상에 정진우의 마음 속으로 살풋이 깃들었던 호의와 선망의 눈빛은 더는 엿볼 수 없었다.

정진우는 연탁의 코앞에 앉은 처녀들에게 공연히 원심(혼자 속으로 안타깝게 애쓰며 마음을 조임)을 쓴다고 생각해버리고는 원고장을 번지었다(한 장씩 넘겼다). 아까와 같은 청청한 목소리가 울리고, 론문세계에 침투에서 흥분한 정신상태가 그를 지배하였다. 정진우의 눈앞에는 혼인과 법률의 호상(상호)관계의 력사를 파고든 글줄 외에 더 보이는 것이 없었다. 뿌연 안개에 싸인 듯 초점을 잃고 보이는 객석의 청중은 수십만 년을 흘러온 다난한 혼인력사를 립증(입증)하는 증견자(직접 제 눈으로 보고 증명하는 사람)들 같았다. 산 증견자는 아니지만 끊임없이 변화 발전해온 혼인형태의 직접적 후손들인 것이다.

정진우가 학과론문 발표를 끝내자 청강생들은 그의 고심 어린 학술적 노력에 진심으로 되는 박수를 보내였다. 정진우는 그런 일에 습관된 사람처럼 혼연히 연탁을 내려섰으나 흥분으로 높뛰는 가슴을 진정하기 어려웠다. 정진우의 동급생들과 상급생들이 다가와 그에게 손을 내밀어 악수를 나누었다.

청강생들은 강당 출입문으로 쏟아져 나갔다.

기쁨에 도취한 어리둥절한 흥분상태에서 벗어나지 못한 정진우가 객석 앞줄에 서 있는데 두 처녀가 다가왔다. 윤희와 그의 동무였다. 윤희는 정진우를 향해 생글생글 미소를 지었다.

"학과론문의 성과를 진심으로 축하해요."

"부족점은 아끼지 말고 찔러주시지요."

정진우는 넌지시 말했다.

"찌를 데가 없어요. 난 동급생으로서 진우 동무의 론문에서 배웠다는 것을 솔직히 말씀드려요. 그런데… 참, 내가 소개를 하지 않았군요. 나의 동무 한은옥이예요."

정진우는 처녀와 다소곳이 눈인사를 마주했다.

윤희가 말을 이었다.

"은옥 동문 생물학부 통신수업을 올라왔어요. 연수덕이 고향이예요."

"그… 렇소. 먼 곳에서 왔구만요. 연수덕은 우리 도시에서 산협길로 삼백 리나 되지요."

윤희는 친절을 표시하는 정진우의 얼굴을 유심히 바라보며 말했다.

"그런데 은옥 동문 진우 동무의 학과론문에 의견이 있어 해요."

"아, 그렇소?… 어서 이야기하십시오."

정진우는 놀라운 호기심을 나타냈다.

은옥의 얼굴은 활딱 붉어졌다. 처녀는 정진우를 얼핏 쳐다보고는 겸손하게 눈길을 떨어뜨렸다.

"아니… 전 별로 의견이 없습니다. 윤희 동무가 괜히…"

"충고할 건 사양치 말라고 했습니다."

"학과론문을… 잘 쓰신 것 같애요…"

윤희는 딱해하는 동무의 팔굽을 제때에 잡아끌었다.

"얜 참, 아깐 소근 거리더니… 없으면 가자꾸나."

"미안해요…"

두 처녀는 정진우를 남겨놓고 출입문 쪽으로 걸어갔다.

…

정진우는 그날 은옥이란 통신생 처녀에 대해 더 생각지 못했다. 강당을 나와서 밤늦게까지 학부 내 다른 동무의 학과론문을 읽고 토론을 벌렸던 것이다.

그러나 다음날, 뜻밖에 대학식물 교재원에서 그 처녀를 만나게 되였다. 쌀쌀한 가을날 새벽이였다.

정진우는 인적이 드물고 공기 좋은 교재원의 숲속길을 산보하고 있었다. 기숙사에서 나올 때부터 책을 옆구리에 꼈으나 이른 새벽 정취에 매혹되여 고개를 젖히고 느직느직 걸음만 옮겼다.

나무들 속에 슴새여들었던(조금씩 스며들었던) 안개가 차츰 흩어지고, 푸른 바늘잎나무들(침엽수들)과 단풍든 넓은 나무잎(나뭇잎)들의 빛갈이 선명히 드러나기 시작한다. 고요한 정적 속에서 색이 진한 나무 잎사귀들이 떨어져 내리는 소리가 부산스런 조그만 새들의 나래소리 같다. 오솔길에도 나무 잎사귀들이 널렸다. 묵은 나무잎들이 투실한 흙 속에서 부식되는 구수하고 습한 냄새와 해빛에 한껏 익은 가을 잎사귀 냄새가 어울려 풍긴다. 머리 우에서 잠깬 새 한 마리가 푸르릉 날아갔다. 몇 번 목청을 뽑아보더니 너무 이른 감을 감촉했는지 곧 잠잠해버렸다.

정진우는 오솔길 가녘에 있는 늙은 참나무 밑의 뻰취에 그 처녀가 앉아 있는 것을 보았다. 은옥이는 책을 펼쳐놓고 줄을 그으며 열심히 들여다보고 있었다.

순간 정진우는 어제 강당에서의 일이 한꺼번에 살아나 그 처녀의 학습을 방해하는 줄도 모르고 성큼성큼 다가갔다.

조심성 없는 인기척에 놀랜 처녀는 고개를 들었다. 정진우를 보자 처녀의 얼굴엔 엷은 홍조가 피였다. 서느러운(시원스럽고 선선한) 눈빛 속에는 따스한 반가움이 스며 있었다.

"좀 앉아도 되겠습니까?"

"어서 앉으세요."

처녀는 뻰취에 떨어진 잎사귀들을 치우려 했으나 정진우는 그대로 앉아버렸다.

두 사람은 교재원 숲속의 고요에 귀를 기울이며 선뜻 말을 꺼내기 주저했다.

"어제… 저의 학과론문에 대해… 분명 의견이 있었지요?… 기탄없이 말해주지 않겠습니까?"

"…"

"방조(도움)를 주십시오."

"생물학부 학생이 무슨 방조를 드리겠어요."

처녀의 얼굴에서 홍조는 가셔지고 강당에서 보던 때의 그 진지한 기색이 어렸다.

"어쨌든 듣고 싶습니다."

정진우는 겸손하게 고집을 세웠다.

은옥이는 책을 놓고 금방 무릎 우에 내린 잎사귀를 쥐여 손가락으로 비벼 돌리였다. 머리 우에서 황이 든 나무잎들이 끊임없이 날려 내리고, 가을이 되여 배불리 먹은 새들이 늦잠에서 깨여나 게으르게 울어댄다. 붉으레한 아침의 첫 해살이 혼성림 속으로 비껴들자 나무가지들을 품었던 엷은 안개가 부끄러운 듯 숲 우듬지로 빠져 파아란 하늘에 몸을 감춘다.

"저의… 아버님이 인민참심원이여서… 집에 있는 법학 계통의 책들을 흥미를 가지고 보았습니다. 그저 손에 닿는 대로 읽은 것이여서 제가 안다는 건 단편적인 지식이고… 견해라는 게 보잘 것 없어요."

은옥이는 정진우를 쳐다보며 상긋 웃었다. 어린 소녀애처럼 수집음과 순박성이 맑고 솔직한 눈에 한껏 어려 있었다.

"그래도 요구하시면… 제가 동무의 학과론문을 듣고서 생각되는 건…"

처녀의 음성은 차차 진중한 의미를 띠였다.

"우점(우수한 점)은 어제 박수에 다 실려서 말하지 않아도 되겠지요…
첨부하고 싶은 건 소론문이 법학적 박식을 드러내는 화려한 문장이 아
니라 인식적 측면을 위주로 검소하게 씌여졌어요. 배운 점이 많았습니
다.… 제 의견 같아서는 학과론문의 내용에서 법률적 관계 고찰을 좀더
심화했더라면 좋았을 것 같아요…"

은옥이는 일반적으로 혼인관계를 중심으로 하는 가족과 그 력사적 발
전행정에 대한 고찰은 지난 세기의 력사가들이 대체로 언급한 문제라고
말했다. 그러니 학과론문에서는 사회의 생산력 발전과 경제제도의 변화
에 따라서 혼인, 가족형태들이 발전해온 것을 쓰면서도 보다는 그런 토
대 우에서 원시와 고대, 중세 사람들의 정신도덕륜리 관계의 력사적 발
전과정을 쓰는 게 더 좋을 것이다. 론문의 여러 부분들에서 언급할 자세
를 보이다가는 스치고 말았다. 낡아서 모순되고, 저속한 도덕륜리 관계
를 벗어던지고 새로우면서도 보다 고상한 정신도덕 관계, 혼인관계를
수립하려는 근로인민들의 투쟁은 생산의 장성과 토대의 발전에 못지않
게 인류 혼인력사의 진보에 큰 영향을 미쳤다…

"동무의 론문이 혼인력사에 관한 법률적 고찰인 만큼 더욱 그쪽으로
서술돼야 하지 않을가요… 법률이 의존하지 않을 수 없는 전통, 풍습,
관습은 사람들의 오랜 생활과정에 만들어지는 것이고 사람들의 부단한
정신적 노력과 투쟁에 의해 갱신되는 것이 아니겠어요."

"!…"

정진우는 놀라운 눈길로 처녀를 바라보았다.

은옥의 검은 눈에는 아침 해살이 아롱아롱 비껴든 숲처럼 신선하고 온후한 빛이 들어찼다. 가을숲 향기는 처녀의 온몸에서 풍기는 듯싶었다.

평범하게 생각했던 처녀의 지식은 미모와 어울려 정진우의 마음을 그러잡았다.

"은옥 동무의 의견에 반박하고 싶은 생각이 있는데도 그러질 못하겠습니다. 동무의 론리에 있는 새로운 것이 나를 흥분시킵니다."

"저의 말을 그렇게 신중히 대하실 건 없어요."

"아니, 옳은 말입니다… 공부를 많이 했군요. 진심으로 존경을 표시합니다."

은옥이는 겸손히 침묵을 지켰다.

…

정진우는 온 하루를 대학도서관의 구석진 자리에 들어박혀 보충원고를 썼다.

"…인류가 달성한 높은 생산력, 경제적 진보는 사람들의 정신도덕적 진보의 기초로 되였으며 이것은 소상한 인간적 감정을 발전시키고 계승하게 하였다. 원시사회에서부터 비록 차원이 낮은 형태이지만 사람들에게는 애정, 의무, 존경, 두려움, 수치, 공포, 량심(양심), 선의… 와 같은 도덕륜리적 개념들이 점차 풍부해지기 시작하였다. 모성애는 인간이 고등동물계에 속해 있을 때부터 생물 진화법칙의 한 형태로 존재해왔을 것이지만 남성들이 자녀에 대한 부친으로서의 구체적 감정은 군혼시대에도 잘 형성되지 못하였다고 볼 수 있다. 이 시기에는 그저 자기들 무리의 후대 일반에 대한 보호적 감정이 남성들에게 지배하였을 것이다. 그러나 그것은 무리의 생사존망과 관련된 것으로 하여 절박한 의무성과 사생결단의 본능적 감정에 가까운 강렬한 심리였다. 이것이 부친으로서 따뜻한 사랑과 배려를 낳는 원숙한 감정, 부성애로 발전하기까지는 수천 년의 긴 세월이 흘러다. 그 오랜 력사(역사)의 흐름 속에서 온갖 도덕적 사유의식, 감정들이 발생 풍부화되였고 명료히 세분되여 발전함으로써 인간의 정신생활을 상승시켰다. 그것은 혼인관계에 결정적 영향을 주었다. 그리하여 대우혼과 단혼 초 시기에 벌써 사람들은 혼인관계를 맺고 부부생활을 영위하는 것이 생리적 및 경제적 필요성으로써만이 아니라 도덕륜리적 필요성의 우위를 인식하기 시작하였다… 그러나 인간 정신생활의 고상한 발전과정은 결코 무난히 진행되지는 않았다. 고대로부터 인간들의 대립과 모순과 해결과정들은…"

정진우는 학과론문의 주제범위를 가늠하지 못하였다. 혼인관계의 법률적 고찰, 도덕륜리적 발전문제는 정신령역의 전반을 포괄하였다. 공고히 확립되지 못한 견해와 지식이 론문에 추상적으로 반영되기 시작하였으나 그는 깨닫지 못하고 달필로 써내려갔다. 매 혼인단계들에서의 도덕의식 발전과정을 과학적으로 론리성 있게 해명하자면 그렇게 서둘러 써서는 안 될 것이였다. 풍부한 력사적 생활자료를 들추어내고, 연구하고, 법률적 분석을 가해야 하며 그러자면 방대한 노력과 시일이 필요할 것이였다. 그러나 정진우는 며칠 어간(사이)에 조급히 썼다. 학과론문 자체의 완성보다도 은옥이란 처녀가 통신수업을 마치고 떠나기 전에 한 번 보이고 싶은 생각뿐이였다. 왜 그런지 그 처녀를 다시 만나보고 싶은 마음을 억제할 수 없었다.

정진우가 학과론문의 보충원고를 겨우 정리하여 가지고 녀학생기숙사에 갔을 때 윤희는 호기심을 감추지 못해하였다. 윤희는 정진우의 학구적 노력에서 싹튼 야릇한 심정을 제 나름으로 속단해 버리고는 은옥이가 오후 북행렬차(열차)로 떠난다고 알려주었다. 렬차 시간까지는 30분밖에 없었다. 그는 곧바로 역전으로 가는 뻐스를 탔다. 역전 광장에 내려 개찰구로 달려간 그는 렬차가 멀리 운무 속에서 기적소리를 내며 질주해오는 때에 홈에 나섰다.

정진우는 붐비는 려객(여객)들 속에서 인차 은옥이를 찾아냈다. 수수한 진회색 가을 양복을 입은 은옥의 발치에는 려행(여행)가방과 보자기에 싼 화분이 세 개나 놓여 있었다. 정진우를 본 은옥이는 약간 놀라는 기색이더니 이어 반갑게 물었다.

"누굴… 마중 나오셨어요?"

"아니… 난 동무를 만나러 왔습니다."

"저를요?…"

"학과론문을 다시 썼기에 좀 보아 달래려고 이렇게…"

정진우는 자기가 솔직하지 못함을 느꼈다. 그는 얼굴이 붉어져 공연히 론문원고를 주물렀다.

은옥이는 저으기 당황해했다.

"저의 말을 그렇게까지… 아니, 전 그걸 볼 수준이 못 돼요. 그리고…"

은옥의 난처한 립장(입장)을 방금 홈에 들어오기 시작한 렬차가 구원해주었다. 렬차는 홈을 진동시키면서 손님들에게 바람을 들씌웠다. 은옥이는 흩어진 머리를 쓰다듬고는 가방을 손에 들었다. 왼손으로는 화분 보자기 하나를 쥐였다. 처녀의 얼굴은 랭정해지고 그를 피하려는 기색이 완연했다.

정진우는 그제야 론문은 찾아온 구실이며 진실로 학구적 방조를 바라서 오지 않았음을 처녀가 느낀 것을 알았다. 그러자 자기가 마치 어떤 은근한 속심을 가진 저속한 인간처럼 생각되여 얼굴이 화끈거렸다. 손에 쥔 원고가 더없이 졸렬한 것으로 여겨졌다. 정진우는 사죄라도 하고 싶은 마음이 불쑥 치솟아 원고를 옆구리에 끼고 화분 보자기 두 개를 손에 들었다.

처녀는 황급히 만류했다.

"아니, 괜찮아요. 제가 렬차에 올려놓고 내려오겠어요."

"동문… 너무하는군요… 지나가던 사람이라도 도와줄 수 있지 않습니까."

"…"

은옥이는 반대하지 못하고 눈시울을 내리깔았다.

정진우는 어색한 분위기를 메꾸려고 물었다.

"무슨 꽃나무 화분입니까?"

"남새모종이예요."

"그렇소?!… 그런데 화분에까지… 집에 가져가렵니까?"

"우리 고장 연수덕에요… 남새품종 연구소에서 특별히 육종하는 것이여서 시험해보려고 합니다."

"!…"

정진우는 은연중 감동되여 화분 보자기를 들고 처녀의 뒤를 따랐다. 승강대를 올라가 좌석의 선반에 화분을 정히 올려 놓아주었다.

"고마워요…"

은옥이는 진심으로 사례했다.

"잘 다녀가십시오."

정진우는 처녀와 악수를 해야 될지 어떨지 몰라 망설이다가 그대로 내려왔다. 렬차는 아직 떠나지 않는다. 그는 홈에 서서 바지 주머니에 손을 찌른 채 렬차의 지붕 너머 운무가 낀 하늘 쪽을 바라보았다. 가슴속에서 무언가 크고 소중한 것이 떠나가는 것만 같아 허전하였다. 렬차가 서서히 움직이자 그는 은옥이가 앉았을 창문을 바라보았다. 그 처녀는 앉지 않고 남새 화분을 놓은 창턱 곁에 서 있었다. 정진우의 옆을 지날 때 은옥이는 손을 들었다가 마치 그 손길에 작별의 아쉬운 정이 내비칠가 봐 두려운지 황황히 내리고 얼굴을 돌려버렸다. 정진우는 렬차가 멀리 사라졌으나 사귈 수 없는 두 줄기 철길이 끝없이 뻗어간 그곳에서 눈길을 떼지 못했다.

…

정진우의 마음 속에는 은옥의 모습이 깊이 새겨졌다. 진지하고 상냥하고 랭정한 그 모습을 잊을 수 없었다. 연구사업에 대한 성실성을 지닌 처녀의 성품은 그윽한 눈과 발갛게 상기된 얼굴보다도 더 매력을 가지고 정진우의 마음을 끌었다.

그때로부터 일 년 반이 지나 정진우는 여기 고향 도시의 인민재판소에 배치를 받았다. 안착되고 사업에서 여유가 생긴 어느 날, 정진우는 교외에 있는 남새분 연구소에 찾아갔다.

누가 찾아왔다는 전달을 받고 정문에 나온 은옥이는 정진우를 보자 몹시 반가와 하였다. 처녀는 연구소의 정원에서 늦배를 따서 정진우에게 권했다. 아직 서리를 맞지 않은 배는 살이 딴딴하고 맛이 떫었다.

정진우는 자기가 시 인민재판소 판사로 일하고 있다는 것을 알리고 에둘지 않고 찾아온 목적을 솔직히 말했다. 힘겨운 말이였지만 그는 벌써 몸에 배기 시작한 법일군(법일꾼=법관)의 실무성으로 행동하고 감정을 표현하였다.

처녀는 얼굴이 붉어지고 당황해서 한참이나 말이 없었다. 그러더니 부서의 일이 바쁘다고 하며 량해를 구했다. 저녁 시간의 산보도 영화구경도 거절하였다.

정진우는 이틀 후에 또 연구소에 찾아갔다.

그러나 처녀는 없었다. 연구사업 때문에 해발고가 높은 먼 고장으로 떠나간 것이다. 접수에 앉아 있는 나이 지숙한(지긋한) 녀인이 그를 알아보고 편지봉투를 주었다.

그 처녀-은옥-의 편지였다.

은옥이는 례의가 무딘 자신을 비판하고서 뜻밖에 그런 사랑-그것이 사랑이라면⋯-을 받게 된 것을 행복하다고⋯ 그래서 어떻게 받아들여야 할지 모르겠다고 썼다. 풍토가 거친 고장에서 남새하고만 씨름질 하는 보통 처녀인 자기에게는 너무나 과분하다는 것이였다. 그 다음은 사리 있는 랭정한 글줄이였다. 사회의 첫걸음을 내디딘 법일군이 공연히 시간을 랑비하는 것이 아닌가고 하였다. 부디 마음을 흐트리지 말고 재판사업에 전념하기 바란다고 썼다.

편지는 한 페지(페이지)도 채 못되였으나 정진우의 가슴에 불을 더 뜨겁게 지피였다. 아무런 애정도 담겨 있지 않았고, 정진우의 사랑을 일시적인 마음의 혼란, 경솔한 련정으로 취급하면서 제때에 인연을 끊어버리려는 처녀의 결단성은 오히려 반작용을 일으킨 것이였다.

정진우의 첫사랑, 깨끗하고 진실한 사랑이 순결한 처녀의 심장 속에서 불타오르기까지는 퍼그나 시일이 흘렀다.

그들의 결혼식은 밤새 눈이 푹 내린 3월의 따스한 날에 있었다.

정진우는 혼례식을 하기 전에 은옥이와 같이 교외 거리를 산보하였다.

외투를 입고 털수건을 목에 푹신히 둘러감은 은옥이는 따뜻해 보이는 가죽신을 무용수처럼 가볍게 옮겨 디디였다. 털수건의 가느다란 술은 은옥의 어깨와 잔등과 앞가슴에서 해살처럼 흘러내렸다.

사람들의 발길에 다져지고 겉녹았던 눈이 얼어붙은 곳에서 길은 유리

판처럼 번들거리고 미끄러웠다.

그래서 은옥이는 정진우의 팔을 붙잡고 그에게 반쯤 몸을 실은 채 걸어갔다.

처녀의 얼굴은 닥쳐온 행복으로 하여 산정의 흰 눈처럼 환히 빛났다.

정진우는 그 밝은 얼굴, 기쁨과 두려움이 감추어진 처녀의 눈을 보는 것으로도 마음이 뒤설레였다.

그들의 발밑에서 언 눈이 뽀드득뽀드득 경쾌한 소리를 냈다.

아침 추위를 머금은 바람은 자고 대기는 맑았다. 은회색 하늘은 병풍처럼 둘러선 흰 산발 우에서부터 아득히 멀리까지 열렸다.

길 옆, 다층집들의 처마 끝에 매달린 수정 같은 고드름이 해빛에 보석처럼 반짝거린다. 그것이 이따금 언 땅에 떨어질 때마다 챙그렁- 하고 신비한 어떤 타악기 음향을 내군 한다. 그러면 처녀는 "어마나!-" 하고 기쁨에 놀랜 소리를 지르며 정진우에게 몸을 바싹 기댔다.

밤새 내린 눈은 길과 집들과 가로수들에 희고 두툼한 솜을 씌웠다.

정갈하고 풍만한 눈부신 은세계는 결혼을 앞둔 그들의 마음을 유혹하고 사로잡았다.

어데를 둘러보아도 자연의 거창한 존재인 흰 눈은 창백한 미소를 지으며 살뜰히 안겨든다.

온 강산을 덮은 백설의 아름다운, 솜처럼 가볍고 부드럽고, 차거운 눈은 그들의 행복한 날을 축복해서 아낌없이 내려진 듯싶었다.

밤새 찾아든 흰 손님은 광활한 눈바다의 정서, 차고 청신한 대기로 부부를 이루는 두 사람을 정답게 포옹해준다.

그들은 유년기 아이들마냥 손을 잡고서 미끄러운 강둔덕길을 내려갔다.

강기슭에는 흰 눈에 몸을 내맡긴 푸른 소나무들이 서 있다. 설맞이 놀이에 취한 듯싶다. 소나무들은 푸른 여름과 흰 겨울을 한품에 안고서 사랑이 무르익은 두 청춘을 반긴다.

은청색 비단옷을 입고 빨간 모자를 쓴 청더구리(딱따구리과의 새) 한 쌍이 후르륵- 날아와 붉은 껍질이 터갈라진 소나무 줄기에 앉았다. 다가오는 두 사람은 아랑곳 않고 뾰족한 부리로 딱딱딱… 나무를 새차게 쪼아대며 진단하기에 바쁘다. '청진기'는 벌레가 들어 배긴 나무의 궁근 속을 재빨리 알아내고는 갈쿠리 달린 긴 혀끝으로 드팀없는 수술을 해치운다.

개울에는 겉녹아서 시루떡처럼 부풀어 오른 퍼석얼음(깨지거나 부서지기 쉬운 얼음)이 두텁게 덮여 있으나 처녀의 음성과도 같은 맑은 봄내물소리를 감추지 못한다.

가벼운 바람이 황철나무의 잔가지들을 비다듬며 눈가루를 떨어뜨린다.

어머니 얼굴 같은 해는 더욱더 높이 떠오르며 무지개빛의 따뜻한 해살로 강산을 어루만지고 두 청춘의 얼굴을 빛나게 한다.

메마른 나무가지들이 해살의 따스함을… 봄의 기미를 알아채고 해빛을 향해 두터운 껍질에 보호된 눈싹을 일으켜 세우며 설렁거리기 시작한다. 겨울잠에서 깨여나는 것이다.

"진우 동무. 저것 봐요. 까치!… 마른 나무가지를 물려고 해요."

은옥이가 강기슭의 눈 녹은 곳을 가리키며 즐거이 말했다.

"보금자리를 틀려는 모양이요."

"'검은 양복'에 흰 '샤쯔'를 받쳐 입은 게 꼭 신혼부부 같애요."

"!…"

한 쌍의 까치는 서로 떨어지지 않으면서 앞가슴을 쑥 내밀고 아기작거린다. 둘 다 마른 나무가지를 골라 물자 백양나무 우듬지를 향하여 날아갔다.

"은옥이, 우리 저기 좀 앉을가?"

"그러자요."

정진우와 은옥이는 통나무에 덮인 눈을 훔쳐내고 나란히 앉았다. 지난 가을에 떼목(뗏목)에서 떨어진 것들을 끌어내여 쌓아둔 것들이였다. 눈비에 젖고 언 통나무는 차거웠으나 두 청춘은 느끼지 못했다. 눈길을 걸어오느라 달콤한 피곤에 휩싸인 그들은 말없이 앉아서 멀리 눈 덮인 산발들을 바라보았다.

정진우는 은옥의 손에 자기 손을 살며시 얹었다.

"손이 차구만…"

"…"

은옥이는 손을 내맡긴 채 마음의 문과도 같은 애정 어린 눈매로 정진우를 쳐다보았다.

"동무 손도 차군요…"

추위에 언 두 손바닥 안에서는 점점 온기가 스며 올랐다.

"진우 동무… 결혼한 다음에도 이렇게 사랑해줄래요?"

"그러지 않구."

"일생을요?"

"!…"

정진우는 대답 대신 은옥의 나긋한 손을 꽉 그러 쥐였다. 허락만 한다면 처녀의 몸을 그러안고 불같은 사랑 전체를 쏟아 부어 약속을 하고 싶었다.

"전 어쩐지 동무가 두려워요."

"왜?…"

"법관이니까요."

"동무도 법률 공부를 하지 않았소."

"그게 무슨 도움이 돼요? 덧붙은 지식인 걸요… 동무야 실지 법을 행사하는 사람이 아니나요. 가정에서 법관처럼 행동할가봐 겁이 나요. 민법, 가족법… 민사소송법 제 몇 조 몇 항에 의하여 불만스러운 안해를 다음과 같이… 호호."

정진우도 웃었다.

"아무리 사랑하는 안해라도 법을 어길 때는 공민으로서 처벌을 받아야지."

"어마나…"

한 쌍의 까치가 백양나무에서 날아와 날개로 눈을 슬치며(스치며) 두 사람에게서 멀지 않은 곳에 앉았다. 까치들은 잠시 경계하는 눈길로 통나무에 앉은 두 사람을 바라보더니 이어 안심했는지 부리로 마른 풀덤 불을 헤집는다. 3월의 해빛에 눈이 점점 녹으면서 마른 땅이 드러나는 것이 알린다. 통나무에 쌓인 눈이 반짝거리며 부슬부슬해지고 그들의 신발에 달라붙었던 눈은 어느새 말끔히 녹아버렸다.

"은옥이, 무슨 생각을 하오?… 왜 말이 없소?"

"미안해요. 고향 생각을 하댔어요. 연수덕을 말이예요… 전 거기서 태여나 유년시절과 소녀시절을 보냈어요."

두 사람의 체온이 합해진 손은 깃털처럼 따스해졌다.

은옥이는 정진우의 어깨에 머리를 살풋이 기대였다.

"진우 동무는 언젠가 산기슭에 아담하니 들어앉은 고향 마을에 대해 말했었지요. 풍치를 돋구며 강변에 솟아오른 뽀뿌라나무(포플러나무=미루나무)들과 시원한 수양버들 밑의 샘물에 대해서요.… 제 고향 연수덕 은 강도, 개울도 샘물도 없는 고장이예요. 남새도 안 돼요. 마을 앞의 자 그마한 물웅뎅이가 생명수였지요. 여름이면 그 '음료수' 변두리에 수초 들과 속새풀들이 빽빽이 울타리를 두르군 했어요. 거마리(거머리) 아재비 와 빨간 실지렁이, 곤두벌레가 성해서 끓여 마셔도 토질병에 걸렸어요. 대륙의 추위가 닥쳐오는 겨울이면 그 웅뎅이물이 밑바닥까지 얼어붙어 요. 아침마다 남정들이 도끼를 들고 나가서 얼음을 깠지요. 그러면 어머 니들이 버치(아가리가 벌어진 큰 그릇)에 얼음쪼각들을 담아다가 가마 안에 쏟아 넣고 불을 땠어요. 그게 겨울날의 물 긷는 일이였어요. 명절이 따로 없었어요. 소발구(소달구지)에 물초롱들을 싣고 70리나 떨어진 강에 내려가서 물을 길어온 날이 온 마을의 명절이였거든요."

정진우의 목과 볼에 은옥의 숱 많은 머리칼이 부드럽게 감촉되였다.

"전후에 연수덕에도 농업협동조합이 조직되였어요. 국가에서는 많은 자금을 들여 강물을 여러 단 양수로 끌어 올려주었어요. 그때부터 연수덕 사람들은 벌방(들이 넓고 논밭이 많은 고장) 못지않은 문화적인 생활을 하게 됐어요. 감자와 귀밀, 보리가 늘 풍작을 이루었지요. 그걸로 입쌀과 바꾸니 흰 이밥도 례사로운 걸로 먹게 됐지요. 소와 양, 염소들도 많이 길렀어요. 그런데… 남새만은 재배가 잘 안 되였어요. 도의 남새 연구사들이 올라와서 연수덕 기후 풍토에 맞는 육종연구를 하느라 고생을 했어요."

은옥의 음성은 갈라지고 얼굴은 흐려졌다.

"그렇지만… 아직 연구사업에서는 별로 성과가 없어요. 여전히 멀리 덕(고원의 평평한 땅) 아래 해발고가 낮은 지대에서 재배한 남새를 자동차로 실어다 먹어요. 연수덕은 남새가 되지 않는 고장이라고… 연구사업에서 점점 손을 떼고 있어요."

"…"

정진우는 은옥이가 아버지의 조동(행정적 조치로서 직장을 옮기는 것)으로 도 소재지에 와서도 남새분 연구소의 로동자로 일하면서 대학 생물학부를 통신으로 다니는 목적을 보다 깊이 느끼게 되였다. 일생에 가장 기쁜 날에조차 고향을 추억하고 그곳에 살고 있는 사람들을 위해 마음을 쓰는 은옥의 심정이 그를 후덥게 하였다.

…

그들은 산간 도시 교외의 아담한 단층집, 정진우의 집에서 부모들과 벗들이 차려준 큰상을 받았다. 일생에 처음 받는 훌륭한 상이였다.

몇 십 년은 물려왔을, 누렇게 퇴색해서 고전미가 풍기는 병풍을 배경으로 두 청춘은 무한한 행복과 깊은 감명 속에 서 있었다.

잔치상은 화려하지도 요란하지도 않았지만 민족의 고유한 풍속과 전통, 북방 지대의 관습에서 흘러나온 소박한 음식들이 쌓였다.

혼례식은 사라져가는 낡은 풍습과 시대와 생활양식에 맞는 간소한 새 례법이 어우러진 속에서 서서히 즐겁고 엄숙하게 진행되였다.

정진우는 그 모든 것을 새겨보지도 리해하지도 못했고 의식할 정신적 여유도 없었다. 그는 방안에 성을 쌓은 뭇사람들의 눈총을 감히 둘러볼 용기가 없었으며 그저 자기 인생에서 어떤 엄숙하고 행복한, 신비로운 순간이 흘러가고 있다는 것만을 느끼고 있었다.

아이들의 바스락거림도 없는 숭엄한 정적 속에서 법학부 동창생이 축사를 읽었다.

사람들은 즐거운 침묵 속에 잠겨 있다. 나이든 사람들은 지나간 자기들의 결혼식, 그 푸른 시절을 회고했고 젊은이들은 자기들에게도 마침내 다가올 이 환희로운 순간을 가슴이 짜릿하게 체험하는 것이였다.

어린 아이들은 어서 상을 허물어 먹고, 마시고, 놀고, 노래 부르면 되겠는데 무엇 때문에 회의에서와 같은 이런 연설이 필요한지 모르겠다는 듯 어리둥절한 호기심과 조바심의 얼굴표정이다.

"그리하여…"

동창생의 목소리는 우렁찼다.

흥분 어린 그 음성은 결혼의 성대한 의의를 확고히 인식시키고 인생의 이 력사적 순간을 잊지 말도록 강조하려는 것 같았다.

"…신랑 정진우와 신부 한은옥은 부모님들과 친척들, 동지들, 벗들의 앞에서… 로세대와 후대들 앞에서, 당과 조국 앞에서 신성한 결혼을 하고 가정을 이루게 됩니다. 사회의 세포인 가정의 화목은 나라의 공고성과 관련된다는 것을 명심하고 검은 머리 파뿌리될 때까지 서로 돕고 이끌면서 어머니조국의 번영을 위하여 마음 변치 말고 성실하게 살아야 할 것입니다.…"

결혼축사는 산울림의 메아리와도 같은 여운으로 방안의 사람들을 감흥 시켰다.

숙연한 침묵이 어린 가운데 정진우는 은옥이와 함께 잔에 술을 부어서는 부모님들과 년장자 순위로 권했다.

사람들은 신랑 신부의 술을 조심스레 소중히 받았다. 맑은 샘 같은 것이 찰랑거리는 술잔을 들여다보는 그들의 눈은 빛나고 만족감이 떠오른다. 그 한 잔 술에는 환희로운 이 결혼을, 행복의 절정을 마련해준 은혜로운 당에 대한 고마움, 선배들과 동지들에 대한 존경이 뜨겁게 담겨 있는 것이였고, 변치 않을 신혼부부의 언약이 담겨 있는 것이였다.

술을 잘 마시는 사람도 못 마시는 사람도 한 방울 남기지 않고 다 마셨다. 신랑 신부가 부은 술잔의 의의는 깊은 것이니 흘리거나 남겨서는 안 되는 것이다.

정중한 의식은 끝나고 손풍금 소리가 울리는 가운데 아래웃방에 상들을 여러 개 벌려놓고 모두들 둘러앉았다.

학부의 손풍금 명수였던 동창생은 방구석에 놓인 의자에 앉아 풀무 주름을 서서히 늘구며 건반을 눌러갔다. 은은하면서도 경쾌하고 희망에 넘친 선률이 흐른다.

정진우는 우정 깊은 학우를 바라본다. 그는 동창생들을 대표하여 여기 머나먼 산간 도시에까지 찾아온 것이다.

방안의 청년들, 남새분 연구소의 총각들과 처녀들, 은옥의 아버지 직장에서 온 청년들이 손풍금의 선률에 맞춰 노래를 불렀다.

그들의 요구로 정진우와 은옥이가 이중창을 불렀다.

노래도 웃음도 이야기도 음식도 많은 즐거운 날이였다.

술잔들과 거품 이는 맥주 고뿌들이 신랑 신부의 앞날을 축복해서 연방 쨍그렁 소리를 내였다.

시간이 흐름에 따라 나이든 축들이 앉은 술좌석에선 신랑 신부의 화제는 사라지고 녀자와 사랑과 결혼에 관한 자기 나름의 견해와 걱정들이 오간다. 평덩하면서도 생활적이고 교훈적인 데가 있는 북방 사람들의 거친 말들이다. 취기 어린, 결혼과 가정경험이 깊은 솔직한 말토막들이다.

"뭐니뭐니 해두 가정생활에선 녀자가 든든해야 돼."

"우리 녀편네 말이요?… 말 말게. 자꾸 앓아. 뚱뚱해서 얻었는데 이제 보니 구새통(속이 썩어서 구멍이 생긴 나무)이거든."

"그러기 녀편네를 얻으려거든 가대기(밭을 가는 기구)를 끌 소를 골라

사기 위해 장마당에 다니는 농부의 심정이 되라고 했네."

"묵은 격언이지… 지금 애들은 얼굴 고운 걸 첫째루 본다네."

수저가락질 소리와 술잔 찧는 산만한 소음 속에 말소리는 분명치 않거나 때로 끊어지기도 한다.

"자네 딸애가 못생겼다고 걱정하진 말라니… 처녀애들이란 꽃과 같아. 스무서너 살만 돼보지, 장미꽃으로 피지는 못해도 나팔꽃으로든 호박꽃으로든 꽃으로 필 테니까. 그러면 벌과 나비가 날아들기 마련이지."

"난 맏딸 때문에 늘 골머리야. 성미는 드세지 나인 찼지… 요즘 말로 처녀 나이 스물여섯이면 환갑이 아닌가. 그런데두 시집가는 건 소꿉놀이처럼 하찮게 여기거든. 총각애들한테 눈을 팔거나 고분고분 하는 법이 없지… 참다못해 그저껜 소리를 질렀네. 야, 네가 그렇게 암팡스레 구니까 총각들이 너를 따라다니지 않지. 그 사내 같은 성미를 누구리구 얼굴에 분칠을 잘하구 다녀라. 그래 한 녀석을 홀려서 데려오란 말이다. 내 생닭의 모가지를 비틀어놓고서라도 결혼식을 차려주마."

"지금 아이들이란 게 스물대여섯 돼도 철이 없지. 너무 행복해놔서… 왜 결혼을 해야 하는지를 모르거든."

보다 신중한 지성적인 목소리가 들린다.

"지난 해에 상처한 우리 공장 '호랑이 기사장' 말이요. 전 달에 후처를 얻었지. 얼굴이 동실하고 몸집이 좋은 과부인데 아주 살뜰한 녀자라고 하데. 기사장이 출장 갔다 오는 날이면 옷을 잘 차려입고 화장을 하고서 역전에 마중 나가네. 남편의 가방을 받아들고 함께 나란히 걸어 집으로 돌아온다네. 우린 그 녀자 신세를 지는 셈이야. 글쎄 참모회의 때면 부서장들과 직장인들을 무섭게 몰아세우고 들볶아대던 '호랑이 기사장'이 얼마나 부드러워지고 아량이 생기고 말을 조용조용 하는지… 사람이 싹 달라졌거든. 그래도 생산은 올라가기만 하네."

화제거리(화젯거리)에 열중한 손님들은 신랑 신부를 아예 관심조차 두지 않는다.

밤은 깊어갔다.

술과 음식에 만족하고 이야기에 지친 벗들과 손님들은 하나 둘 일어섰다.

정진우는 그들과 일일이 악수를 나누었다.

은옥이는 꽃송이를 얹은 머리를 다소곳이 숙여 배웅을 했다.

바깥의 신선한 찬 공기가 담배 연기와 음식 내에 절은 방안 공기를 밀어낸다.

…

그들은 불을 끈 웃방에 말없이 앉아 있었다.

정진우의 어머니가 푹신한 솜을 둔 첫날 이부자리를 펴주고 내려간 지 오래건만 신랑 신부는 결혼식의 여운이 뒤설레여 흥분을 가라앉히지 못하고 있었다.

태고의 정적과도 같은 고요가 깃들었다.

달빛은 방안에 은은히 비쳐들었다.

원앙새를 수놓은 베개며 비단이불의 새와 꽃은 푸르스름한 달빛에 싸여 생명체처럼 살아 움직이는 듯싶었다.

챙그렁!- 처마 끝에서 무거운 고드름이 떨어지는 소리가 방안의 정적을 깨치었다. 깊은 밤에도 대자연은 쉬지 않고 끊임없이 운동하고 자기법칙대로 변화를 일으킨다. 자연의 속삭임은 행복감에 잠겨드는 신랑 신부를 놀라게 하고, 닥쳐온 눈앞의 두렵고 황홀한 순간보다 미래의 무언가 어렵고 숭고한 의무를 자각시켜주는 듯싶었다.

신랑 신부는 약속이나 한 듯 자리에서 일어나 창가로 다가갔다.

달빛에 번쩍거리는 고드름이 문발처럼 드리웠다. 눈이 쌓여 우장처럼 늘어진 느티나무 사이로 건너편 집들이 희붐히 보인다. 지붕에 두툼한 흰 솜이불을 눌러쓴 것 같은 그 아늑한 집들은 푸르스름한 달빛에 쌓여 잠자고 있다. 그 너머로는 눈 덮인 은회색 등판이 보이고 멀리 그 기슭에 뿌리를 둔 흰 산들이 고대의 성벽들처럼 검푸른 밤하늘을 향해 솟았다. 산발 아래, 등판과 집들 주위에 펼쳐진 사물들은 마치 대리석 조각상들 같다. 눈과 밤의 음영이 빚어낸 조화이다. 사위는 겨울밤의 랭랭하고도 푸근한, 신비로운 침묵이 덮였다. 깊은 고요와 추위는 더 얼어붙지만 달빛에 싸인 자연은 아름다움을 잃어버리지 않는다.

"참 좋은 밤이요… 별들이 보석 같구만."

"…"

"이 첫날밤은 우리의 생활에서 영원히 잊히지 않을 거요."

"…"

"아름다운 추억으로 남을 거요. 그렇지 않소?… 은옥이, 무슨 생각을 하오?"

"진우 동무, 저기… 저 산발 너머… 삼태성이 있는 쪽에 연수덕이 있어요."

"!…"

그들은 검푸르고 컴컴한 공간을 바라보았다. 우중충한 산정 우에 올라서면 차겁게 반짝거리는 별들을 손에 잠을 듯싶었다.

"어린 시절이 못 견디게 추억돼요… 난 아직 그 머나먼 소녀시절에 있는데… 결혼식은 어떤 다른 녀성이 한 것만 같아요. 두렵고… 연수덕을 멀리하고 이곳에 눌러 살게 된 것이 죄스러워요. 그곳엔 저의 소꿉시절 동무들과 마을 사람들이 살고 있어요."

"!…"

정진우는 가슴이 뭉클했다.

달빛에 그늘진 은옥이 자태가 더욱 아름다와 보였다. 은옥의 얼굴은 대학강당에서, 식물교재원 숲에서, 역 홈에서 만났던 처녀의 모습과 조화되여 보이면서 정진우의 마음을 강렬히 끌어당기였다.

"은옥이, 꼭 연수덕에 남새를 재배하오. 내 도와주겠소. 남편으로, 동지로, 벗으로 말이요."

정진우는 안해가 그 소원을 이루자면 일 년이나 몇 해가 아니라 오랜 세월이 걸려야 하며 그래서 남들처럼 단란한 가정적 행복을 누리기 어렵다는 것을 미처 짐작하지 못했다. 그런 앞날을 내려다보려고도 하지 않았다. 결혼의 아름다운 너울은 생활의 현실적인 모습을 가리워놓았다. 인생의 절정에 올라선 청년의 눈에는 어렵고 복잡한 것은 쉽고 단순한 것으로 여겨졌고 곤난은 즐거움으로 이겨낼 것만 같았다.

"정말 고마와요…"

은옥의 나직한 목소리는 기쁨에 떨렸다.

검푸른 밤하늘에서 흰 불꼬리를 단 류성이 산발 너머로 사라졌다. 고즈넉히 흘러드는 달빛은 진정한 사랑으로 결합된 두 사람의 그림자를 비단이불에 비쳤다.

"진우 동무, 앞으로 집을 받으면… 전 웃방을 남새 육종실험 온실로 꾸릴가 해요. 연구소에서 돌아와서도 관찰할 수 있게요. 허락하지요?"

"그러지 않구… 온실에 쓸 토기 화분들은 내가 구하겠소."

"!…"

감동에 젖은 은옥이는 별빛이 어린 아름다운 눈을 들어 정진우를 오래도록 바라보았다.

영원한 사랑, 화목한 가정, 연구사업의 성과… 생활의 앞날에 대한 굳은 언약이 그 눈동자 속에 빛나고 있음을 정진우는 보았다. 심장으로 안해의 마음 속을 읽었다. 그리하여 한 주일 동안의 신혼생활을 마친 안해는 연수덕으로 떠나갔다.

파악되지도 못하고 희망도 적은 남새종자들이지만 3월 말이니 또다시 온실파종을 해야 했다.

누구에게나 있었고, 누구에게나 있게 되는 신혼생활은 그렇게 시작되였다…

정진우는 깨끗하고 숭고하고 열렬한 감정만이 지배하던 결혼시절의 눈으로, 이십 년 전의 눈으로 흘러간 인생을 돌이켜보았다.

가슴이 아팠다.

그렇듯 아름답고 신성하고 고상한 결혼, 사랑의 날들이였건만 왜 잊어버리고 안해를 불만스레 대하게 되였는가?… 세월이 흘렀다고?…

그렇다. 세월은 흘렀다. 결혼, 가정생활을 리상으로써가 아니라 현실적인 몸으로 감수하며 인생은 늙어갔다.

당의 법률사상을 옹호 관철하는 분망한 사업… 아빠트 3층의 아늑한 집에 꾸린 온실 관리, 간단없이 계속되는 주부 노릇, 어린 아들을 등에 업고 연수덕으로 떠나는 안해를 그는 불평 없이 묵묵히 방조했다. 유치원과 학교를 거쳐 군대에 나간 아들의 성장 기간에 그는 안해 대신 어머니 구실을 했다. 개인 날보다 흐린 날이 많은 가정이였지만 그는 안해의 소원을 귀중히 여겨 참았다.

그런데… 인제와서는 안해와 가정생활에 대해 불만스럽고 괴롭게 생각한단 말인가… 안해의 고심 어린 연구사업에 무관심한단 말인가… 사랑으로 심장이 불타던 결혼시절의 언약과 의리는 어데로 갔는가… 과연 세월과 함께 사라졌는가?

정진우는 소금기 내배고 이끼 오른 토기 화분을 바라보며 깊은 생각에 잠겼다.

창밖에서는 여전히 비가 내리고 바람이 세차다.

연수덕에는 눈이 펑펑 쏟아질 것이다. 새벽엔 땅이 얼고…

2장
—

두 생활

5.

　순희는 눈을 감은 채 방 아래목에 누워서 락수물 소리에 귀를 기울였다.

　단층집 처마에서 흘러내리는 락수물 소리는 불을 끈 고요한 방안에 서린 불안을 한층 더 짙게 하는 것 같았다. 락수물은 캄캄한 어둠 속에서 기와장을 타고 쉬임 없이 떨어지면서 보이지 않는 공간의 어지러운 소리를 긁어모은 것 같은 거치른 소음으로 번뇌와 절망에 싸여 있는 순희에게 어떤 가혹한 운명의 예고를 하는 것 같았다. 사람에게 차별을 모르는 자연도 지금에 와선 순희를 불행에서 헤여 나오지 못하게 위협하는 듯싶다.

　천진한 유년시절, 꿈 많은 소녀시절, 수줍음과 청초함이 꽃처럼 피던 처녀시절에 자연은 그에게 얼마나 다정하고 아름다운 음향을 선물했던가⋯ 여름날, 산촌의 고향집 처마에 떨어지는 락수물 소리는 신비롭고 생동한 선률이였고 즐거운 이야기로 가득 찼었다. 어린 순희에게는 락수물이 우주를 담은 조그만 물방울들의 생명체로 생각되였다. 그것은 안개구름을 헤치고 멀리 학교에서 울려오는 은은한 종소리처럼 한 방울 한 방울 고요히 떨어졌다. 귀를 기울이느라면 토방에 홈을 패우는 물방울 소리가 학교와 들판과 산기슭에서 놀던 가지가지의 재미나는 일들을 련상시키군 한다. 순희는 조그만 손을 펴서 락수물을 받아본다. 물방울은 똘랑똘랑 떨어져 손바닥 안에 찬다. 물구슬을 얼굴에 튕기며 촐싹촐싹 소리를 낸다. 안개비가 가랑비로 변하면 락수물방울은 점점 빨리 떨어지다가 기와 끝에서부터 소녀의 손바닥에 현악기의 맑은 줄을 챙챙히(야무지고 맑게) 드리운다. 쪼르르, 쪼르르… 손바닥을 간지럽히며 울리는 경쾌한 소리는 주위의 은근한 가랑비 소리와 어울려 새로운 화음을 이룬다. 가랑비는 명주실오리처럼 가느다란 현악기 줄로 공간을 울리고 땅 우에 드러난 사물을 적신다. 울 밑의 배나무 잎사귀, 헛간의 동기와, 생나무 울타리, 꽃밭, 장독, 알싸한 먼지내를 풍기는 마당… 하나같은 현줄의 가랑비는 소녀의 눈앞에 펼쳐져 있는 서로 다른 사물을 두드리면서 각이한 음향을 낳는다. 소녀의 손바닥을 파고드는 락수물 소리는 주위에서 울리는 그 모든 음향에 류다른 의미와 색갈을 부여한다. 쪼르르, 쪼르르… 락수물은 손바닥에서 부서져 은빛 구슬로 소녀의 얼굴과 옷자락을 적신다. 가랑비 듣는 소리는 마을의 쪼무래기들, 소꿉놀이 친구들마냥 순희네 집 울안으로 모여드는 듯싶다.… 노래가 울린다. 쪼무래기들의 목소리에 순희의 시내물같이 맑은 목소리가 합류된다. 가랑비, 락수물, 쉬임없이 흐르는 맑은 물소리…

"어머니…"

어데선가 울리는 귀익은 부름 소리에 머나먼 어린 시절의 공상세계에서 헤매는 순희의 옷자락을 끌어당긴다.

"어머니?…"

"?!…"

순희는 모지름(고통을 견뎌내려고 모질게 쓰는 힘)을 쓰면서 소꿉놀이 친구들과 헤여져 추억의 안개를 헤치고 현실세계로 내려온다.

"자나?"

"응?…"

순희는 몸을 부르르 떨었다. 아들 호남이다. 어린 아들은 웃방과 아래방 사이의 반쯤 열어놓은 미닫이 옆에 앉아 있다. 어슴푸레한 방안의 어둠 속에서 베개를 안고 웅크리고 앉은 아들애의 모습이 보인다. 륜곽으로서보다 어머니의 육감으로 본다. 아들애는 이 밤에 웃방에 누운 제 아버지한테 갈지… 어머니한테 갈지… 결정을 내리지 못하고 망설이며 중간에 앉아 있다. 불을 끈 지도 시간이 퍽 흘렀겠는데 그냥 앉아 있는 것을 보면 어덴가 제 아버지의 성미를 적지 않게 닮았다. 그것을 느끼면서도 순희는 어머니로서의 강렬한 애정을 누를 수 없었다.

"이리 오려무나."

호남이는 베개를 안고 궁싯궁싯 내려오다가 무엇엔가 부딪친다. 저녁상이다. 두리반상에 저녁밥을 차려놓았지만 남편도 순희도 손을 대지 않아서 그대로 보자기를 덮어놓은 것이다. 호남이는 어머니의 이불 속에 기여들어와 등을 돌린 채 몸을 오그리고 누웠다. 그 전처럼 어머니 품에 안겨들지 않는다. 어머니 옆에 누웠어도 잔등은 어머니한테 얼굴은 웃방의 아버지한테로 향했다.

순희는 웃방으로 쏠리는 아들의 마음을 돌려세우려고나 하듯 호남이를 끌어당겼다. 호남이는 어머니 품에 순순히 안겼다. 젖가슴에 닿은 손을 꼼지락거리더니 곧 잠들었다. 어린 가슴에 쌓인 불안을 덜지 못해선지 숨소리가 높고 고르롭지 못하다. 밖에서는 아들애의 그 불안한 숨소리와도 같은 비소리가 끊치지 않는다. 쭈르르, 쭈르르… 쏟아지는 락수물은 잠든 아들애한테서 안녕을 빼앗으려고 비줄기를 모아 가지고 처마 끝을 떠나지 않는 것 같았다. 거친 그 비물줄기는 순희의 추억의 세계에서 소중하고 아름다운 모든 것을 먼지처럼 씻어버리려고 끈덕지게 흘러내리는 것 같았다.

웃방에서 부시럭거리는 소리가 나더니 성냥불이 확 켜졌다. 이어 담배 연기를 내뱉는 거친 숨소리가 들린다. 잠이 오지 않는 모양이다. 가정의 운명이 종말에 이르렀는데 그리고 맘 편할 수 있겠는가… 웃방의 사람은 남편도 세대주도 아니다. 아직 사회적으로나 법률적으로는 그렇게 되여 있지만 마음 속으로는 지워버렸다. 그래서 순희는 남편이 저녁을 먹지 않은 것에 대해서, 찬 웃방에 누워 있는 데 대해서 아무런 가책도 없다. 하긴 이것은 밤마다 자주 계속되는 적막과 고통스러운 심리의 재현이고 연장이다.

순희는 자기를 출입문가에 바래주던 판사의 모습을 그려보았다. 법률의 힘으로 그의 운명을 해결해 줄 사람이다. 부드러운 것과 예리한 것이 결합된 듯싶은 눈길, 담담한 음성… 순희는 그한테 리혼의 원인을 분명히 설명해주지 못한 것만 같아 가슴이 알찌근했다(알알하게 아프다). 판사가 그렇게 따지고 드는데도 왜 "생활리듬이요.", "성격이요.", "앞날이요.", "직업이요." 하면서 추상적인 말만 곱씹었던가. 공상이 실현되지 못해 화가 난 처녀애처럼 뜬소리를 다사하게 늘어놓았구나…

6.

정진우 판사는 새벽 일찍 잠을 깨였다.

창문을 울리는 바람과 나무가지 슬치는 소리가 한 뜸 자자 방안에 고요가 깃들었다.

가로등의 희미한 불빛이 달빛과 어우러져 비쳐들어 방안에 음영을 던진다. 가구들과 기물들의 륜곽은 분명치 않고 엄청난 그림자들이 천정과 벽에서 상사를 이루었다. 그것들은 썰렁한 홀아비집 같은 방안의 휑뎅그렁한 공간을 메꿔주었고 어떤 검은 생명체처럼 나무가지의 잔잎사귀 그림자들과 비벼대고 속삭이는 것 같았다.

정진우는 차차 마음의 안정이 느껴지자 어린애처럼 잠자리에서 일어나고 싶지 않았다. 구멍탄 온돌의 알맞춤한 온기가 담요 밑에서 감촉된다. 그 따스한 열은 안해의 손길이 스민 가볍고 폭신한 솜이불과 함께 그의 몸을 훈훈하게 감싸주었다. 안해가 있을 때처럼 부엌에서 나는 동 자질(밥 짓는 일) 소리를 꿈결에 들으며 달콤한 새벽잠을 푹 자고 싶었다. 그러나 부엌은 고요하고 방안에서는 그림자들만이 단조롭게 움직이고 있다.

정진우는 머리가 무겁고 기분이 텁텁했다. 잠을 깊이 들지 못해선지, 재판소에 나가 취급할 일감들 때문인지 알 수 없었다. 오늘 취급해야 할 민사소송 건은 별로 신중한 문제는 아니였으나 범죄 건은 그렇지 않았 다. 전력을 아껴 쓰는 국가를 속이고 전기담요까지 고안해내여 오래동안 사용한 시 송배전부의 지도원이 피소자로 기소되였다. 일반공민도 아니 고 시내의 전략살림을 관리통제 해야 할 인간이 그 따위 짓을 해왔으니 죄가 더욱 엄중한 것이였다. 고의적인 랑비죄이면서 동시에 탐오죄였다. 전기는 돈이나 물품보다 더 귀한 보이지 않는 국가재산인 것이다.

오늘 법정에는 많은 사람들이 참가한다. 변상도 뜨끔해하지 않으면서 전기 랑비현상을 단순한 과실적 과오로 적당히 어물거려 넘기려는 시내 기관, 기업소, 공장들에서 일군들과 당사자들을 방청으로 참가시키기 로 하였다. 소장이 출장가면서 방청 참가문제를 구역 담당판사들에게 포치(역할을 맡겨 배치함)하였고 법정사업에 빈틈이 있을세라 정진우에게 강조하였었다.

아직 이른 새벽이였으나 정진우 판사는 잠자리에서 일어났다. 주부 일을 해야 했고 웃방 남새온실도 걱정이였다. 출근시간 전까지 남새모종들을 일일이 보살펴주고 관찰하고 온도와 습도를 조절하고 밤새 변화된 것들을 일지에 기록해놓아야 하는 것이다.

창밖은 컴컴했다. 하늘은 빛이 없다.

길 건너 맞은 켠 아빠트에는 두세 군데밖에 불이 켜진 창문이 없다.

부지런한 아낙네가 있는 집인지… 세대주가 일찍 나가는 집인지… 불 꺼진 창문들은 평온과 안정에서 깨나지 않은 집들이다. 사색과 창조와 로동, 벅찬 새날의 태동을 품고 조용히 숨 쉬는 창문들이다.

하나 둘 불이 켜진다. 생활에 대한 기쁨, 희망, 탐구, 사랑… 감정과 계획의 모든 것이 시작된다. 불빛들이 많아진다. 사업과 직무에 대한 자각이 흐른다…

리석춘 선반공의 집 창문에는 불이 켜졌을가?… 부부 간이 깊은 잠에 들지는 못했을 것이다. 모름지기 순희는 호남이를 데리고 아래방(아랫방)에서, 석춘이는 웃방에서 잤을 것이다. 단층집이니 웃방까지 덥지는 못할 게다.

정진우 판사는 출근길에서 석춘이 부부를 보았다.

그들은 같은 방향의 출근길이였으나 따로따로 떨어져 오고 있었다. 앞에서 걸어오는 채순희의 양복 가슴에서는 레스깃이 산뜻이 부풀고, 세련된 화장과 틀어 올린 머리 모양은 뭇녀성들 속에서 돋우보였다. 평소의 몸에 밴 차림새이고 태연스런 표정이다. 어느모로 보나 신상에 불행이 있는 녀성이라기에는 믿기 어렵다. 자존심이 강한 녀성이니 강안동 사택마을 사람들에게 어두운 모습을 보이고 싶지 않은 모양이다.

채순희는 호남이를 향해 빨리 따라오라고 손짓했다.

어머니의 재촉에도 호남이를 어쩐지 걸음이 떠지고 지체된다. 길가의 줄나무 곁에 멈춰서군 한다. 어머니와의 거리는 차츰 멀어 진다. 그러나 호남이는 어머니 쪽이 아니라 뒤를 자주 돌아본다.

그쪽에서는 리석춘이 고개를 수굿한 채 걸어오고 있었다. 그는 이마에 흘러내린 머리를 추슬러 올릴 념을 않고 포장돌들만 보며 묵묵히 걷는다.

석춘의 얼굴은 컴컴하고 표정은 침울하다. 좋은 천으로 지은 곤색 양복은 언제 다려보았는지 주름은 없고 바지무릎이 나왔다. 바탕이 흰 샤쯔는 검누른빛이 난다. 빨아야 할 때가 너무 지난 것 같다. 약을 바른 지 오랜 구두는 비에 젖었댔는지 볼 모양이 없다. 그것은 무겁고 우울한 몸을 힘겹게 떠싣고 옮겨진다. 그는 아들 곁을 지나치는 것도 알지 못하고 있다.

"아버지…"

호남이가 불렀다.

석춘은 걸음을 멈추었다. 줄나무 곁에 선 아들을 보자 그의 흐릿한 눈에 생기가 돌고 표정이 밝아진다.

"너 왜… 엄마를 따라가지… 유치원에 늦어지겠다."

"안 갈래."

"저런!… 그럼 어디 가겠니?"

"아버지 공장에…"

"그건 안 돼."

석춘은 엄하게 말하고서는 아들의 쎄타 깃을 바로잡아 주고 웃단추를 채웠다. 무언가 나직한 말로 다심스레 당부하고 쓰다듬어 준다.

"어서 유치원에 가거라… 건늠길(건널목)에선 주의하구."

호남이는 마지못해 머리를 끄덕인다.

채순희가 뒤를 돌아본다. 그는 아들을 찾으려고 무의식중에 손을 들었다가 남편을 보자 돌아서버렸다. 온화하던 그 녀자의 얼굴은 물을 끼얹은 듯 랭정해졌다.

정진우 판사는 무거운 마음을 안고 재판소로 걸어갔다. 출근길에서 이미 그의 사업은 시작된 것이였다.

석춘이 부부의 차림새와 표정과 행동은 간밤에 그들의 생활을 보여주고도 남음이 있었다. 그들 부부의 마찰은 더 극단으로 나가는 것 같다. 아마도 곪을 대로 곪은 상처를 내놓았으니 어차피 수술은 불가피한 것이고, 따라서 가정의 종말도, 생활의 다른 출발도 분명해졌다고 생각하는 모양이다. 가정불화 속에서 고민하고 추상적으로 부르짖던 것들이 법정에선 엄연한 사실성을 가지며 타협 없는 준엄한 해결을 짓게 된다는 것을 감득하고 있는 것이다. 그래서 재판소에 리혼문제를 정식으로 제기하고 나면 부부는 더욱 남처럼, 한줄기 가느다란 애정과 미련과 의혹마저 집어던지고 얼음 같은 증오를 품은 랭정한 인간이 돼버리기 일쑤이다.

길이 좁다하게 밀려오던 청년들이 정진우를 밀치며 지나간다. 한 청년이 미안한 듯 그를 얼핏 돌아보고는 곧 떠들썩한 자기들의 이야기에 열중해버렸다.

정진우는 조금도 노엽지 않았다. 길거리를 분주스럽게 하는 청년들의 명랑하고 례의를 벗어지는 행동이 오히려 침울한 기분을 가셔주는 것만 같았다.

순희는 걸음을 멈추었다.

저쪽 아빠트 사이길(샛길)에서 예술단의 성악배우 은미가 남편과 함께 오고 있었다.

은미의 남편은 강안기계 공장의 제관공이다. 공장대학을 졸업한 로동자 기사다. 그들 가운데서는 호남이 또래의 딸애가 부모의 손을 잡고서 새처럼 재깔대며 걷는다. 소녀애가 아버지와 어머니 쪽을 번갈아 올려다보며 티 없이 웃을 때마다 머리 우의 장미꽃 리봉이 불타는 듯했다. 딸애의 밝은 웃음은 그대로 은미와 남편의 얼굴에 피여난다. 은미의 남편은 바지주름이 칼날 같은 양복을 입고 넥타이를 매였고 기름을 바른 머리는 잘 빗어 넘겼다. 얼굴이 환한 그 사람은 제관일을 하러 공장에 출근하는 것이 아니라 무슨 대회장으로 가는 것 같았다. 지성적으로 때 벗이한 로동자라는 인상이 대번에 든다…

순희는 바탕이 저런 사람은 안해가 조금만 가꿔주어도 윤기가 잘잘 돌고 제 앞처리를 원만히 할 것이라고 생각했다. 순희는 은미가 부러웠다. 은미는 중창조에서 노래도 잘 부르고 남편도 정열적으로 사랑하는 녀자이다. 애정이 두텁고 가정은 화목하다… 순희는 얼굴이 어두워지고 마음은 쓸쓸해났다. 남편과 어린 아들과 떨어져 외토리(외톨이)로 걷는 자신이 은미네 가정과 너무나 대조가 되는 것 같아 피하려고 걸음을 빨리 했다.

그러나 은미가 그를 소리쳐 부르고 달려왔다. 은미는 순희의 침울한 얼굴을 살펴보고서 책망하듯 조용히 말했다.

"너 또 혼자 가는구나."

"…"

"기분을 잡쳤구나. 축하해주려 했더니…"

"뭘?"

"호남이 아버지가 창안한 게 기술축전에서 3등을 했다지?"

"흠…"

"싸웠니?"

"…"

순희는 말없이 걸었다. 그는 은미의 인간됨을 잘 알고 있었다. 다른 배우들은 왜 그런지 순희한테서 멀어져도 은미의 진실한 우정은 변하지 않았다. 은미는 순희의 고민과 가정불화를 알고 있으면서도 말을 옮기지 않고 침묵을 지키는 녀인이였다. 그러나 순희가 재판소에 간 것은 아직 모른다. 은미한테 그것을 말하고 옳게 처신했는지 듣고 싶었지만 대번에 항변을 받을가 싶었다.

"순희, 인젠 그만 하려므나. 아침부터 이렇게 상심해 가지고야 어떻게 노래를 부르겠니…"

"극장생활도 그만둬야지… 그러지 않아도 부단장이 인차 결심하겠는데…"

"쓸데없는 소리. 누가 그러던?… 네가 노래도 취미가 없어 하고… 그늘 속에 사니까 그런 말이 들려오는 게다."

"…"

"어디 속 시원히 말해봐. 네가 자존심을 세우는 게 남편이 공장에서 선반공이라고 인격을 낮추 보는 데서 생기는 감정은 아니지?… 만약 그게 라면… 네가 인기 있는 가수라는 우월감에서부터 그런다면 아주 나쁘다. 옳지 않다. 순희, 그게 아니지?… 성격상 충돌이지?…"

"…"

순희는 잠자코 있었다. 은미의 말들은 단순하면서도 분명했고 찌르는 데가 있었다. 순희는 정말 자기가 우월감에 차서 선반공 남편을 깔보지 않는가고 생각해보았다. 그러나 인차 머리를 흔들었다. 아니다. 십 년 동안을 어쨌든 남편의 뒤바라지를 해오지 않았는가. 그런 성질의 문제가 아니다. 가수가 뭐라고 선반공을 깔보고 안 보고 할 것이 있는가. 또 인제 와서 그것이 무슨 대수랴… 순희는 서둘러 그런 생각을 지워버리려고 했다. 어쩐지 자기한테 그런 생각이 깨끗이 없었다고 떳떳이 말할 것 같지 못했다.

"네가 속을 눌러. 호남이를 생각해서라도… 우리 련화 아버진 한 공장에서 일하는 호남이 아버지를 얼마나 좋게 평가하는 줄 아니?"

"넌 전에도 그런 말을 했지."

"또 들어둬. 한 집에서 산다고 남편을 다 아는 게 아니야… 남의 남편 말하기 뭣해서 그만둔다."

은미는 고개를 돌려 딸애의 손목을 쥔 남편이 멀찍이 오는 것을 보고서 말을 이었다.

"우리 련화 아버지는 뭐 집에 들어와 점잖고 얌전한 줄만 아니? 공장에서 일이 잘 안 되거나 내가 잘못하거나 또 그러루하니(대개 그렇듯이) 남자들이 누그러뜨리지 못할 일이 생기면 가만있지 않아. 강판을 함마질하듯 탕탕 큰소리를 치지. 신경질도 부리고, 술을 마시고 을러메기도 하지. 그럴 땐 난 입에 쇠를 채우고 내 할 일이나 한다. 나도 대꾸질할 생각이 나지만 참아. 하늘에서 우뢰가 드르릉거린다고 시비해야 소용없거든. 그래 시간이 지나면 련화 아버지는 제 풀에 성이 가라앉고… 집안은 조용해지지. 얼마 후엔 시냇물처럼 도란도란 말을 주고받게 된다. 그런 일조차 인젠 거의 없어졌단다… 내 자랑이 아니야. 네게 경험이 될가 해서 말했어. 넌 요즘 더 부쩍 그러는 것 같아."

"모르면서…"

순희는 입이 열리는 대로 말해버렸지만 속은 쓰렸다. 가정불화를 단순히 체험한 은미가 부러웠다. 그런 것쯤은 가정불화로 여기지 않아도 될 것 같았다. 애정 있는 그런 언쟁은 봄비와 같은 것이다. 대립이 칼날처럼 예리하고 말마디들에 얼음 같은 랭담성(냉담성)이 담겨 있는 언쟁을 은미는 못 해보았을 것이다.

오전 열한 시경에 피소자인 시 송배전부 지도원에 대한 재판이 끝났다. 방청석을 메웠던 사람들이 법정문을 쏟아져 나왔다. 재판소 복도의 널마루가 움씰거렸다. 용서와 인정, 타협을 모르는 법률… 사건심리, 법적 추궁, 랭혹한(냉혹한) 판결에서 두려움과 공포에 가까운 자극, 량심 가책을 받은 방청인들은 벌개진 얼굴로 복도를 걸어갔다.

기침 소리와 널마루가 울리는 소리뿐 누구 하나 입을 여는 사람이 없다.

정진우 판사가 두툼한 문건철을 끼고 자기 방에 온 지 얼마 안 되여 어제 전화를 걸어왔던 손님이 찾아왔다.

"도 공업기술위원회에서 왔습니다."

문 어구에서 굵은 목소리로 자기소개를 한 손님은 뚱뚱한 몸집을 가볍게 움직여 들어왔다.

정진우는 피로한 몸을 일으켜 앞상 너머로 손을 내밀었다.

"판사 정진우라고 합니다."

"채림입니다."

정진우는 방문객이 자기가 리혼시켜준 사람이 아님을 다행스레 여겼다. 이름이 같을 뿐이였다. 육 년 전, 재판소에 와서 진면모를 드러낸 사람이 찾아왔더라면 얼마나 불쾌했으랴.

채림은 팔걸이 의자에 묵직한 몸을 실었다. 제낀 양복의 단추를 끌러 옷섶을 헤치고는 감자지빛 줄이 간 넥타이 매듭을 당겨 목깃을 늦춰 놓앗다. 그는 손으로 기미가 붙은 턱을 매만지며 일군다운 관심의 눈길로 사무실을 둘러보았다. 몸이 나서인지 얼굴은 주름살이 적고 혈색이 좋았다. 시원스런 이마 우에는 약간 지진 머리가 매력 있게 부풀었다. 채림의 얼굴과 몸가짐에서는 건강과 직무에서 오는 만족이 풍긴다. 잔근심조차 없는 태평스런 기색이 엿보인다. 가정 생활환경도 좋으리라고 짐작되었다. 그런 추측은 판사의 직업적 호의에서 오는 기대였다.

채림은 판사가 기다리는 것을 보자 표정을 무겁게 갖추고 입을 열었다.

"내가 이렇게 찾아온 건… 판사 동무의 사업을 간섭하자고 해서가 아니라…"

그는 전화로 나눈 말을 넘두(염두)에 두고 있었다.

"가능한 부탁하자고 해서입니다. 리혼할 당자가 하지 못하는 말을 대변도 해주고…"

채림은 겸손한 자세로 나왔다.

"위원장 동무는 순희와 친척 간입니까?"

"그 앤 나하고 6촌 간이지요. 촌수가 좀 멀긴 하지만 시내에 다른 친척이 없어서 나를 사촌오빠로 여기지요. 그런 걸 내가 늘 사업이 바쁘다 보니 그 애 생활을 별로 도와주지 못했지요. 남편과도 의가 맞지 않아 싸움이 잦고 여러 해째 고민하는 걸 알면서도… 그럭저럭 살겠지 하고 눈감고 있었습니다…"

정진우는 흥미가 없었다. 한편 당사자의 편역(옳고 그름에는 관계없이 무조건 한쪽 편을 들어 주는 일)을 들어 송사(원고와 피고 사이의 권리와 의무 따위를 법률로 확정하여 줄 것을 법원에 요구함)하는 이런 친척을 적지 않게 보아 온 그였다. 보다 절박한 궁금증이 정진우를 휩쌌다. 채림… 이름이 같아 서인지 줄곧 그 생각을 떨어버릴 수 없다. 그 사람이 리혼 후에 어떤 녀 자를 안해로 얻었을가?… 총각애는 퍽 자랐을 테지. 지금 아마 열세 살 일 게다. 마음 좋은 계모를 만났으면 기를 펴고 살 터인데…

"그래서… 내가 순희네 집안 문제에 팔을 걷고 나서려고 작정했습니다."

채림의 말은 어딘가 먼 허공에서 울리는 듯했다. 정진우의 눈앞에는 육 년 전 그날의 법정이 지꿏게(짓궂게) 되살아났다. 주근깨 돋은 볼로 흐 르는 눈물을 훔치며 안해, 녀성으로서 존엄을 절절히 부르짖던 그, 심 산 속에서 어린 오누이와 나무를 키우며 성실히 남편의 뒤바라지를 해 온 녀인, 어머니와 살겠다고 동생과 떨어지지 않겠다고 하소연하던 소 녀애… 리혼시킨 후에야 법정 밖의 일인데 무엇 때문에 잊을 수 없는가? 불안한 걱정이 들어서인가? 리혼시킨 것이 정당하지 못했던가? 재산 처 리와 자녀 양육에서 어떤 미결 건이라도 있었던가?…

정진우는 한숨을 쉬고 나서 물었다.

"위원장 동무는… 순희네 가정불화를 잘 안다고 보는데… 어떻습니 까. 누가 잘못인 것 같습니까?"

채림은 몸가짐을 바로 하고서 여유 있는 미소를 띠웠다.

"판사 동무는 극장에 더러 구경갑니까?"

"이따금 갑니다."

"중음가수인 순희가 출연하는 걸 보았겠지요?"

정진우는 머리를 끄덕이였다.

"노래를 잘 부릅니다."

"고상하게 부르지요."

채림은 판사의 평가를 시정했다.

"녀성중음으로 음색이 밝으면서도 부드럽고 서정이 풍부해서 다른 가수들과는 개성이 두드러집니다. 순희 그 애가 무대에서 조국에 대한 노래를 부를 때는 나도 관중들과 같이 어머니조국을 사랑하는 숭고한 감정에 잠기군 합니다."

채림은 음악평론가나 된 듯 말이 술술 흘러나왔다.

"판사 동무, 가정과 조국의 관계는 정비례 관계가 아니겠소. 생각해 보시오… 조국에 대한 노래를 그렇게 절절하게 부르는 녀가수가 조국의 작은 축도인 자기 가정 안에서 불화를 일으킬 수 있겠소? 진실과 위선의 이중적 감정이거나 추상적인 감정으로는 관중을 그렇게 감동시키지 못 할 게요."

정진우는 채림의 론리와 분석에 그저 놀라움을 금치 못해서 입을 다 물고 있었다.

"순희는 생활도 노래처럼 고상한 걸 지향하는 애지요. 발전성이 크 고… 문제는 석춘이 그 사람한테 있소. 가정불화의 장본인이지요. 난 사 회생활을 그렇게 무맥(맥없이)하고 부실하게 하는 사람은 보다 처음입니 다. 석춘이 그 사람네 가공직장에도 부단히 세대교체가 진행되는데 이 사람은 그저 희망도 야심도 없는 선반공이지요. 나무처럼 한 곳에 뿌리를 박자 어데 갈 줄도 모르고 산단 말입니다. 집과 녀편네 곁에만 붙어 있고, 만날 텁털해서 다니니 그런 남편을 녀가수가 팔을 끼고 다닐 수 있겠소?"

"…"

"순희가 참다못해 남편의 처지를 좀 갱신시킬려고 차림새도 멋지게 해주고 대학에도 가라, 직업도 옮기자… 고 하면 도리여 눈을 지릅뜨고 생활관이 어떻소 허영심이요 하면서 모욕하지 않나. 세대주 구실도 똑똑히 못하면서 녀편네 앞에서는 권위를 세우겠다고 떡떡(몹시 딱딱한 말씨로 어르는 모양)거리니 그게 가당한 일이겠소."

정진우는 편견이 강한 듯싶은 그의 말허리를 꺾었다.

"나도 석춘 동무를 만나보았습니다."

"아, 그렇소?… 그 사람이 저 잘했다고 횡설수설했겠군."

"내 생각엔 진정을 터놓은 것 같습니다."

"그래야지. 어디라고… 판사 앞에서야 진실을 말해야지요. 그래 석춘이 그 사람이 리혼을 요구했습니까?"

"예…"

"참, 다행이구만요. 난 그 사람이 애를 먹일가봐 걱정했습니다."

채림은 주머니에서 '은방울'을 꺼냈다. 그는 담배갑의 빨간 포장 띠를 솜씨 있게 떼서 한 가치 물고는 판사 쪽으로 밀어놓았다.

정진우는 잠자코 재털이를 당겨 놓아주었다.

"판사 동무. 사람이 다 리혼할 걸 주장하니 그런 경우에 해결은 간단하지 않습니까?"

정진우는 채림을 불만스레 일별하고 신중히 말했다.

"순희네 가정문제는 좀더 파보아야 하겠습니다."

"아니, 판사 동무 두 사람을 다 만나보았는데… 골머리 앓을 것 있습니까. 시원히 갈라지도록 어서 재판을 합시다."

"위원장 동무는 오해하지 마시오. 우리 인민재판소는 문건이나 보고 당자들의 말이나 듣고 리혼문제를 경솔히 다루지 않습니다."

"법률의 공정성을 내가 왜 모르겠소."

"나는 판결에서의 공정성을 말하는 게 아니라 그보다 앞서 제기되는 리혼문제의 중요성을 말합니다. 위원장 동무도 알겠지만… 처녀 총각이 사랑하고 결혼하는 건 자유입니다. 그러나 가정을 이룰 때에는 법기관에 등록해야 합니다. 가정의 형성은 법이 보증합니다. 그것은 가정이 국가의 개별적 생활단위이기 때문입니다. 이 국가의 단위가 파괴되는 일을 간단히 볼 수 있겠습니까… 리혼문제는 부부관계를 끊어버리는가, 그대로 두는가 하는 사사로운 문제이거나 행정실무적 문제가 아닙니다. 사회의 세포인 가정의 운명과 나아가서 사회라는 대가정의 공고성과 관련되는 사회정치적 문제입니다. 때문에 우리 재판소는 리혼문제를 신중히 다루는 겁니다."

"판사 동무. 난 우리 법전의 우월성을 잘 알고 있습니다."

채림은 불쾌한 듯 앞 상을 짚고 일어나 턱을 쳐들고 넥타이를 조여맸다.

정진우는 몸을 일으켰다.

"해설사업을 한 것 같아서 미안합니다. 나삐 생각지 말아주십시오. 난 위원장 동무가 도의 한 기관을 맡은 일군이기에… 순희네 리혼문제를 어느 개인의 협소한 립장에서 보지 말았으면 해서 말 한 겁니다."

"허, 그럼 국가적 판도에서 생각합시다. 털어놓고 말하는데 내 사촌동생네 집은 가정이 아니라 하숙집이요. 한 부엌에서 끓여먹고 아래웃방에서 갈라 자고… 한심한 일이지요. 만약 리혼을 시키지 않아서 동네를 더 소란스레 하고, 치정관계를 빚어내여 사회적 물의를 일으키고… 더 나아가서 폭발적 성격을 띠여 돌이킬 수 없는 후과를 초래할 수 있다는 것을 판사 동무는 알아두시오."

"위협입니까? 아니면 그 어떤 담보를 받자는 겁니까?"

"있을 수 있는 일을 예견하고 대책을 세우는 것도 재판소가 할 일이 아니겠소."

"불행을 당겨오지 마십시오. 법적 근거가 충분하면 리혼을 시킵니다. 기다려주십시오."

채림은 일어나 양복 앞섶의 단추를 채우고는 정진우에게 손을 내밀었다. 그런 습관적 례의(예의)는 친절한 의미에서의 악수라기보다 이야기가 끝났다는 의사 표시 같았다. 채림은 문 쪽으로 걸어가더니 멈춰 섰다. 찾아온 목적을 판사에게 충분히 납득시키지 못해 아무래도 발길이 떨어지지 않는 모양이었다.

"판사 동무…"

채림은 가슴 속에서 우러나오는 목소리로 말을 이었다.

"부탁하는데… 법률적 울타리를 벗어나 리성적으로 문제를 해결해주시오."

정진우는 모든 리성적인 것이 법률에 내포되여 있다는 생각을 하며 아량 있는 미소를 지어보였다. 채림이 법률적인 것과 리성적(이성적)인 것의 개념을 혼돈해서가 아니라 순희네 가정문제의 특수성을 념두에 둔 것이라고 여겨지였다.

정진우 판사는 채림을 청사 바깥 층계에까지 바래주었다.

7.

낮에 정진우는 순희네 사택마을의 인민반장을 만나보고서 강안기계공장을 찾아갔다.

현장 안은 기계 기름과 랭각수(냉각수) 끓는 냄새, 단 쇠밥 냄새가 뒤섞여 풍겼다.

선반기와 보링반, 평삭반… 푸른 빛갈의 각종 절삭기대들이 줄지어 늘어선 '기계숲' 우로 천정기중기가 경쾌한 소리를 내며 미끄러져 가고, 형타의 철판을 찍어내는 프레스 소리가 장단처럼 들린다. 소재를 가득 실은 지게차가 정진우의 뒤에서 부릉거렸다. 정진우는 길을 비켜주었다. 운전공 처녀는 그에게 살짝 눈인사를 건늬고는 평삭반 쪽으로 지게차를 몰고 간다. 도면을 들고 오던 기대공 총각이 몸을 날려 지게차의 소재 무지에 훌쩍 올라탔다. 운전공 처녀는 태연스레 지게팔을 높이 들어 소재와 장난꾸러기를 대형 평삭반 쪽에 위협적으로 밀고 간다. 장난꾸러기 총각은 질겁한 듯 뛰여내려 주먹을 내흔든다. 운전공 처녀는 지게차 우에서 깔깔 웃어댔다.

정진우는 저도 모르게 웃음을 지었다. 침울한 기분만 얹혀주는 문건들의 구속에서 벗어나 창조로 끓는 공장에 오니 마음이 가벼워지는 듯싶었다.

정진우 판사는 설비관리원인 석춘의 옛 기능공 아바이를 만났다.

예순 살이 훨씬 넘은 설비관리원은 몸집이 든든하고 정력이 있어 보였다.

그는 굵은 피줄(핏줄)이 돋은 거쿨진(울퉁불퉁 마디지고 거친) 손으로 정진우와 악수를 나누고서 넓은 가공직장의 한 켠 공구함들 옆에 있는 쇠의자 쪽으로 안내했다.

설비관리원은 정진우가 권하는 담배 한 대를 묵묵히 다 태우고서도 한동안 그렇게 청동으로 주조한 듯 움직이지 않았다. 서도, 앉아도 구부정한 등허리는 한뉘(한평생)를 힘든 선반을 해온 사람의 표징처럼 보여선지 은연중 존경이 갔다.

"판사 동무가… 이렇게 찾아와주니… 내 책임이 크다는 걸 느끼게 되우다. 기능공으루서 면목이 없구… 내 지난날 석춘이 그 사람에게 선반일만 배워줬지… 사람이 처자를 어떻게 거느리구 생활을 어떻게 해야 하는 건… 이렇다 하게 일깨워주지 못했수다. 남의 가정사에 주책없이 삐치는 것 같구… 아는 것두 없어서…"

"아바이…"

정진우는 오십 고개턱에 이른 자신이 설비관리원을 아바이라고 부르기는 좀 멋적다고 생각했지만 공적으로 동무라고 부르게 되지는 않았다. 석춘의 과거 이야기 속에서 늙은 기능공을 보았고, 이 첫 상면에서 벌써 진실로 존대하게 되고 자신을 퍽 아래사람(아랫사람)으로 낮추게 되는 것이었다.

"제가 석춘 동무 가정에 대한 어떤 책임을 묻자거나 가책할 걸 바라서 찾아온 건 아닙니다. 가정불화의 내막을 깊이 알고 싶어서…"

두 사람은 괴로운 침묵 속에 앉아 있었다. 남의 가정불행이지만 그들에게는 자신이나 자녀의 불행처럼 뼈아픔으로 감수되는 것이었다.

"아바인… 석춘 동무를 어떻게 봅니까?…"

정진우는 조용히 물었다.

"사람은 진국이지요. 내 견습공이였대서… 두둔하는 말이 아니우. 내가 키운 선반공들 중에서 제일 근실한 사람을 꼽으라면 석춘이를 꼽겠소. 코밑에 솜털이 보숭보숭해서 선반을 처음 배울 때나 지금이나 석춘이는 선반기에 찰떡처럼 달라붙어 있지요. 선반 로동이 인생의 전부인 것처럼 맘과 넋을 기울이고 살지요. 어떤 녀석들은 선반을 처음엔 착실히 배우더니 차차 힘이 드니까 딴 직종으로 슬쩍 돌아앉았구, 어떤 녀석은 선반직업을 입당이나 하구, 육체로동을 하지 않는 곳으루 '발전'해서 '한자리' 하는 데 발판으루 삼을려 하지요. 내한테서 따귀를 얻어맞은 그런 녀석들이 더러 있습니다. 리력서(이력서)의 사회성분란에 로동이라구 쓰게 된 다음엔 나라에서 맡겨준 선반기와 작업반 동무들을 배반하는 걸 량심 꺼리지 않지요. 지나간 일이긴 하지만… 난 그런 녀석들을 참을 수 없어 공장 당위원회에 찾아가서 말한 적이 있습니다. 십 년 이상 선반일을 하기 전에는 로동이라는 신성한 계급성분을 달아주지 말자고 말입니다."

어제(지난날)의 늙은 선반공은 주름 짙은 얼굴을 표연히 들었다. 쪼프린 두 눈에는 의분의 빛이 어려 있었다.

"내가 석춘이 말을 하다가 이야기 가지가 뻗었구만… 량해하시우. 우리 공장엔 십 년이구 이십 년이구… 선반공 직종에서 변함없이 꾸준히 일하는 사람들이 많습니다. 허지만 개중에 더러 있는 그런 건달뱅이 우연분자(들어올 수 없는데 우연한 기회에 정체를 숨기고 대열에 끼어든 사람)들 속에는 내 견습공들도 몇이 있어서 말년에 수치를 느끼지우."

늙은 선반공, 설비관리원은 흥분하고 있었다. 그렇지만 무의미하게 화제의 본론에서 벗어나 조리 없이 말하는 늙은이는 아니었다. 그의 말 속에는 한생(평생)을 바쳐온 직업에 대한 무한한 애착과 근면성이 뿜겨나왔다. 그리고 후대도 그렇게 살기를 바라는 소원, 부정에 대한 강한 반발심과 정의감이 맥맥히 흘렀다.

"석춘이 그 사람에 대해 말할 것 같으면…"

설비관리원은 문득 생각났는지 쇠의자에서 일어나 몇 걸음 앞에 있는 한 공구함의 문을 열었다.

빨간 라크칠을 한 공구함의 단들에는 갈아놓은 바이트들과 드릴, 기름통, 쑤시개, 각종 공구들, 지구(기계 가공·조립용 보조장치)들이 들어찼다. 공구함은 자기의 기대, 창조적 로동에 깊은 애착을 가진 성실하고 근면한 사람의 소유물이라는 것을 알 수 있었다.

"석춘이 그 사람이 열여덟 살… 그러니까 선반공으로 자립적인 로동생활을 시작할 때부터 가지고 있는 공구함이지요. 거의 이십 년이 돼옵니다."

"!…"

정진우는 아침 출근길에서 만났던 석춘 선반공의 차림새와 얼굴 모습을 그려보았다.

다림발이 안 서고 무릎이 나온 양복, 때 묻은 샤쯔, 약칠한 지 오랜 구두… 이마에 머리카락이 흘러내린 침울한 모습… 그것들과는 너무나 대조가 되는 석춘의 공구함이였다.

정진우는 석춘이가 아직은 공장과 선반기에서 애착을 잃지 않았다고 생각했다. 그러나 불화한 가정을 가지고 내내 이렇게 살기는 어려운 것이다. 가정생활의 기쁨이 없이 로동생활의 기쁨이 있겠는가… 석춘이는 지금 지난날의 숙련과 타성으로 일할 수도 있고 안해와의 부딪힘과 고민에서 오는 아픔을 잊으려고 극성스레 선반을 돌리는지도 모른다. 그러나 모순된 생활은 그런 정신을 점점 좀먹고 있을 것이다. 출근길에서의 초라한 모습만 보아도 인제는 자기 자신을 사랑하는 것도 잊은 사람 같지 않는가. 지난날은 성실한 사람이였지만 이대로 내쳐둔다면 타락한

140

인간이 될지도 모른다.

"판사 동무… 석춘이 부부를 리혼시키려구 하시우?"

설비관리원이 정진우의 깊은 생각을 깨치였다.

"글쎄요… 저도 아직 모르겠습니다. 그래서 기능공 아바이를 찾아온 겁니다."

정진우는 솔직히 말했다.

설비관리원은 판사의 마음 속을 읽으려는 듯 이윽히 바라보았다.

"사실 내 석춘이 처를 모르지 않수다. 순희가 시집와서 도 예술단에 뽑혀가기 전까지는 우리 작업반에 있었거든요. 곱게 생기구 활달하면서 두 코집은 센 녀자(코가 높은 여자)였습니다. 노랠 잘 불렀지만 선반일은 마음 쌓아지 않았지요. 어덴지 근실한 성품이 적었습니다. 난 그때 좀 느끼는 바가 있어서 충고해주었는데 진심으루 받아들이지 않더군요. 나를 싫어하는 것 같구… 그래 난 더 말하지 않았지우. 사내도 아닌 녀자인데 뭘 그렇게 일하길 바라겠는가 하는 생각에서였구, 선반공으로 공장에서 첫 손가락에 꼽히는 석춘이의 처여서 내쳐두었습니다."

"…"

"여러 해 후에 호남이 생일 때나 다른 일들루 석춘이네 집에 갔었는데 썩 기분 좋은 인상을 받지 못했지요. 좋지 않구나 생각했습니다. 손님이 갔을 때도 집안 공기가 그렇게 랭랭하니 평시에 부부생활이 짐작되더군요. 아닌 게 아니라 마을 사람들을 통해서 가정불화가 새나오고 내 귀에까지 들려옵디다. 사람들이란 남의 편안치 못한 가정사에 흥미를 가

집니다. 떡은 떼구 말은 보태는 일이 드문하지요. 내가 그런 말들을 가려 듣구, 보구 느낀 데서 오는 륜관적인(상사로서 부하에 대한) 생각은 이렇습니다. 석춘이 처는 목소리 덕에 너무 쉽게 명예를 얻어선지 허영심에 떴지요. 선반공으루 부부생활을 시작했는데… 십 년이 지난 오늘에 와서 자기는 재능 있는 가수로 자라 뭇사람들의 절찬을 받구, 거리에 나서두 사람들이 알아보구… '발전'을 했는데 남편이란 사람은 그때나 오늘이나 기름 때가 묻은 옷을 입은 선반공이란 거지요. 아낙네가 우월감에 꽉 찼으니 남편이 눈에 곯아보였지요. 랭기를 피우구 드살(남이 마음 놓고 있지 못하도록 괴롭힘)을 쓰니 석춘이가 가만있을 리 있습니까. 원래 고집 세구 속대(마음의 줏대) 바른 사람이니 처한테 쥐울 리 만무하지요. 더 모가 지구 매듭이 얽혔지요. 내 알기엔 주먹찜질도 여러 번 했다구 하드군요."

"…"

"근로성품은 사람의 바탕을 이루는 데서 주추돌(주춧돌)이지요. 그 근본이 바로 배기지 못한 사람은 마음이 변하구 수걱수걱(말없이 꾸준하고 성실하게) 일밖에 모르는 사람을 하찮게 여기지요. 석춘이 처를 그런 부류에 속한다구 보는 게 타당할는지 모르겠지만 소견은 그렇수다."

정진우 판사는 늙은 설비관리원의 말을 주의 깊이 들었다. 성실한 노력관에 기초하여 가정상 대립관계를 보고 사람의 가치와 도덕을 재는 것은 온당한 일이라고 생각되었다.

그러나 정진우는 채순희의 결함을 허영심이라고 박아놓고 싶지 않았다. 예술인 가수는 로동자와는 달리 직업적 특성으로부터 정신생활에서 허영심이 있을 수 있다. 수백 쌍의 눈길들이 쏠리는 무대, 미를 돋구고 과장하는 분장, 화려한 의상, 눈부신 조명, 관중의 열광적 박수, 꽃다발… 배우생활의 이런 필수적 환경의 지배를 받는 가수가 조그만치의 허영심도 없이 고상하고 현숙한 성품을 소유하고 유지하자면 집요한 자기 수양이 있어야 할 것이다. 가수는 노래의 선률, 가사에 담겨진 로동계급적 사상감정을 자기의 것으로 만들기 위한 진실한 예술가적 노력이 있어야 한다.

정진우는 조국과 가정의 정비례 관계를 론하면서 순희의 인간됨을 긍정으로 평가하던 채림의 말을 되새겼다. 노래가 가수의 정신세계에 미치는 영향을 절대적으로만 놓지 않았으면 그의 분석도 일리는 있는 것이였다.

그렇다면 순희의 허영심이 과연 질적으로 나쁜 것인가?… 그 녀자는 남편이 선반공이여서 불평하는 것이 아닌 것 같다. 남편이 십 년 전이나 오늘이나 정신생활에서 변화가 없이 따분하고 구태의연한 생활을 하기 때문이 아니겠는가… 석춘이의 지성 정도나 리상은 신혼생활 때와 수평이거나 침체되는 것 같다. 그러면서도 생활에 대한 자기만족에 차서 자존심을 세우고 있다. 거기에다 성실성이라는 울타리를 든든히 둘러치고 안해를 타매한다(더럽고 경멸스럽게 여기며 욕함). … 바로 이런 마찰에서 순희의 우월감과 절망적인 결심이 생긴 게 아닌가? 분쟁의 초점은 거기 있는 것 같다.

석춘이는 희망도 리상도 아직 래일에 있는 삼십 대의 젊은 사람이다.

근면성과 기능을 가지고 늙은 안해와 의좋게 여생을 살아가는 기능공 아바이 세대 사람이 아니다. 공장에서의 성실성은 가정에서 화목의 바탕으로 될 수는 있어도 전부로 되지는 못한다. 애정관은 사업 말고도 정신생활 영역의 많은 부분에 기초를 두고 있는 것이다.

"뭐니뭐니 해도 아까운 건 석춘이 그 사람의 재간이지요."

설비관리원은 탄식하듯 말을 이었다.

"집에서 처가 그러니… 머리속이 삼거웃(삼 껍질의 끝을 다듬을 때에 긁히어 떨어진 검불)처럼 복잡해가지구 창안을 제대로 할 수 있겠소. 다른 사람두 그렇지만 기능공이나 기술자인 경우엔 더 생활에서 근심과 걱정이 없어야 제품을 깎아내구, 창안하구, 발명해낼 겁니다."

"석춘이가 '다축라사 가공기'는 성공하지 않았습니까?"

"도 기술축전에서 3등을 한 것 말이우?… 고생을 했지요. 다섯 핸가 걸렸으니까… 판사 동무는 뭔가 그 기계사연을 아는 게 아니우?"

"모릅니다. 성공했다는 것밖에…"

"그럼, 아예 말하지 맙시다. 기분이 나쁩니다."

"왜 그럽니까?"

"도 공업기술위원회 처사가 글러먹어서 그럽니다."

설비관리원은 화가 난 듯 담배꽁초를 발로 비비고는 말을 돌렸다.

"그 기계 말구 석춘이가 몇 해째 씨름질하던 '반자동 선삭기'가 있지요."

설비관리원은 정진우를 조립작업장으로 안내했다.

거기에는 먼지가 오른 석춘의 창안품이 쓸쓸히 놓여 있었다. 선반 비슷이 생긴 기계의 웃몸 절반은 해체되어 주위에 널려 있다. 부속품들은 녹이 쓸었다.

"며칠 전에 내가 석춘이 그 사람에게 아프게 말해줬습니다. 서리 맞은 시래기처럼 휘주근해 다니지 말구 기계를 완성해보자구 말입니다. 평가 사업을 더럽게 한다고 해서 창안을 하지 않겠는가구요."

설비관리원은 옆에 있는 걸레를 집어 들고 기계의 먼지를 벅벅 문지르기 시작했다.

정진우도 묵묵히 걸레를 찾아들고 해체한 웃본체의 먼지를 닦아냈다. 손에 기름때가 묻었다. 이따금 손바닥이 금속부분에 닿으면서 차고 산산한 느낌을 주었다.

"놔두시우. 옷이 덮습니다(어지럽혀지거나 때가 끼어 더러워지다)."

설비관리원은 화가 난 것이 판사 때문이기라도 하듯 퉁명스레 건늬였다.

정진우는 그런 말투가 고깝지 않았다. 오히려 설비관리원이 고맙게 여겨졌다. 기능공 아바이 말에서 그는 순희네 리혼문제의 다른 하나의 본질적 실마리를 잡아 쥔 것 같았기 때문이였다. 무엇 때문에 창안이 성공하여 상을 탄 그날에 불화가 더 악화되였는가?… 정진우는 겸손하게 부탁했다.

"기능공 아바이, 좀 말씀해주십시오. 도 공업기술위원회에서 석춘의 기계를 어떻게 평가했습니까?"

"…"

설비관리원은 저으기 못마땅한 듯 정진우를 바라보았다. 리혼문제도
아닌 창안품 평가문제 따위를 판사가 알 필요가 있는가 하는 기색이였
다.

"말씀해주십시오."

정진우는 물러서지 않았다. 호기심도 흥미도 아닌 판사의 진지한 사
업태도에 공감되여선지 설비관리원은 낯빛이 부드러워졌다. 그는 걸레
로 손에 묻은 기름때를 쓱쓱 닦아내고는 조립장의 구석 켠으로 정진우
를 데리고 갔다.

"판사 동무는 먼저 이것부터 살펴보시우."

설비관리원은 여느 공구함의 세 배나 되는 큰 철함을 열었다.

"'다축라사 가공기'는 아직 전시장에서 가져오지 않아 볼 수 없지만
그게 어떤 고심 속에서 만들어졌는가 하는 걸 찾아볼 수 있지요. 이건
직장에서 석춘이한테 따로 만들어준 것인데 '발명철함'이란 이름이 붙
어 있습니다."

철함은 가운데를 막고 량 켠에 다섯 칸으로 되였다. 칸마다 아까 공구
함은 대비도 안 될 지구들과 공구들이 무져(무더기로 쌓여) 있었다. 미처
닦지 못하고 그대로 넣어둔 것이 많았다.

설비관리원은 철함 밑 칸에 쌓인 한 아름의 도면 뭉테기를 꺼내였다.
크고 작은 도면장들은 기름에 절고 퇴색해서 선의 륜곽과 치수를 잘 알
아볼 수 없었다.

"이건 몇 해 전에 석춘이가 그린 것들이지요. 근래에 완성한 도면들은 다 기술과에 있습니다. 실패하면 또 그리구, 만들어보구, 그래서 안 되면 또 그리구 만들어보구 했으니… 그 반복이란 건 셀 수 없었지요. 석춘이가 제 손으로 그린 도면장들을 모두 합하면 아마 수백 매가 훨씬 넘을 거요. 실패한 부분품들은 또 얼마나 많았겠소. 랑비한 합금재료의 일부는 변상까지 했지요."

정진우는 설비관리원과 같이 흐트러지고 구겨진 도면장들을 하나하나 바로잡아 철함의 밑 칸에 쌓았다. 어쩐지 가슴이 뭉클했다. 수천 매의 도면장들과 지구들… 실패한 부분품들에 깃든 피나는 탐구와 노력의 흔적, 고민과 절망의 자취들을 무심히 보아넘길 수 없었다. 안해의 사랑을 받지 못하고 수년간을 가정불화의 정신적 고충을 겪으면서 바쳐온 이 방대한 노력을 어찌 도면장의 수자(숫자)와 부분품의 개수(갯수)로 헤아릴 수 있으랴.

"물방울이 떨어져 돌을 뚫고, 쇠덩이를 갈면 바늘이 된다고 고생 끝에 락(낙)이 왔지요. 다축라사 가공기가 제품을 깎으면 착착 돌아갔단 말입니다. 고집이 세구 바위같이 입이 무거운 석춘이 눈에 물기가 핑 고인 걸 나는 봤수다. 판사 동무도 모르진 않겠지만 사실 창조물에 대한 기쁨은 그걸 만든 사람만이 진짜루 느끼지요. 지나가던 사람이 누렇게 익은 논벌(논으로 이루어진 벌판)을 보는 것과 그것을 가꾼 농사군이 보는 감정은 차이가 많은 겁니다. 나도 젊었을 때 창안을 여러 건 해보았는데… 평소엔 그런 감정을 체험해볼 수 없습니다. 한 번은 너무나 기쁘구 흐뭇

해서 집에 들어가서 처한테 말했더니 "아무러면 산모가 아들을 낳은 것만한 기쁨에 비기겠어요." 하구 웃는단 말입니다. 쇠로 만든 창안품을 인간의 탄생에다 비길 수는 없지만 하여튼 그런 때는 정말 눈물이 나더구만요."

정진우는 이따금 법학론문 원고를 출판사에 가져갈 때의 심정을 상기해보고는 수긍한다는 듯 미소를 지었다.

"판사 동무, 다축라사 가공기는 초보적으로 계산한 데 의하더라도 소재 절약과 정밀도 보장, 절삭속도와 생산능률에서 국가에 수만 원의 리익을 주게 되지요. 기대공을 줄이고 편안히 일할 수 있게 한 것은 원가계산에서 내놓고라도 말입니다. 전시장에 왔던 다른 공장기술자들은 그 기계의 작용원리가 묘하다구 하면서 도면을 보자구 청들고 있습니다… 그런데두 도 공업기술위원회에서는…"

설비관리원은 '발명철함'의 문을 닫았다. 그리고는 괴로운 듯 한숨을 쉬었다. 부드럽던 얼굴은 점차 거칠어져갔다. 미간의 주름살은 밭고랑처럼 깊어지고 두 눈에는 유린된 정의를 참을 수 없어 하는 의분의 강한 빛발이 뿜기였다.

"어떻게 그럴 수 있겠소… 글쎄 도자기꽃병 하나와 창안증서를 내주었단 말입니다."

"?!…"

"사심이 없구 겸손한 석춘이는 그걸 아주 명예스레 여기면서 받아왔지요. 나두 도자기를 보았습니다. 창안자들을 위해 우정(일부러) 품을 들여 기념으로 만든 것두 아니구 백화점의 가정용품매대에서 흔히 살 수 있는 꽃병이었지요. 기술자의 노력을 얼마나 허술히 평가했습니까… 내가 분개해서 공업기술위원회에 전화를 걸었더니 위원장인지 한 사람의 말이 이번 기술축전에서 당선된 것들은 다 창안증서를 내주었고 시상도 편향 없이 골고루 그렇게 했으니 불평을 부리지 말라는 것이 아니겠습니까. 난 입이 쓰거워서 전화를 끊고 말았지요. 석춘이 그 사람은 나를 나무리더군요(나무라더군요). 그렇지만 석춘이라구 왜 생각이 없겠습니까."

"…"

"한심한 일이지요. 판사 동무, 그게 어디 석춘이 한 사람한테 해당한 일입니까. 그 기계를 수년간 고생해서 만드는 걸 보아왔구 도와준 공장 내 기능공들과 기술자들의 심리는 어떠하겠습니까… 다른 공장들의 창안품들도 다 그런 식으로 시상했다니 그 영향이 미치는 폭은 넓을 거란 말입니다… 물론 사람이 보수를 바라고 창안하는 건 아니지만… 난 공장의 늙은 세대로서 솔직히 말합니다. 나라의 재부를 만드는 사람들… 기능공이나 기술자의 노력을 귀중히 여기고 존중해야 합니다. 그들이 해오는 어려운 로동과 고심탐구하는 노력을 진실하게 평가해야지요. 그 노력의 가치에 의해서 인격도 평가되여야 합니다. 그렇지 않으면 남이 땀을 들여 번 것을 풍겨먹는(속임수로 남의 것을 차지하거나 남의 것을 몰래 훔쳐 먹는) 건달뱅이들이 생겨납니다. 그런 식객들을 보면 사회와 나라에 이바지할 수 있는 기능이나 기술 같은 건 별로 소유하지 못한 인간들이지요. 그들은 입치레와 눈치와 수완으로 긴 한생을 살아갑니다. 시대가 발전하니 지난 시기의 로골적(노골적)인 건달뱅이들과는 달리 여러 가지 보호색을 쓰구 묘하게 은페(은폐)되여 있단 말입니다. 그런 인간들과 진실하게 노력하는 사람들과의 구분을 분명히 하고 차이를 두어야 할 겁니다. 집단이라는 그릇 속에서 체적이 서로 비슷하다구 어룽어룽 지내지 말구 개개루 저울에 달구어 무게를 평가해놓아야 합니다."

설비관리원은 기침을 쿨룩쿨룩 짖었다. 흥분한데다가 줄기침이 터져서 얼굴이 숯불처럼 붉어졌다. 관자노리(관자놀이)에 돋은 피줄은 혈압이 높아져 팽팽히 불어 올랐다. 한참 가슴을 쓸어만지고서야 진정했는지 얼굴을 들었다.

"판사 동무… 내가 참고루 되지두 못할 소리를 늘어놓은가 보우, 난 이야기를 한 가지루 뽑아낼 줄 모르지요. 감정이 쏟아지는 데루 나가놔서… 도움을 받지는 못할 겁니다."

"아닙니다. 기능공 아바이, 가슴을 울리는 말이였습니다."

정진우 판사는 로세대(노세대)의 정의감과 본분을 자각하고 있는 설비관리원을 존경심을 가지고 바라보았다. 그에게는 로인(노인)의 얼굴 주름살들이 단순히 세월의 흔적으로만 여겨지지 않았다. 그 주름살의 갈피들은 한생을 뼈힘을 들인 노력, 성실성으로 당을 받들어온 산 표징처럼 생각되였다. 로인은 사회의 부정을 가차 없이 들추려 하고 있으며 분개하고 투쟁한다. 그것은 높은 공민적 심리이며 고상한 당적 감정이다. 그런 심리와 감정을 가진 수백만 사람들로 하여 사회의 정신도덕적 분위기는 건전해지는 것이며 부정은 썩은 나무개비처럼 기슭으로 밀려난다. 은폐된 기생충, 카멜레온 같은 사람들, 식객들, 건달뱅이들이 국가와 집단과 인민의 리익을 해치는 범죄자로 자라지 못할 것이다. 때문에 사회에 위험성을 줄 수 있는 부정의 검은 싹을 제때에 밝혀내야 한다.

정진우 판사는 오늘 바로 그런 것을 발견하였다. 그것은 벌써 싹이 아니라 가지를 펼친 나무로 자라 사회에 그늘을 줄 수 있는 문제였다. 국가는 창안자의 노력을 그렇게 평가하지 않는다. 도 공업기술위원회… 어데든 중간에서 그 노력의 보상을 횡취했든가, 떼여내서 다른 데 썼다면… 그것은 공민의 노력의 열매를 침해하는 비법(불법) 행위다. 어느 개인이 먹었으면 사기범죄 행위일 것이다. 그런 행위는 나아가서 기술발전과 관련된 사회관계를 침해한다.… 정진우는 추측을 그만두었다. 그런 추리와 분석과 판단을 내릴 수 있는 사실 근거는 불충분하고 객관성도 부족하다. 기능공 아바이 말만 믿고 그런 결론을 지을 수 없다. 창안 당사자인 석춘이도, 도 공업기술위원회 사람들도 만나보아야 하며 창안품의 성능과 리익과 원가에 대한 과학적인 해명이 안받침되여야 한다.

"판사 동무, 석춘이를 만나보았다지요?"

설비관리원이 물었다.

"예… 그렇지만 다시 만나야겠습니다."

"그럼 주물직장으로 가봅시다. 석춘이가 조종련결대(연결대) 주물 때문에 용선로에 가 있을 겁니다."

그들은 현장의 철문을 벗어나 나무들이 무성한 구내길을 걸어갔다.

주물장으로 뻗은 소로길 쪽에서 젊은 주물공 한 사람이 모자를 삐딱하니 쓰고 한 손은 바지 주머니에 찌른 채 휘적휘적 오고 있었다.

설비관리원은 그가 가까이 오자 멈춰 세우고 엄하게 말했다.

"자넨 언제 보아야 그 모양이야. 모자를 바로 쓰게. 볼엔 또 검댕이분을 발랐나! 일은 혼자 다하는 사람처럼…"

주물공 청년은 군소리 한마디 없이 분주히 결함을 시정했다.

"석춘이가 주물장에 있던가?"

설비관리원이 물었다.

"오전에 저와 같이 일하다가 모래 때문에 다른 공장에 갔습니다."

"주형모래 나쁜 게 원인이라던가?"

"황새모가지 같은 조종련결대가 두 군데나 균렬(균열)이 가고 기포들이 생겼지요."

주물공은 온순히 대답했다.

설비관리원은 묻는 눈길로 정진우를 돌아보았다. 정진우는 주물공에게 석춘이가 오면 재판소에 보내달라고 부탁하였다. 그리고는 설비관리원과 헤여져 공장 기술과에 갔다.

정진우 판사는 이날 몹시 바빴다. 담당한 리혼문제를 파는 과정에 생긴 사건이여서 비법 행위의 사실성과 성격을 명백히 하자면 조사를 다른 수사기관에 의뢰할 수는 없었다.

8.

정진우 판사는 다음날 도 공업기술위원회를 찾아가 실무일군과 부기원을 만나 담화하였다. 그는 한낮이 퍽 기울어서야 재판소에 돌아왔다. 채림은 출장을 가서 만나지 못했다. 도 공업기술위원회에 한 번 더 걸음을 하던가 채림을 재판소에 부르던가 해야 사건 조사의 결속을 볼 것 같았다.

현재 조사된 자료만으로도 충분히 도 공업기술위원회가 진행한 평가사업의 진상을 규명할 수 있었다. 그러나 비법적인 평가사업을 계획하고 결론하여 실천하게 한 당사자인 채림을 만나야 이번 사건의 주관적 표징을 뚜렷이 할 수 있을 것이였다. 고의인가? 과실인가? 착오인가?… 기술위원회 청사와 집단을 위해서 그랬다고 자기 행위의 정당성을 변론할 수 있겠는가?… 정진우는 며칠 전 재판소에 왔던 채림을 상기해보았다. 그의 의식, 리론 수준, 사회적 현상의 판단 준비 정도는 높다고 생각되였다. 그리고 과거에 공과대학을 나온 그가 창안품들의 경제적 가치를 모르지 않을 것이였다. 채림이 어떻게 변명한다 하더라도 과실적 행위나 착오로 될 수는 없다. 채림은 그러한 평가사업이 발생하는 결과에 대해서… 그것은 사회관계에 어떤 해를 줄 수 있으며 공민의 어떤 리익을 침해한다는 것을 분석 못거나 예견하지 못할 일군이 아닌 것이다.

정진우는 앞상에 팔굽을 고이고서 손으로 얼굴을 감싸 쥐였다. 흥분으로 달아오른 얼굴은 뜨거웠다. 사건 진상 조사에서 오는 분격이였다. 행위의 주관적 표징을 나타낼 수 있는 당사자는 만나지 못했지만 객관적 자료에 기초한 그의 판단과 감정과 법 의식은 확신하고 있었다.

정진우는 흥분하고 감정을 앞세우고 결론을 서두르는 것은 법일군의 사업 실천에서 금물이라는 것을 알면서도 자신을 통제하는 것을 힘겨워했다. 사건을 파고들어 그 비법적 행위의 진상을 알게 되면 저도 모르는 사이에 가슴 속에 잠재하여 있던 공민적 량심, 법일군의 당적 감정이 우로 솟구쳐 오르는 것이다. 그 공민적 량심과 당적 감정이 문제의 판단과 해결을 위한 옳은 확신을 가지도록 하는 것이지만 지나치게 분출하여 랭정한 법일군의 풍격에 그늘을 줄 때도 있는 것이다.

정진우 판사는 천천히 송수화기를 들고 번호판을 돌렸다.

"도 예술단입니까?… 안녕하십니까. 시 인민재판소 정진우 판사입니다."

"예술부단장입니다."

수화기는 곁에서 들릴 정도로 감도가 좋았다. 정진우는 직맹위원장(직업동맹위원장)을 쉽게 만날 수 있었다. 예술부단장이 직맹위원장 사업을 겸하여 맡아보는 것이였다.

"부단장 동무, 오후에… 서너 시쯤해서 예술단에 있겠습니까?"

"예… 왜 그럽니까?"

"채순희 동무네 가정문제 때문에 좀 의논하자고 그럽니다."

"아… 그렇다면 오실 것 없습니다. 내가 재판소에 찾아가지요. 오후에 그쪽으로 갈 일이 있습니다."

"고맙습니다. 기다리겠습니다."

정진우는 송수화기를 놓았다. 그는 도 예술단의 직맹위원장을 만나 것이 옳으리라고 여겼다. 법률적 근거가 없는 부당한 리유를 가지고 리혼문제를 제기하는 사람들에 대한 교양 대책을 세우기 위해 해당 직맹 조직에 자료 통보서를 넘겨주는 것은 재판소 실무사업의 한 측면이다. 그러나 정진우는 채순희에 대한 자료 통보서를 작성하지 않았다. 정진 우는 그 녀자의 사상정신적 면모는 완전히 파악하지 못했다고 생각했다.

리혼소송 사유의 실무적 조사에서 당사자들의 사상적 면모는 자못 중요한 것이였다. 애정도, 지성도, 리상도 그 사람의 사상에 기초를 둔다. 순희의 애정관이 시대적 요구를 포괄하는 고상한 것인데 사상생활이 흐리터분하다면 생각해볼 점이 있다. 그 녀자의 애정세계는 진실한 내용이 적고 지향이 모호한 뜬 것으로 분석되며 로동자 남편에 대한 가치관이 바로섰다고 볼 수 없게 되는 것이다.

누구인가 출입문을 조심스레 두드렸다.

"들어오시오."

정진우가 말했다.

문지방에는 리석춘 선반공이 엉거주춤 서서 모자를 벗었다. 정진우가 반가이 권해서야 그는 앞 상 곁에 다가왔다. 석춘은 모자를 앞상에 공손히 내려놓고 의자를 끌어내여 앉았다.

"바쁘겠는데 또 찾아서 안 됐소."

"괜찮습니다…"

석춘이는 어줍어하고 미안해하면서도 긴장이 어린 무거운 표정이였다. 재판소 사무실에까지 오게 된 만큼 판사가 요구는 모든 것에 선선히 응할 태도였다.

"그래, 주물사(주물작업에 쓰이는 모래)는 구해왔소?"

"좀 가져왔는데… 질이 다 나쁜 겁니다."

"저 앞 강에서 나는 모래 같은 건 안 될가?"

"글쎄요… 석영주물사래야 되겠는데 그건 저 동해안의 포구들에서도 나는 곳이 몇 군데 안 된다고 합니다."

"야단이구만… 거 뭐라던가?… 황새모가지 같은…"

"조종련결대를 말입니까?"

석춘이는 벙글써 웃었다.

"옳소. 기능공 아바이도 그것 때문에 걱정하더란 말이요. 석춘 동무가 혹시 몰라서 그럴 수 있지 않소? 우리 저 앞강의 모래도 물굽이마다 질이 다르오."

"판사 동지, 걱정하지 마십시오. 제가 어떻게 주물사를 구하겠습니다."

"결심이 좋구만. 아무튼 창안에서 맥을 놓지 말고 꾸준히 나가오. 그런데서까지 물러서면 삶의 전체를 잃어버리는 거나 같소…"

정진우 판사는 잠시 동안을 두었다가 말을 이었다.

"내가 석춘 동무를 찾은 건… 비 오는 날 우리 집에서 채 하지 못한 이야기를 듣고 싶어서요. 동문 아마 기본적으로 다 말했다고 생각하겠지만 법률적 판단을 내려야 하는 나로서는 아직 불충분한 것이 있소. 가령… 재판소에 오게 된 구체적 동기 같은 건 말하지 않았지? 물론 지난 기간에 부부 사이에 얽힌 여러 가지 중요한 일들을 말했기 때문에 석춘 동무네 가정문제에 대해 일정하게 견해를 세울 수는 있었소. 그렇지만 석춘 동무도 바라왔고… 순희 동무도 그 '다축라사 가공기'가 성공할 걸 바라서 곤난과 불화를 묵새기면서 참아오지 않았소. 그런데 창안증서와 상을 타온 날에 가정불화가 더 격화된 건 어찌된 일이요? 정말 보수문제를 가지고 다뤘소?"

리석춘이는 길게 한숨을 쉬고 나서 말했다.

"다뤘습니다. 아니, 다툰 게 아니라 싸웠습니다.… 난 그날 저녁에 상으로 받은 도자기꽃병과 창안증서를 가지고 집에 들어섰습니다. 아들애가 제 어머니한테 무엇을 타왔다는 걸 자랑했습니다. 처는 아무 말이 없었습니다. 밥상을 가운데 하고서 조용히 둘러앉았습니다.…"

…저녁식사 후, 장난에 지친 호남이가 아래목에 곯아떨어진 후에도 그들 부부는 말이 없었다. 사람들의 박수 속에서 상을 타온 석춘이는 은연중 마음이 흥떴지만(흥겹고 마음이 부풀었지만) 안해가 쓰다 달다 아무런 반응이 없으므로 기쁨도 제풀에 식어지고 말았다. 그는 여느 때처럼 속마음을 안해에게 비치려 하지 않았고 '다축라사 가공기'가 잘 돌아가던 것을 말하고 싶은 것도 그만두었다. 언제 보아야 안해의 감정을 자기와 련결시키는 것은 새 기계를 만드는 것보다 어려웠고 억지로 그렇게 한 대야 '기계'가 돌아가지도 못하고 부러지지 않으면 요란스런 소리를 내

는 것이였다. 그럴 바에는 괴롭기는 하지만 랭랭한 침묵 속에 시간을 보내다가 잠드는 편이 훨씬 나은 것이였다. 석춘이는 '절삭가공편람'을 펼쳐놓고 들여다보았다. 수자와 글줄, 그라프, 작용원리의 그림들은 여름날 풀밭에 앉은 것처럼 그의 거칠어진 가슴 속에 살풋한 온정이 스며들게 하였다. 탐구에서 오는 그 온정은 안해의 사랑을 잃어버린 그의 마음 속 공간에서 애정을 대신하였다. 그래서인지 인제는 고독 속에서 글줄을 파기가 힘겹지 않았다. 그런 노력은 누워도 잠이 오지 않을 긴 밤에 외로워진 자신을 위안하는 벗으로 되는 것이였다.

순희가 그의 곁으로 다가왔다. 젖가슴에 두 팔을 얹고서 도전적으로 책상 옆에 다가와 섰다. 매일 밤 생활의 연장인 이런 고통스러운 침묵을 끝장내야 되겠다고 마음먹은 것 같았다. 여느 때는 별로 언질이 없었지만 오늘 밤은 결산할 만한 근거가 있는 듯싶었다. 순희는 책상 우의 창안증서를 소리 나게 집어 대강 훑어보고는 도로 놓았다. 경멸에 가까운 쓴웃음을 지으며 도자기꽃병을 쥐고 보았다. 겉에 우둘투둘하게 새겨진 늦거리(싸구려) 사기물꽃은 순희의 부아를 더욱 돋구었다. 그것을 책상 우에 홀쩍 놓는 바람에 꽃병은 오또기(오뚜기)처럼 위태롭게 뒤뚝거리다가 겨우 균형을 잡고 섰다.

석춘은 마뜩지 않은 눈초리로 안해를 치떠 보았다.

순희는 팔짱을 끼고서 조용히 물었다.

"이런 걸… 상으로 타자고 그렇게 고생하였어요?"

"그럼, 뭐 큰 걸 바랐소?"

158

"나라에서 아무러면 이런 걸 주겠어요. 왜 당신은 응당한 것을 받지 못하고서 부처님처럼 앉아 있어요?"

"무얼 탔으면 좋겠소? 양복지요? 텔레비요?"

"훈장도 있겠지요. 신문에도 나고…"

비양조의 그 말 속에는 순희의 진정한 욕망이 있는 것 같았다.

"지내(너무) 많은 공상을 했구만."

석춘이는 지꿎게 한마디 던지고는 담배를 피워 물었다.

순희의 낯색은 모욕감을 느껴선지 빨개지고 음성이 높아졌다.

"상금을 타서 동무들을 청해다 술상을 차리면 나쁘겠어요? 당신은 창안이 되지 않아 기가 죽어 만날 후줄근해 다니지 않았어요. 이번 기회에 무얼 뚝 부러지게 타서 인격이 쑥 올라가면 뭐 집이 무너진대요?"

"아낙네가 푼수 없이 끼여들진 말란 말이요. 창안을 해서 나라의 공학 기술 발전에 조금이라도 이바지했다는 게 확인되였으면 그걸로 기뻐해야지!… 꼭 신문에 나고 상금이나 훈장을 타야 맛인가! 남모르는 자부심이 명예나 금전보다는 고상하다는 걸 아오."

순희는 한순간 말문이 막혔다. 분하고 억울한 심정이 용암처럼 끓어올랐지만 항변할 적절한 말마디를 미처 고르지 못했다.

"아무래도… 당신은 막힌 사람이예요."

"뭐라구?!…"

석춘의 거친 입김과 담배 연기가 둘 사이의 위태로운 공간을 채웠다.

"사람을 어떻게 알아? 응! 네가 남편을 모욕할 수는 있어도 내 노력의

두 생활 159

열매를… 신성한 목적을 시비하진 못해!"

"그만하자요. 난 인젠 당신과 더 못 살겠어요."

"그만두라! 살자고 빌지 않는다. 너절한 것… 썩 물러가!"

석춘이는 주먹으로 책상을 쾅 내리쳤다. 그 서슬에 도자기꽃병이 흠칫 놀라 한 번 뒤채기를 하더니 데르륵 굴러서 장판방에 떨어져 박산이 났다. 호남이가 깨여나 왕- 하고 울어댔다.…

"판사 동지… 결국은 지난날 싸움의 반복이였습니다. 도수가 높아 절정에 이른 겁니다. 그렇지만 마지막 싸움이였습니다. 이젠 갈라지겠습니다. 판사 동지, 부탁하건데…"

석춘이는 두 손을 마주잡고 꽉꽉 주물렀다. 손가락 마디가 부러지는 것 같은 뚝뚝 소리가 났다. 그도 순희 못지않게 갈망하고 있었다.

정진우는 낮으나 엄한 소리로 말했다.

"처와 갈라지겠는지… 그냥 살아야 하겠는지를 법률이 판결할 거요. 시간도 없고 해서 몇 마디 더 묻기요… 석춘 동무는 그 전날 공장 예술소조에서 소박하게 부르던 노래를 처가 인제는 허영심과 우월감에 찼다고 보는데… 처의 본질적 결함의 하나가 그것이라고 인정하는데 구체적으로 어떤 걸 례(예)를 들 수 있소?"

"…"

"옷을 사치하게 화려하게 입고 다니면서 텁텁하게 소박하게 차리고 다니는 동무를 내려다보는 거요?"

"…"

"가정에만 애정을 심고 골방 세대주 역할을 하는 동무를 공장대학에 가지 않는다고 인격을 허물어 내리는 거요?"

"…"

"돌아가 좀 생각해보오. 안해가 남편에게 요구하는 것들이 어떤 허영심인가 하는 걸… 가정 울타리 안에서 보지 말고 사회적 요구에서 비쳐 보시오. 그리고… 동무는 순희 동무의 참다운 사랑을 점점 못 받고 생활을 해왔는데… 왜 그렇게 된 것 같소? 석춘 동무는 련애시절이나 신혼생활 때처럼 늘 변함없이 처를 사랑해주었는데 그 동무는 어째서 애정이 식어졌다고 보오? 이것도 허영심 때문에 선반공 남편을 깔보게 돼설가?… 두 가지 문제가 호상 련관성(연관성)을 띤 거라고 난 생각하오."

"…"

리석춘은 한동안 고개를 떨구고 앉아 있더니 몸을 일으켰다. 앞 상의 모자를 집어서 꾹 눌러썼다. 침울해서 가도 되느냐는 듯 판사를 쳐다보았다. 정진우는 손을 내밀어 악수를 했다.

"며칠 후에 내가 공장에 가겠소. 그때 대답해주시오."

9.

순희는 극장 홀의 기둥에 외로이 기대서서 밖을 내다보고 있었다.

홀안은 조용했다. 멀리 2층에 있는 련습실 쪽에서 들려오는 노래소리

(노랫소리)가 그를 귀찮게 했지만 그 소리를 피할 데도 없었다.

투명한 홀의 유리벽으로 바깥 생활의 한 귀퉁이가 펼쳐지고 있었다. 극장 뒤 켠의 공지와 풀밭에서 한 무리의 쪼무래기들이 공을 차고 있었다. 호남이 또래들이었다. 자세히 보니 다 낯익은 애들이다. 호남이네 높은 반 애들이다. 유치원에서 벌써 공부를 끝낸 모양이었다. 아이들은 자지빛 고무공을 따라 새떼처럼 몰려가고 밀려오고 하였다. 푸르고 잔잔한 하늘을 깨칠 것 같은 쟁쟁한 웨침(외침)소리가 순희의 가슴을 파고 들었다.

그런데 아무리 살펴보아야 호남이를 볼 수 없었다. 가방을 메고 어데로 갔을까?… 애가 인젠 동무들과도 놀지 않는구나… 나처럼 어데서 외롭게 혼자 있는 게 아닐까?… 정말 근래에 와서 호남이한테서는 응석도, 장난도, 웃음도 볼 수 없었다. 가정불화가 애의 가슴에 깊은 그늘을 던지고 상처를 남겨놓았다고 생각되자 순희는 금시 울음을 터뜨릴 것만 같았다. 남편과 언쟁했을 때는 아들애마저 귀찮아져 제멋대로 놀도록 늘 내쳐두었었다. 더구나 애가 아버지의 성미를 닮았고, 아버지 쪽으로 마음 쏠리는 것이 순희에게는 언짢았다. 그래 별로 애의 생활을 살펴보게 되지 않았다. 그런데 재판소에 다녀온 요즈음에 와서 류별(유별)나게 마음이 약해지고 모성애가 강하게 솟구쳐 올랐다. 리혼하면 아들애가 영영 아버지를 잃게 된다는 생각에서일가?… 그래서 아이가 불쌍해지고 련민(연민)의 정과 보호의식이 높아진 것일가?

불쑥 어제 저녁 일이 떠올랐다.

재판소에서 소식이 없을가 하고 번민에 잠겨 극장에서 돌아오니 사촌 오빠가 집에 와 있었다.

채림은 호남이에게 단팥속을 넣은 계란빵을 한 아름 안겨주었다. 그는 순희를 반가운 눈길로 지켜보며 물었다.

"너 얼굴색이 말이 아니구나…"

순희는 힘없이 아래목에 주저앉았다.

"내 재판소에 갔더랬다."

"그래서요?…"

"석춘이 그 사람도 리혼을 하겠다고 판사를 만났더구나."

"알아요."

"판사가 사람이 좀 까다로와 보이는 데가 있어도 그만하면 무난할 것 같다. 리혼을 시킬게다… 그런데 넌 왜 그 모양이냐? 파김치처럼 돼가지구…"

"…"

"정작 리혼하자니 생각이 많은 게구나."

"호남이가 불쌍해요. 그리고…"

"석춘이 그 사람도 불쌍하구?… 네 그 서푼짜리 마른 인정 때문에 몇 해 전에 갈라질 것도 용단내리지 못했지. 맘을 독하게 먹어라 오죽 고통스레 살았니…"

호남이는 빵을 우물우물 씹으면서도 눈살이 꼿꼿해서 채림을 보고 있었다.

"발전해보겠다는 속궁냥이나 지성이 없는 그런 사람과 한뉘를 붙어 살아야 네 신세만 망친다. 넌 아직 너무 젊다. 재능이 아깝구… 재판소 걸음을 한 이상 마련을 보구 생활을 갱신해라 리혼한 다음엔 내가 석춘 이보담 열 배는 나은 사람을 얻어주겠다."

갑자기 채림은 흠칫 놀라 입을 다물었다.

호남이가 빵꾸레미를 그의 발치에 홱 밀어 던진 것이었다. 계란빵 덩이들이 장판에서 돌멩이처럼 데구르르 굴러났다 호남이는 입을 씰룩거리더니 단호히 부르짖었다.

"우리 아버지 소리를 하지 말아요! 우리 아버진 나쁜 사람이 아니예요!"

당황해서 얼굴이 벌개졌던 채림은 능글스런 미소로 어색해진 분위기를 메꾸려했다.

"꽤 도담한데(도도하고 당찬데)?… 버르장머리 없는 녀석."

"얘, 호남아. 그러면 못써."

순희는 가슴이 뭉클해서 아들의 팔을 잡아당겼으나 호남이는 홱 뿌리쳤다.

"가라요. 빵을 가지고."

"너 친척도 몰라보니?"

"친척인데 왜 어머니보고 아버지하고 살지 말라고 해요."

"거야… 너의 아버지가 어머니하구 싸우니까 그러지."

"!…"

164

호남이는 말문이 막혔다. 억울하고 분김을 삭이지 못해선지 눈물이 그렁해서 채림을 노려보았다. 금시 쌈을 할 것처럼 작은 두 주먹을 꼭 부르 쥐고 있었다.

채림은 가정문제의 어린 수호자와 더 맞서지 말아야겠다고 생각했는지 슬며시 자리에서 일어났다.…

순희는 제 아버지를 극구 옹호하는 아들애 앞에서 눈물이 나왔다.

그래서인지 지금 호남이한테서 영원히 아버지를 떼여낸다는 생각이 그를 다심한 공포 속에 몰아넣었다. 아들애는 좋아하는 강가로 낚시질도 못 갈 게고 고무총을 만들어줄 사람도 없을 것이다. 동네 아이들한테 얻어맞고서도 어머니한테 하소해야 한다. 아이는 아버지가 없다는 인식을 할수록 위축되여 늘 두려운 생각을 떨어버리지 못하고 다른 애들과 놀 것이다.… 처녀애면 몰라도 아버지 없는 사내아이는 날마다 어머니한테 새길 수 없는 괴로움을 얹혀줄지 모른다. 순희는 깊은 한숨을 쉬였다. 남편이 자기한테는 고통스러운 사람이지만 아들애한테는 애정 깊은 아버지인 것이다. 순희는 그것을 부인할 수 없었다. 리혼하면 그 사람과는 남이 되지만 아이와 아버지의 피줄을 가르지 못한다. 어머니가 아들을 아무리 따뜻이 품고 보호한다 해도 아버지의 품을 대신하지 못한다. 어머니의 사랑과 아버지의 사랑은 질이 다른 것이다.

순희는 손으로 눈물을 찍어내였다. 약해지는 마음을 다잡으려고 머리를 흔들었다. 그러나 눈앞에 떠오른 불행의 환영은 쉽사리 물러가지 않는다. 순희는 목에 흐트러져 내린 머리를 어깨 뒤로 추슬러 넘기고 손수건을 꺼내여(꺼내어) 화장자리에 얼룩이 가지 않게 꼼꼼히 눈물을 닦았다.

한참 후에야 서글픔이 가라앉고 진정되였다. 순희는 스스로 자신을 질책하였다. 그렇게 강심이 없어가지고 무엇 때문에 리혼 소송을 했는가… 그런 불행을 각오하지 않았단 말인가? 호남이를 제 아들처럼 귀여워해줄 사람이 없을 것인가…

순희는 공지의 풀밭에서 끝내 호남이를 볼 수 없었다. 비 오는 날처럼 찾아다녀야 하지 않을가 생각하니 더럭 걱정이 들었다. 련습실 쪽에서는 여전히 녀성중창조의 노래소리가 기악 소리와 뒤섞여 흘러왔다. 성간군에 이동공연 나갈 준비이다.

누구인가 홀계단을 내려오는 뒤굽 높은 구두 소리에 순희는 태연히 몸을 돌렸다. 은미였다. 은미는 홀기둥 옆에 서 있는 순희를 보자 반달음쳐왔다.

"너 여기 있은(는) 걸 찾아다녔구나."

"…"

"부단장이 찾아."

"나를?… 왜 그러던?"

"모르겠어… 그런데 넌 어째서 중창조에서 련습을 하지 않니?"

"난 그 노래가 마음에 안 들어. 동무들과 화음도 맞지 않고…"

"중창조 동무들을 피하는 게 아니니?"

"은미야, 너까지 그렇게 말하지 마. 그 동무들이 나를 싫어한다는 걸 그래 네가 모른단 말이냐?"

"아니야. 네가 잘못 생각해. 선입견이지. 넌 참 요즘 신경이 예민해졌다. 옥희랑 말한 건 네가 노래를 성의 없이 불러 소리가 삐여지니까 그런 거야."

"…"

"넌 옳지 않다. 가정불화가 있다 해서 동무들을 차게 대하고… 안삼불(앙상블)도 화음도 잘 맞추지 않으니 녀성중창이 어떻게 되겠니…"

"됐다 됐어. 그만해! 너도 부단장하고 같은 말을 하는구나. 난 그래도 너만은 내 심정을 알아준다고 믿어왔다."

순희는 눈물이 쿡 솟구쳤다. 극장에서 가까운 마지막 동무와 멀어졌다는 생각에 가슴이 짜릿하게 아팠으나 이미 쏟아진 물이였다. 순희는 못 박힌 듯 서 있는 은미를 남겨두고 총총히 홀계단으로 걸어갔다. 그러나 순희는 계단을 채 오르지 못하고 멈춰 섰다. 예술부단장이 계단 우에서 그를 쏘아보고 있었던 것이다. 나직하면서도 칼날 같은 물음이 날아왔다.

"순희 동무, 끝내 재판소에 리혼 소송을 했소?"

"…"

"동무가 정말 우리 예술단을 망신시키는구만."

"…"

순희는 입술을 깨물어 설음을 눌렀다.

"아무래도 동무 문제를 단단히 봐야 되겠소."

"저 때문에… 망신스럽다면… 극장에서 나가… 겠습니다."

"나간다구?!… 뭘 믿구 배심(뱃심)이요?"

"…"

"좋소. 내가 재판소에 갔다 온 다음에 론의(논의)해보기요."

예술부단장은 바람을 일구며 순희 곁으로 지나갔다. 순희는 정말 배심을 잃지 않으려고 꼿꼿이 서 있었다. 그러나 점차 용기는 사라지고 아들애를 그릴 때처럼 마음이 서글퍼졌다. 온몸에서 힘이 쑥 빠지는 것 같았다. 순희는 홀계단을 겨우 올라가서 란간(난간)을 부여잡았다. 이름할 수 없는 공허와 절망감이 그를 휩쌌다. 친근한 동무도, 노래도, 배우직업도, 아들애도… 순희에게서 귀중한 모든 것이 그를 버리고 떠나가는 것 같았다. 아니, 떠나고 있다. 가정불화의 대가는 비참하고 큰 것이었다. 남편과 갈라지는 것은 단순히 법정에서 판결과 실무적 수속을 기다리는 일이 아니였다. 순희는 자기가 마치 도덕의 저울대 우에 올라앉아 있는 것 같은 두려움을 느끼고 있었다. 자기의 가정이지만 가정을 해치는 일은 개인의 일이 아니였다. 마을과 주위와 직장의 많은 사람들이 관심을 두고 지켜보는 사회적 일이였다. 그래도 기어이 욕망을 실현하자면 녀성의 아름다움과 명예인 정신도덕적인 모든 것을 잃어야 할 것 같았다. 그리고 사회라는 큰 가정에서도 쫓겨나야 할 것만 같았다.…

그렇다면 남편과 다시 살아야 한단 말인가?… 순희는 머리를 흔들었다. 방금 떠오른 그 두려운 생각들은 불안과 절망에서 오는 상념의 과장일 것이라고 여겼다. 죄를 범한 것 같은 피해의식이 그런 심연 속으로 몰아가는 것이라고 생각했다. 그렇게 위안했지만 마음은 진정되지 않았다.

10.

정진우 판사는 자기 방에서 도 예술단 부단장과 마주앉았다.

약간 벗어진 이마에 코날(콧날)과 눈길이 날카로와 보이는 부단장은 자책에 잠겨 한마디 한마디를 새겨가면서 말했다.

"판사 동무… 면목이 없습니다. 사람들을 예술로 교양한다는 우리 집단에 사생활을 잘못하는 그런 녀성이 있다는 걸… 무어라 변명하겠습니까. 순희 동무가 그렇게 된 데는 우리한테 잘못이 있습니다."

그는 마치 자신이 리혼문제를 내놓기라도 한 듯 열적어했다(겸연쩍고 부끄러워했다).

"순희 동무한테 원래부터 우월감이라고 할 그런 것이 좀 있는 걸 노래를 썩 잘 부르기에 방관시했지요. 공장에서 예술단에 처음 들어올 때는 얌전한 녀성이었는데 차차 기량이 올라가고 칭찬이 많아지니까 코가 높아지기 시작한 것 같습니다. 중창조 배우들 속에서 순희의 평이 좋지 못합니다. 뒤소리(뒷소리)가 있지요. 동무들과 섭쓸리지(함께 섞여 휩쓸리지) 못하는 원인은 여러 가집니다. 독창가수라는 우월감이 있다고 중창조 배우들이 순희 동무를 차게 대하는 것도 있지요. 그렇지만 오랜 가정문제로 순희 동무의 성격이 이지러진 것이 더 근본원인이라고 봅니다.… 남편의 성미가 괴벽하고 일 한 가지밖에 모르는 막힌 사람이란 말도 있긴 합니다. 안해가 너무 화려하게 입고 다닌다고 시비까지 하는 사람이라더군요… 아무리 그렇다 해도 집안에서야 녀자가 속을 누르고 아량 있게 나와야지요. 한데 순희 동무는 그렇지 못합니다."

부단장은 날이 선 목소리로 말을 계속했다.

"우리 직맹조직에서 여러 번 비판하고 개별적으로 충고도 주었지만 소용이 없는가 봅니다. 가정이 불화하니 극장에서 일도 잘될 리 만무하지요. 요즈음엔 연습도 제대로 하지 않아서 노래는 수준이 떨어지고 있습니다. 그래서 우린 순희 동무를 무대에 출연시키지 않습니다. 이번 성간군에 이동공연에도 보내지 않으려고 합니다. 앞으로 정 나아지지 않고… 가정불화로 여론이 커지면 예술단에서 내보내는 문제도 토론하려고 합니다."

부단장은 짧은 시간에 요약된 내용을 충분히 피력했다. 마치 병 래력(내력)과 상처를 파악한 의사처럼 진단도 처방도 주저 없이 내렸다.

정진우 판사는 순희의 사상정신 생활을 료해(요해)한 지금 어쩐지 이 예술단의 일군의 불만스러웠다. 그의 관점과 처사가 순희를 리혼이라는 불행에로 떠미는 듯만 싶었다. 가정불화 문제를 인격을 떨구고 정신적 타격을 주는 데로 이끌어간다면 치정 관계나 그밖에 피치 못할 법률적 사유를 빚어낼 수 있는 것이다. 직업상 생활이 타락하면 그 녀자의 허영심은 나쁜 길로 떨어지게 된다.

정진우는 한동안 앞상을 다독이다가 무거운 어조로 입을 열었다.

"그러니… 직맹조직에서 할 수 있는 건 다했다는 거겠습니다."

"…"

"처음엔 노래를 잘 부른다고 애지중지하고, 결함이 커지니 몇 번 때리고, 인제는 집단이 망신스러워 너 갈 데로 가라고 내버리고… 부단장 동무, 어떻습니까, 너무 차겁다고 생각되지 않습니까?"

"…"

예술 부단장의 벗어진 이마는 벌거우리 상기되였다.

정진우는 말을 계속했다.

"순희 동무의 사생활에서 결함과 가수로서의 재능은 별개의 문제라고 생각됩니다. 관중은 그 녀자의 리면(이면) 생활을 모르지만, 그의 노래를 잘 알고 좋아합니다. 관중의 사랑과 노래에 대한 사랑마저 잃어버리면 순희 동무는 아주 절망에 빠질 수 있습니다. 부단장 동무도 알겠지만 중음가수인 순희 동무의 포부는 대단한 겁니다. 남편과의 생활을 부정하는 하나의 원인이 거기에 있을 정도입니다. 그런 순희 동무를 지방 공연에도 보내지 않고, 극장에서까지 내보낸다면 어떻게 되겠습니까… 삶의 참의미를 묵살하는 거나 같지 않습니까. 가정불화가 있다 해서 녀성에게 그런 정신적이고 인격적인 처벌을 줄 수는 없습니다. 재능은 사람의 인격을 구성하는 데서 주요한 부분입니다. 재능이 피여나는 길을 막는 것은 우리 법이 허용하지 않습니다."

"…"

부단장은 손수건을 꺼내여 이마에 돋은 땀방울을 조심조심 찍어내였다.

"부단장 동무, 좀더 인내성을 가지고 집단이… 순희 동무를 따뜻이 도와주도록 합니다. 우리가 보건대 순희 동무는 남편과의 애정 생활에서 지성적 요구가 높은 녀성입니다. 그러나 아직 사회의 정신문화 생활에 이바지하는 예술인의 진정한 사명 우에 그 요구성을 올려놓지 못하고 있습니다. 재능도 있고 시대도 볼 줄 아는 녀성이지만 사상 수양과 지향 간의 모순과 불일치를 안고 있다고 생각됩니다."

"판사 동무, 고맙습니다… 사실 내가… 이미 전에… 가정부이자 배우인 순희네 집에 가서 생활을 깊이 료해하고 적절한 방조를 주었어야 하는 건데…"

부단장은 자책 어린 눈매로 정진우를 바라보았다.

11.

해가 쪼이는 한낮이였지만 강물은 차거웠다. 아직 멀리 계곡에서 얼음이 녹은 물이 흘러내리는 모양이다.

순희는 비누를 먹인 옷가지들을 버치 안에서 집어내여 맑은 강물에 헹구었다. 장난이 심한 호남이는 겉옷들과 속내의들을 성간군에 이동공연 떠나기 전에 빨아놓아야 했다. 사택마을 수도가(수돗가)에서 빨고 싶었지만 녀인들의 힐난하는 눈총과 건만질(건성으로, 또는 터무니없이 하는 말질)을 듣기 싫어 강가에 나왔다.

순희는 빨래방치(빨래방망이)로 자근자근 두드리다가는 저도 모르게 눈길을 멈추고 멍하니 생각에 잠기군 하였다. 예술부단장에게 극장에서 나가겠다고 말해놓고서 불안스레 후과를 기다렸던 그였다. 그러나 뜻밖에도 무난히 넘어갔다.

재판소에 갔다온 예술부단장은 순희에게 그 전처럼 가정문제를 파헤치지 않았다. 선량한 얼굴로 순희더러 중창조와 같이 이동공연을 떠날 준비를 잘하라고 일렀다. 연습을 직심스레 하면서 시간을 줄 테니 밀린 집안일도 하라고 따뜻이 말하는 것이었다.…

순희는 리혼문제 우에 예술단에서 생활 문제를 무겁게 덧붙여놓지 않는 부단장이 고맙게 여겨졌다. 그는 속이 좀 홀가분해져 비누물(비눗물)을 뺀 빨래를 강물에 넣어 휘저었다. 찬물의 랭기가 푹 밴 손이 곱아졌다. 순희는 두 손을 마주잡고 주물러 녹이고서 빨래방치를 들었다.

문득, 순희는 강 웃쪽 기슭에 바께쯔(양동이)와 삽을 들고 나온 낯익은 사람을 보았다.

그 사람은 재판소에 순희와 만났던 판사가 분명했다. 판사는 삽으로 강변의 모래를 떠보더니 집어던지고 바지가랭이를 걷어 올렸다.

순희는 판사가 맨발로 강물에 들어서는 것을 보자 몸이 오싹 추워났다. 그는 판사가 부뚜막을 손질할 모래를 파는 것이라고 짐작했다. 법관이란 사람이 모래를 얻겠다고 찬 강물에 들어서는 것이 우습기도 하고 궁색스레 여겨졌다. 건물보수반에 말하면 관사의 집수리를 당장 해줄 터인데 저러는 것을 보면 일거리를 좋아하는 사람 같았다.

순희는 외면하고서 빨래질을 다그쳤지만 자연히 강 웃쪽에 마음이 씌였다. 판사의 행동거지를 눈여겨보게 되는 것이었다.

정진우 판사는 바지가랭이를 걷고 들어선 지 얼마 되지 않아서 발이 시려들고 나중엔 발목채로 쑥 잡아 뽑는 것 같음을 느꼈다.

그래도 이를 사려 물고 참으며 강바닥의 모래를 삽으로 파올렸다. 점차 발의 감각이 마비되는 것 같았다.

그는 삽에 모래를 떠들고 기슭으로 나왔다. 잔돌멩이가 섞인 모래는 신통치 못했다. 주물대용 모래로는 쓸 것 같지 못했다.

그는 저으기 실망해서 물결이 넘실거리는 강물을 바라보았다. 수년 전에 아들과 함께 미역을 감으면서 본 기억에는 이 앞 강바닥의 모래를 아주 좋은 것으로 여겼었다. 하긴 진작 그렇게 좋았으면 왜 공장에서 주물사로 채취하지 않았으랴.…

정진우는 언 발을 녹이며 한동안 서 있었다. 어쩐지 희망을 버리고 싶지 않았다. 바위 아래의 깊은 곳에 들어가 보고 싶었다. 그는 바지와 속내의를 벗었다.

강둔덕의 길로 지나가던 사람들이 빤쯔 바람에 끔찍이 차거운 강물 속에 들어서는 정진우를 보고 걸음을 멈추었다. 갑자기 무슨 얼친(얼빠진) 고기라도 잡는가 하고 호기심이 든 모양이다.

정진우는 배허벅까지 물이 차는 곳에 들어섰다. 헉헉하고 선 느낌이 들고 이발(이빨)이 떡떡 맞쪼였다. 온몸의 피가 금시 얼어드는 듯싶었다. 삽으로 바닥의 돌들 사이를 헤집어 모래를 떴다. 강물에 흘리지 않도록

174

조심스레 끌어올렸다.

정진우는 삽날에 반쯤 담긴 모래를 들여다보자 저도 모르게 가벼운 탄성을 질렀다. 희고 부드러우면서도 립자(입자)가 단단한 모래였다. 수년 전에 본 것과 다름없는 그런 모래였다.

정진우는 사지가 얼어드는 듯한 감각을 잊어버리고 허둥지둥 물을 철벅거리며 기슭에 나왔다. 바께쯔 안의 채와 배낭은 꺼내놓고 바께쯔 손잡이를 길게 끈을 매서 목에 걸었다. 커다란 바께쯔는 낚시군의 미끼통처럼 정진우의 배에서 우습강스레(우스꽝스레) 데룽거렸다.

강둔덕길에서 어느 헤설픈 녀자의 키득 소리가 들려왔다.

정진우는 사람들이 지나다니는 길 쪽에 얼핏 시선을 던지고는 태연스레 벌겋게 언 다리를 옮겼다. 사지가 랭기에 익숙했는지 아까처럼 시리진 않았다.

그는 삽으로 모래를 조금씩 골라 떠서 바께쯔에 담았다. 반쯤 채우는 데도 한참이나 걸렸다. 그는 기슭에 나와서 비닐 보자기를 펴놓고 물이 섞인 모래를 쏟아놓았다. 뻣뻣해진 다리를 손으로 주물러 마찰시켜 혈관이 더워진 다음엔 또 물 속에 들어갔다. 그렇게 대여섯 번이나 거듭해서 퍼낸 모래를 채로 치니 한 배낭이 착실히 되었다.

호기심을 가지고 지켜보던 강둔덕의 사람들이 의아쩍게 여기며 도리머리를 흔들고 가버렸다. 강기슭에도 있는 모래를 무엇 때문에 깊은 곳에 들어가서 떡가루처럼 깨끗이 얻어내는지 리해할 수 없는 것이다.

정진우는 젖은 빤쯔 우에 서둘러 옷을 주어 입고 무거운 모래 배낭을 멨다. 채(체)는 바께쯔 안에 집어넣고 삽과 함께 손에 들었다. 물이 말끔히 찌지 못한(물이 빠지지 않은) 모래 배낭은 얼마 못 걸어서 정진우의 잔등을 찐찐하게 만들었다.

정진우는 어깨를 파고드는 배낭을 추슬러 올리며 힘겹게 걸음을 옮겼다. 석춘이를 진심으로 도와주고 싶어 시작한 일이지만 어쩐지 두루 생각이 많아졌다. 재판소의 사업실무, 직능을 벗어나 지나치게 이러지 않는가 싶었다. 전에도 이와 비슷한 일을 한 것을 두고 송 판사가 공연한 수고를 한다고 말했었다. 정진우는 그런 견해를 긍정할 수 없었다. 리혼하지 않고 사랑이 재생하면 행복할 수 있는 가정을 위해 무슨 일인들 못하랴… 이 모래를 가져가면 석춘이는 판사의 심정을 리해할 것이고 또 창안에 실질적인 도움을 준다면 얼마나 좋을 것인가. 조종련결대인가 하는 것을 주물해내면 '반자동 선삭기'도 빨리 완성할 수 있다고 한다. 공장에서 일이 잘되여야 석춘이도 가벼운 마음으로 집에 들어갈 수 있다. 새로운 인간미를 가지고 안해를 대할 수도 있지 않은가… 사람에게서 가정과 직장은 내용이 달라도 감정, 기분으로 튼튼히 얽혀있다. 그러니 불화한 가정의 화목을 도모할 수 있는 온기를 가져오는 일은 결코 법관의 직능 외의 일이 아닐 것이다. 인간의 도덕륜리적 감정이 이지러지는 것을 막는 일이 어떻게 법 밖의 일이겠는가… 그렇게 확신을 가지니 잔등이 젖는 것도, 무거운 것도 참을 수 있었다.

정진우는 한참 걷고 나서야 쉬려고 행길 옆의 큰 나무 밑둥에 바께쯔와 삽을 기대놓고 잔등에서 배낭을 끌어내렸다. 뻐근하던 어깨가 둥 뜨는 것 같이 홀가분해졌다. 담배를 붙여 물고 페장(폐장) 깊이 연기를 마시자 몸 안에 스며들었던 랭기가 빠져나가는 듯 훈훈해났다.

행길 쪽에서 손에 책을 쥔 한 녀인이 무슨 생각에 골똘히 묻혀 걸어오고 있었다. 정진우네 아빠트 2층에 사는 연공의 안해이다. 처녀시절부터 자기 앞날을 학생들과 련결시키고 사는 녀교원, 술 마시는 남편 때문에 원심을 쓰는 녀인, 비 오던 날 밤에 우산을 들고 남편을 마중하러 갈 때처럼 쎄타를 입었다. 수수하고 간편한 차림새를 좋아한다.

녀인은 정진우를 보자 반기듯 미소를 지으며 걸음을 멈추었다.

"친구 한 사람이 모래가 필요하다고 해서 좀 가져가는 길입니다."

정진우는 자기의 젖은 바지가랭이를 내려다보며 설명했다.

"연구사 선생은 돌아오지 않았어요?"

녀인은 정진우의 난처한 표정을 우정 보지 않으면서 말머리를 아주머니 쪽으로 돌렸다.

"이제 날씨가 따뜻해지면 오겠지요.… 그런데 선생은… 어느 학생네 집에 가정방문 갔다 오는 길이 아닙니까?"

정진우는 넌지시 물었다.

"판사 동지는… 꼭 본 것처럼 말하시는군요."

"선생이 오면서 무슨 생각을 했는지도 압니다."

"?…"

"학교에 나오지 않는 애군(늘 애를 먹이는 사람)을 어떻게 하면 고쳐줄가 하고 생각했지요."

정진우는 배낭끈을 감아쥐자 단번에 힘을 써서 모래 배낭을 잔등에 지였다. 녀인이 미처 배낭 밑굽을 받쳐줄 사이도 없었다.

"가던 길인데 제가 도와드려요."

녀인은 나무에 기대놓은 삽과 바께쯔를 손에 들었다. 정진우가 만류했으나 녀인은 그대로 들고 걸음을 옮겼다. 한동안 조용히 걷던 녀인은 진지한 어조로 말했다.

"사실… 그 비슷한 생각을 했어요. 길가에서 판사 동지를 만난 것이 우연한 일치인진 모르겠지만… 전 우리 학급의 애군인 학생네 집에 갔다 올 때마다 재판소가 어째서 리혼을 시켜주는지 불만스럽습니다."

"…"

정진우는 저으기 긴장해졌다. 녀인이 오래동안 속에 품었던 말을 꺼낸 것이였다.

"채영일이란 그 학생은 지금 열세 살입니다. 어머니가 계모지요."

"가만… 채영일이요? 열세 살?… 그 애 아버지가 누굽니까?"

정진우는 성급히 물었다.

"학부형은 채림이라고… 전기문화용품 공장의 판매 과장입니다. 혹시 아십니까?"

"?!…"

정진우는 모래 배낭을 추슬러 올리며 녀교원의 눈길을 피하였다. 그 판매 과장을 왜 모르랴… 여섯 해 전, 그날의 법정이 또다시 되살아 오른다. 심산 속에서 나무와 어린 남매를 키우며 오붓한 가정을 꿈꾸었던 녀인, 주근깨 돋은 볼로 눈물을 흘리며 가정에서 안해의 인격과 존엄을 주장하며 남편에게 항변하던 녀인, 갈라진 오누이… 녀교원은 바로 그때의 일곱 살짜리 총각애에 대해서 말하는 것이다.

"좀 압니다.… 여러 해 전에 만난 적이 있었지요."

정진우는 지나가는 말처럼 비쳤으나 얼굴이 뜨거워짐을 금할 수 없었다. 무언가 과거에 잘못한 일이 드러난 것 같은 괴로운 심정이였다. 그러면서도 자석처럼 녀인의 말에 관심이 끌렸다.

"계모는 남편보다 십 년이나 젊은 녀성인데 영일이를 되는 대로 키우고 있습니다. 그저 옷이나 빨아 입히고 밥이나 해먹이면 무던한 계모라고 생각하지요. 영일이의 학습이나 품행이나 지적발전 같은 건 안중에 없습니다. 어서 중학교나 졸업시켜 직장에 내보내자는 목적밖에 없지요. 그거야 자식을 키우는 어머니의 심정이 아니지요. 아이가 육 년째 그런 계모의 손에서 자라다보니 학업성적이나 품행이 늘 학급에서 뒤전(뒷전)을 차지합니다. 사실 령리(영리)하고 사색형의 두뇌를 가진 학생인데… 그 천성적인 개성이 마음껏 피여나지 못하고 있습니다. 도화 시간에 실물 메뚜기를 놓고 그림을 그렸는데 영일이는 다음 날에 메뚜기를 나물 깎아 만들어 왔습니다. 메뚜기 다리 관절부위랑 얼마나 잘 만들었겠습니까. 교원은 메뚜기 륜곽을 배워줬지만 영일이는 메뚜기가 뛰는 원리를 파악했습니다. 그런 일들이 드문히 생기군 합니다. 개성이 두드러진 그 싹을 잘 키우면 공학기술자가 될 수 있는 학생이지요. 그런데 지난 해부터는 점점 더 삐뚤어나갑니다. 학교에 나오지 않는 걸 밥먹듯

하고, 싸움질을 해서 부모들로부터 신소(억울한 사연을 신고함)가 제기되고… 사흘이 멀다하게 일을 빚어냅니다."

녀교원의 안타까운 심정은 정진우의 가슴에 젖어들었다.

"판사 동지… 전, 사실 채영일 학생에 대해 교원으로서 성의껏 노력해 왔다고 여겼습니다. 그리고 학급의 아이들을 제쳐놓고 영일이만 보살필 수는 없다고 생각했습니다. 그런데…"

녀교원의 얼굴엔 자책의 추연한 빛이 떠올랐다.

"지난 주 일요일에 학교에서는 봄철 들놀이를 갔습니다. 학생들은 보물찾기도 하고 곤충도 잡고 식물채집도 하면서 즐겁게 놀았지요. 점심시간에 저는 학급학생들과 같이 풀밭에 둘러앉아 먹을 걸 펼쳐놓았습니다. 그런데 문득 생각나서 둘러보니 영일이가 없는 게 아니겠어요. 좀 전에 있는 걸 봤는데… 그래서 두루 찾아다니다가 개울 옆의 큰 바위 뒤에 앉아 있는 걸 발견했습니다. 제가 슬그머니 다가가보니 영일이가 제 누의 영순이와 마주 앉아서 밥을 먹는 게 아니겠어요. 영순이는 남동생보다 두 살 우인데 우리 학교에 다닙니다. 오누이가 가정은 달라도 한 학교지요. 영순이는 친어머니가 싸준 떡과 지짐, 고기 볶은 것과 콩나물 반찬을 동생한테 자꾸 놓아줍니다. 영일이는 울먹거리면서 저가락질(젓가락질)을 하지만 반찬이 좀처럼 집히질 않는 겁니다. 그 옆에는 밥과 시금치나물이 한데 담긴 밥곽(도시락)이 있는데 그건 아마 영일이 계모가 싸준 것이겠지요. 눈물이 나왔습니다. 전 바위 옆에서 물러나 개울가에 앉아 많은 것을 생각했습니다. 교원이 아무리 학생 때문에 속을 태우고 그래서 뛰여다닌다 해도 친혈육의 사랑에는 비기지 못한다고 말입니다.… 그리고 바로 그러한 어린 후대, 혈육의 애정을 갈라놓은 부모는 피지 못할 사정이 어떻든지, 법적인 타당성이 있던지 간에 범죄를 저질렀다고 생각했습니다. 판사 동지… 재판소에서 왜 리혼을 시켜주는가요? 어른들의 새 생활, 새로운 행복을 위해서요?… 제가 낳은 자식, 후대의 행복을 떠나서 과연 부모의 어떤 행복이 있을 수 있겠습니까,"

"!…"

정진우 판사는 어깨에 멘 모래 배낭이 천근같이 무거워났다. 온몸이 얼어드는 것 같고 오한이 났다. 과연 그때 판결을 잘못 내렸단 말인가. 그래서 이런 미결 건이 남아 있는가?… 만약에 리혼시키지 않았더라면?… 판매 과장인 남편의 '인격'에 어울리게 그 녀성을 따라 세웠어야 하는 게 아닐가? 그랬더라면 아이들의 처지는 지금보다 나았을지 모른다. 그러나 산골에서 나무를 심으며 혼자서 아이들을 키워온 그 녀성을 '때벗이'시킨다고 판매 과장과 의좋게 살지는 못한다. 그들은 지성의 차이로 갈라진 것이 아니다. 판매 과장이 순박한 안해를 인간적으로 멸시했고 가정 내에서 안해의 지위가 평등이 아니라 식모의 처지에 떨어진 데 있었다. 십 년 세월 건강과 청춘, 고뇌를 바쳐 남편이 공부하도록 뒤받침(뒷받침)해준 그 녀성은 자기의 삶의 가치, 인격을 더는 상실할 수 없었다. 의리에 대한 가혹한 배반을 그 녀성은 참고 묵새길 수도 용서할 수도 없었다.

정진우는 육 년 전 법정에서 옳게 판결했음을 확신했다. 그러나 이 녀교원의 호소는 정당한 것이고 가슴을 찌른다. 판결은 옳았지만 미결 건은 남아 있다. 법률적 미결 건이 아니라 사회도덕적 미결 건이다. 새 가정의 행복, 계자녀의 건전한 성장… 법정 밖에서 객관적으로 흘러가는 그 생활들에서 파생되는 문제들이지만 판사에게 책임이 있는 것이다. 그 다음에 리혼 당사자들에게 있고, 지금도 언쟁을 하는 가정의 부부들에게도 경고되여야 한다.… 정진우 판사는 해결하지 못한 이런 미결 건이 다른 리혼 사건들에서 동질적 성격으로 반복되고 있다고 생각하니 더욱 가슴이 아팠다.

그의 눈앞에는 영일이 대신 호남이가 떠올랐다. 락수물이 떨어지는 처마 밑에서 기침을 하며 몸을 옹송그리고 서 있던 총각애, 비를 맞으며 잔등에 업혀오던 호남이, 방안에 찍힌 자기의 더러운 발자국을 보고 주저하던 아니… 천진한 어린 가슴이 공포와 불안 속에 시달리고 꽃망울이 피기도 전에 찬 비바람을 맞는 것이 누구 때문인가?… 사람에게 물이 필요하듯이 아이에게는 어머니와 아버지의 사랑이 있어야 한다. 그런데 그 귀중한 자양의 즙을 주어야 할 부모는 어떻게 살고 있는가?… 그들은 자식에 대한 사랑이 어머니와 아버지 사이의 깊은 애정에서 흘러나오는 것이라는 걸 알기나 하는가? 그래도 저마다 아이를 사랑한다고… 아이를 자기가 키우겠다고 주장한다.…

공장 쪽으로 갈라지는 길목에 이르자 정진우는 걸음을 멈추고 녀교원에게 말했다.

"수고했습니다. 인젠 주시오."

"이건 집에 가져갈 게 아닙니까?"

녀인은 삽과 바께쯔를 쳐들며 물었다.

"그렇기는 한데…"

"그럼 어서 친구한테 모래를 가져가세요. 이건 제가 집에 가져다 드리겠어요."

녀교원은 깍듯이 인사를 하고 거리 쪽으로 향했다.

정진우는 녀인의 뒤모습(뒷모습)을 한참이나 바라보았다. 쩨타를 입은 평범한 녀인, 가정을 소중히 알고 후대를 위해 정력을 바쳐가는 녀교원, 조국과 미래에 대한 공민적 사랑과 옹호정신이 높은 녀인이 가고 있었다.

12.

공장은 아직 멀리에 보였다.

정진우 판사는 좀 쉬고 싶었지만 퇴근시간 전에 공장에 가닿지 못할 것 같아 힘겨운 대로 내처걸었다. 모래 배낭을 점점 잔등을 지지누르고 배낭끈은 어깨에 파고들었다. 젖은 바지가랭이와 신발에는 길가의 흙먼지가 누렇게 달라붙었다.

"거, 판사 동무가 아닙니까?"

귀에 익은 굵직한 목소리가 그를 향해 날아왔다.

정진우는 려행가방을 손에 든 도 공업기술위원회 위원장 채림을 보았다. 정진우는 배낭을 벗어 풀섶에 내려놓았다. 사건 조사의 결속을 위해 그가 기다리던 사람이었다. 재판소에서가 아니라 이런 곳에서 만난 게 공교롭기는 했지만 별 수 없었다.

채림은 단추를 풀어 제친 양복 앞자락을 휘저으며 걸어왔다. 연회색 바탕에 바둑알 같은 점이 박힌 넥타이는 삔에 고정되어 몸이 부산스레 움직일 때도 단정한 자세를 유지했다. 채림은 젖은 배낭과 판사의 초라한 행색을 놀랜 듯 훑어보고는 의아쩍은 표정을 지었다.

"어디 물에 빠졌댔소?"

"출장 갔다 오는 길인가요?"

정진우는 되물었다. 인사말인데도 부드럽게 할 수 없었고 모래를 파 오는 리유를 설명하고 싶지 않았다. 가슴 속에서는 그에 대한 반감이 꿈틀거렸다.

채림은 판사의 날카로운 눈길을 피하며 가방을 풀섶에 내려놓았다.

"역에서 바로 오는 길입니다. 공업기술위원회에 들리지 않고 집에서 출장길의 피곤을 좀 풀려고 생각했지요. 부서에 전화를 걸었더니 며칠 전에 판사 동무가 와서 뭔가 조사하고 갔다는 게 아니겠습니까. 그래 재판소에 곧장 갔다가 판사 동무가 공장에 간 것 같다고 해서 이렇게 찾아 나섰지요."

모진 짓을 한 자가 제발 저려한다는 격이었다.

"뭘 그리 바쁠 것 있습니까. 우리가 부르면 와도 되겠는데…"

정진우는 은근히 채림의 속을 찔렀다.

채림은 별로 당황해하지도 않고 태연스레 응수했다.

"께름직한 일을 뒤로 미뤄서야 잠이 오오. 제때에 깨끗이 해명해야지."

"그럼 물읍시다. 위원장 동무는 이번 창안품들의 평가사업을 조직했습니까?"

"그랬소. 자금할당과 상품명세문건에 수표를 했으니까. 판사 동무도 와서 그걸 봤다지요."

"매 창안품들의 내신서에 씌여진 기술경제적 가치를 인정합니까?"

"두고 봐야 알 일이지만… 대체로 문건상 인정은 하오."

"나머지 자금을 청사의 비품 구입과 울타리 공사에 쓴 게 사실입니까?"

"우리가 그렇게 조절했지요."

채림은 배심 좋게 대답했다.

정진우는 이 일군이 짐작했던 것보다 더 낯가죽이 두텁다고 생각했다.

"우리라니요? 또 누가 그걸 결론했습니까?"

"내라고… 해둡시다. 그런데 판사 동무, 뭐가 잘못되였소?"

정진우는 분노로 숨이 꽉 막히는 것 같았다. 하마트면 자제력을 잃고 소리칠 번(뻔) 하였다. 타드는 목안을 마른 침으로 적셨다.

"위원장 동무, 보다싶이(보다시피) 국가에서는 이번 창안품들에 대해서… 응당한 액수로 평가했습니다. 그런데 위원장 동무는 자기 마음대로 그것을 변경시켰습니다. 나라에 수만 원의 리익을 준 창안자들에게 값눅은(값 싼, 보잘 것 없는) 도자기와 증서장을 주었습니다. 왜 그렇게 했는지 설명해주시오.”

채림은 주머니를 뒤져 '은방울'을 꺼냈으나 화가 난 듯 담배갑을 도로 집어넣었다.

“리유는 두 가지요. 평가사업으로 내려온 행표(돈표, 전표) 자금에는 우리 새 청사의 비품과 쇠울타리 공사 자금이 포함되여 있었소. 그 분량조절을 좀 지나치게 했을 수 있소. 다른 하나의 리유는 우리가 창안품의 보수를 지불한 것이 아니라 표창 형식으로 도자기들과 증서를 수여했다는 거요. 의의가 있게 표창 형식으로 말이요. 앞으로 그 창안품들이 공장 기업소들에서 실지 은을 내게 되면 해당한 상금을 더 주게 될 겁니다. 그렇지만 이번에 당선된 기능공들과 기술자 동무들은 보수나 금전문제 같은 건 관심을 가지지 않았소. 나라에 자기의 창조물을 이바지했다는 마음 하나만 가진 사람들이지요. 사회와 인민을 위해 헌신적으로 일하는 데서 긍지와 보람을 찾고 있는 그런 사람들에게 국가자금을 망탕(되는대로 마구) 쓸 필요가 없지 않겠소. 판사 동무, 그래서 우린 자금을 청사 비품과 울타리 공사에 쓴 거요. 한 푼도 내 주머니에 넣지 않았소.”

채림은 자기 웅변의 론리성과 설득력에 스스로 만족한 듯 '은방울'을 다시 꺼내여 천천히 피워 물었다.

정진우 판사는 분노가 끓어올라 채림의 여유작작한 상판을 쏘아보았다.

“위원장 동무는 성실한 사람들의 고상한 정신을 아주 솜씨 있게 리용했구만요”

“판사 동무, 말 주의하시오.”

채림은 위엄을 보였다.

"리용했을 뿐 아니라 그들을 모욕하고 인격을 짓밟고 있습니다."

정진우 판사는 말마디를 창끝처럼 벼려서 찌르기 시작했다.

"위원장 동무는 선반공 리석춘이가 '다축라사 가공기'를 만들기 위해 바친 피나는 노력에 대해 알고 있습니까? 그가 오 년 동안을 어떻게 살아왔는지 알고 있는가 말입니다. 어느 하루 문화정서 생활도 온전히 못하면서 안해의 사랑마저 잃으면서 그린 수백 장의 도면들과 부분품들을 보았습니까? 공장에서 침식을 하다싶이 하고, 수십 번의 실패에서 합금 재료를 변상하고, 로임도 제대로 못 타면서 탐구적 노력을 거듭하고 거듭해서 창안에 성공했다는 것을 알고 있습니까?… 국가는 바로 그런 사람들의 헌신적 노력과 재능을 귀중히 여기고 장려하기 위하여 정치적 평가와 함께 후한 물질적 평가사업을 합니다. 기능자, 기술자들이 노력한 만큼 유족한 생활을 보장해주는 것입니다. 그런데 위원장 동무는 국가의 그런 신성한 자금을 떼내여 자기 사무실에 고급 테블과 쏘파, 안락의자들을 사놓았습니다. 편제에도 없는 그런 가구 비품들을 말입니다. 그것이 제 주머니에 넣은 돈과 무엇이 다릅니까.… 동무는 공민의 노력, 성실한 사람들이 피땀으로 이루어진 열매를 가로챘습니다. 사기적으로 직권을 람용(남용)하여 나라의 공업기술 발전을 위해 정력과 재능을 바치는 사람들에게 찬물을 끼얹었습니다. 동무의 행위는 범죄입니다. 당의 기술혁명 방침, 경제정책 관철에 지장을 주었단 말입니다! 난 동무에게 형사책임을 추궁하겠습니다."

"아… 파… 판사 동무… 어떻게 그럴 수 있습니까. 그런 비품은 다른 방들에도 놓았습니다."

채림은 얼굴이 시뻘개져 허둥거렸다.

"변명하지 마시오! 동무 같은 사람은 마땅히 법적 제재를 받아야 합니다. 공화국 형법에는 사회주의 분배원칙을 고의적으로 어기고, 공민이 노력한 대가와 창안, 발명품들의 평가를 심히 그릇되게 한 자는 징역에 처한다고 밝혀져 있습니다. 형법의 그 조항들은 동무의 범죄 행위에 해당되는 것입니다."

"그… 그것이 어떻게 내한테… 해당된단 말입니까."

채림의 시뻘건 얼굴은 꺼멓게 죽어갔다.

"난 아직 동무의 범죄 행위를 약하게 보았습니다. 리석춘이네 가정불화의 근본 원인은 물론 그들 자신에게 있습니다. 그러나 창안을 위해 수년간 귀중한 모든 걸 바쳐가며 고심해온 석춘이를 그렇게 모욕적으로 평가한 당신에게도 책임이 있습니다. 기술자의 인격을 떨궈버리고 전망이 없는 사람으로 채순희에게 인식시킴으로써 불붙는 집에 부채질을 했습니다. 동무는 남의 가정화목을 방해한 죄에 대해서도 마땅히 형법상 책임을 져야 합니다."

채림은 얼굴에 발라맞추는 것 같은 미소를 애써 지으며 말을 더듬었다.

"판사 동무… 난… 출장 갔다 오는 길입니다.… 뭐가 뭔지… 모르겠습니다."

"여기에 모를 게 무엇이 있소. 석춘 동무는 당신에게 6촌 매부가 되지요. 아주 남이라도 그렇지요. 기술자의 가정인데 당신의 직분으로 볼 때야 응당 도와주었어야지요. 그 동무가 창안이 안 돼서 고심하는 걸 알면 공장기술과와 토론해서 걸린 걸 풀어주고, 공부를 하도록 이끌어 주었어야 옳지요. 기계에 대한 평가사업보다 로동자 기능공들에게 새 기술을 습득시키고 유능한 기술자로 키워내는 게 당신 사업본분이 아니겠소."

"판사 동무… 내 며칠 좀 생각해 보겠습니다… 인차 재판소에 찾아가겠습니다."

"그렇게 하시오."

정진우는 돌아서서 모래 배낭을 쥐였다. 그는 이 혐오스러운 인간과 더 마주서고 싶지 않았다. 위선과 처세술이 능한 채림의 진면모를 발가놓고 빠져나가지 못하게 규탄한 것으로 하여 분노가 한 귀퉁이에서 좀 내려가는 것 같았다.

가방을 든 채림은 어깨가 축 쳐져서 행길 쪽으로 걸어갔다.

주물장 안은 누르끼레한 연기가 들어찼다. 금방 쇠물(쇳물)을 주형에 부은 모양이다. 주형 속에서 굳어지지 않은 벌건 쇠물이 퍼런 불길을 널름거린다. 불꽃이 이따금 튀여나고 모래벽에서 점착물질이 타는 냄새가 코를 찌른다.

굳어지는 쇠물의 비릿하면서도 후끈한 열기가 정진우의 얼굴에 끼쳐

왔다. 용선로의 송풍기와 배풍기 돌아가는 소리가 웅웅거린다. 정진우는 모래 배낭을 벗어 내려놓았다. 주물공들은 보이지 않았다. 빈 쇠물바가지를 물고 있는 천정기중기도 잠잠했고 넓다란 주물장 안의 여기저기에는 부어낸 기계본체들과 주형들이 널려있었다. 한쪽에는 오래되고 쇠물에 거멓게 탄 모래 무지가 쌓였다. 퇴근시간이 금방 지나서 주물장 안이 조용한 것 같았다.

정진우는 두루 살펴보고서야 용선로 앞에 혼자 웅크리고 앉아있는 리석춘을 보았다. 석춘은 내화벽돌을 깔고 앉아서 주먹으로 턱을 고인 채 무슨 생각에 골똘히 잠겨 있었다. 그의 옆에는 긴 손잡이가 달린 쇠물국자와 쇠물깡치(쇳물 찌꺼기) 따위들을 긁어내는 곰배(곡식, 흙, 재 등을 펴거나 긁어내는 도구)와 집게 같은 것들이 아무렇게나 놓여 있었다.

석춘은 옆으로 다가가는 정진우 쪽엔 눈길도 돌리지 않고서 움쭉 일어나더니 용선로장 입구를 열고 석회석 비슷한 가루를 두어 삽 퍼 넣었다. 그리고는 다시 벙어리장갑을 깐 내화벽돌 우에 쭈그리고 앉았다. 용선로장 입구 쪽에서 비쳐오는 쇠물빛에 석춘의 얼굴은 귤빛으로 물들었다. 채양이 꺾어진 허름한 모자기슭으로 헝클어진 머리칼이 아무렇게나 삐여진 석춘의 얼굴에 쇠물빛이 조명되지 않는다면 몹시 초췌해 보일 것 같았다. 그가 입은 작업복의 어깨와 등허리, 목덜미와 모자에는 주물장의 먼지가 뿌옇게 꼈다.

"석춘 동무… 왜 혼자 앉아 있소?"

정진우는 따뜻이 물었다.

석춘은 고개를 돌려 정진우를 보더니 황황히 일어났다. 그는 주저하며 설명했다.

"이제 용해공들과 주형공들이 나옵니다. 교대시간이 돼서… 그동안 제가 쇳물을 관리하기로 했습니다. 쇳물 순도를 좀 맞춰보고 싶어서…"

석춘의 눈확과 볼편은 푹 꺼져서 나이가 더 들어보였다.

"선반공이 쇳물을 아오?"

"주물작업을 자꾸 해보니 이젠…"

"미립(경험을 통해 얻은 묘한 이치나 요령)이 텄겠소. 그래, 조종련결대 주물이 아직 잘 안 되지?"

"묘한 부품이 돼서 조금이라도 기포가 지거나 균렬이 생기면 못 씁니다. 모래까지 낡은 것이 돼서 더 애를 먹는 것 같습니다."

"내가 모래를 가져왔는데 보겠소?"

"판사 동지가요?! 어데서요?"

"쓸 만하다면 대주지."

정진우는 저쪽으로 가서 모래 배낭을 닁큼(냉큼) 들고 왔다.

석춘이는 급히 배낭 아구리를 열어제끼고 모래를 한 웅큼(움큼) 집어내였다. 그는 희고 보드라운 모래를 손바닥에 펴서 쇳물빛에 돌려대고 보았다. 이윽고 석춘이는 고개를 돌려 판사의 젖고 먼지 오른 바지가랭이와 신발을 바라보았다.

"그래, 쓸 만하오?"

정진우는 궁금증을 누르지 못해 물었다.

석춘은 손바닥의 모래가 한 알이라도 허실될세라 꼼꼼히 배낭에 털어 넣고서야 허리를 폈다. 그의 눈에는 물기가 축축히 어렸다.

"판사 동지… 모래가 정말 좋습니다. 이걸 강에서…"

"바로 맞혔소. 줄다리가 있는 아래 켠 바위굽이에서 채취했소."

"거긴… 물이 깊지요… 차고…"

석춘은 목이 메여선지 떠듬떠듬 말을 잊지 못했다.

"뭐라오. 시원하더구만. 그래 꽤 쓸 수 있단 말이지?"

"기차로 실어온 주물사보다 보기엔 더 좋을 것 같습니다. 래일 우리 작업반 동무들과 같이 가서 이 모래를 더 퍼다가 주물해보겠습니다."

"허, 그러니 내 노력이 헛되진 않는 것 같구만."

정진우는 자기를 위안하듯 바재이던(마음이 놓이지 않아 머뭇거리던) 심정을 터놓았다. 시름이 놓이고 온몸이 훈훈해짐을 느꼈다. 그는 모래 배낭에 걸터앉아 담배와 성냥을 꺼냈다. 강에서 몸이 얼며 모래를 골라낼 때부터 피우고 싶던 담배였다. 그러나 담배와 성냥은 누기가 푹 배였다.

석춘이가 얼른 담배갑을 내놓았다. 그리고 나무꼬챙이를 용선로 쇠물구멍에 밀어 넣었다가 뽑아 내였다. 나무꼬챙이 끝에는 불이 달렸다.

"아주 제격이군."

정진우는 웃으며 석춘의 손에서 불꼬챙이를 받아 담배불을 붙였다.

"석춘 동무도 한 대 태우지."

정진우가 권했으나 석춘은 시무룩이 웃음을 짓고는 내화벽돌 우에 주저앉았다.

두 사람은 한동안 말이 없었다. 용선로에서 흘러오는 강한 쇠물빛에 그들의 얼굴은 붉어지기도 하고 감빛으로 변했다가는 창백해지기도 하였다. 쇠물빛은 그들의 깊은 생각을 엿보려고 조화를 부리는 것 같았다.

한참 만에 석춘이가 미안쩍은 듯 조심스레 말을 꺼냈다.

"판사 동지… 이렇게 창안을 도와주니… 뭐라 말했으면 좋을지 모르겠습니다."

"난 고맙다는 말을 듣자고 온 게 아니요."

정진우는 쇠물국자를 집어 당겨 반들반들 닳아진 손잡이를 만져보았다.

"석춘 동무… 재판소에서 내가 물은 걸 생각해보았소?"

"…"

"불만인 모양이구만."

"…"

"그렇지만 동무는 리혼을 생각하기 전에 안해의 허영심을 돌이켜보아야 하오. 안해에 대한 반감부터 앞세우지 말고 그것이 어떤 허영심이며 어떻게 되여 나오게 되였는가를 객관적으로 투시해볼 때가 됐소. 난 동무가 공장에서 오래동안 선반을 돌리고 창안을 하면서도 공명심이란 조금도 없는 데 대해 진심으로 감동했소. 그러나 공장에서와 같은 성실성 일면만을 가지고 가정생활을 할 수는 없소. 가정은 작지만 사회와 련결된 자기의 세계가 있는 거요. 어제날의 감정들을 보존하면서 머물러 있는 것이 아니라 새로운 감정, 정서와 리상을 펼치면서 변화 발전하는 세계지. 그런데 석춘 동무는 어떤가… 십 년 전 선반공 때의 지향이나 오늘의 지향이나 같소. 사상정신 생활도, 문화정서적 요구도 변동이 없소. 십 년 전 프레스공 처녀에 대한 사랑을 그대로 유지해보려고 애쓰고 있소. 그렇지만 세월이 흘러가는 동안 그 처녀는 예술극장으로, 이름있는 중음가수로 정신문화적 면에서 크게 발전하였소. 딴 녀성이 되였지. 시대는 또 얼마나 전진하였소. 과학과 기술, 예술이 발전하였고 온 사회의 인테리화가 빠른 걸음으로 실천에 옮겨지고 있소. 그런데 동무는 시대에 떨어진 목가적 사랑을 붙들고 앉아서 안해와 불집(말썽 또는 위험한 문제)을 일으키고 있소. 텁텁한 생활을 낡은 자막대기를 가지고 안해를 재려고 든단 말이요. 돌아앉아서 기능과 경험만을 가지고 고심하니 창안이 잘될 리 있소. 안해의 말대로 공장대학을 다녔더라면 지금쯤 기사가 되고 많은 기술지식으로 무장하면 그런 창안을 다섯 해씩 걸리진 않았을 거요.”

석춘이는 채양이 꺾어진 모자를 벗어 주물렀다.

“시대를 관망하지 못하는 근시안적 눈으로 안해의 화려한 차림새나 생활방식과 공장대학 문제를 보니 허영이나 우월감으로밖에 더 생각되겠소. 순희 동무의 허영은 석춘 동무의 지향, 정신생활의 침체에서부터 나왔소. 그것을 과연 예술인의 허영이라고 볼 수 있겠소?… 오늘날 가정이라는 작은 사회 안에 젊은 녀성의 그런 요구는 정당한 것이고 시대가 요구하는 높은 정신문명에 대한 갈망에서부터 나온 필연적인 것이라고 나는 생각하오. 동무는 이 정신생활의 착오를 뼈아프게 감수해야 하오.

법률적 언어로 착오지 사회 술어로는 일종의 보수성이요. 그 보수성이 안해의 우월감을 나쁘게만 꼬집는단 말이요."

석춘이의 커다란 손아귀에 쭈그러든 모자는 무슨 헝겊뭉치 같았다.

"그렇다면 석춘 동무한테는 우월감이 없는가?… 있소. 아주 편협한 자존심으로 나타나지. 자기만이 공장과 사회를 위해 헌신적으로 일하고 창안한다고 생각하면서 안해를 경멸하고 찌글떠 보고(따갑게 노려보고) 있소. 그러나 동무는 중음가수인 안해가 노래로서 사람들에게 고상한 감정을 안겨준다는 것을 알아야 하오. 동무의 안해는 사회의 문화적 재부, 예술을 창조하는 녀성이요."

석춘은 주먹으로 이마를 받친 채 까딱 않고 있었다. 쇠물빛이 어린 그는 황동으로 주조해낸 사람 같았다.

정진우는 석춘의 손에서 모자를 빼앗아 손바닥에 대고 먼지를 털었다. 꺾어진 채양을 바로잡고 구김살도 펴서 석춘의 머리에 씌워주었다.

"석춘 동무는 안해의 리기적 관념을 몹시 타매하는 것 같은데 그건 큰 문제가 아니요. 수년간 같이 고생하면서 창안하는 남편을 자기처럼 믿었기 때문에 그런 평가에 반감을 터친 거요. 남편으로서 가정경제를 책임진 주부의 그런 심정이야 리해해줄 수 있지 않소. 사람들 앞에서 남편을 시원히 자랑하고 싶은 안해의 심정은 진실한 사랑에서 흘러나오는 거요."

"…"

"석춘 동무… 난 판사로서보다 나이 많은 벗으로서 충고하고 싶소. 이

제부터라도 시대청년다운 열정과 진취성을 가지고 자기 매력을 개발해보오. 근실한 령감(영감) 티 나는 기능공이 아니라 지식과 기술을 소유한 멋쟁이 기능공 청년답게 외모에서부터 쭉 빼고 다니오. 공장대학에도 가고… 일요일엔 아들애를 데리고 극장에 가서 안해가 출연하는 예술공연도 관람하고… 이런 것을 생활에서 곁치레로 여기는 건 수치요. 그런 보수성과 결별하시오. 우리 그때 가서 다시 만나는 게 어떻소.”

석춘은 마치 얼굴에 상처를 입은 것처럼 먼지 때 묻은 오른손으로 감싸 쥐고 있었다. 꾹 다문 두툼한 입술은 원망에 가까운 어떤 응분을 품은 듯 아프게 깨물고 있었다. 결함을 인정하기엔 교훈과 고통이 너무 컸고 지난날 처에 대한 분노가 꾸역꾸역 되살아나는 것이리라.

정진우 판사는 석춘이한테서 그런 응분은 오래 가지 않으리라고 생각했다. 그는 솔직하고 대바르며(성품이 곧고 바르며) 사나이다운 인간미와 의지가 있다. 그것이 없는 사람은 이런 가정불행을 안고서 창안이라는 공민적 의무감을 수행하려고 애쓰지 못한다. 절망과 자포자기로 평범한 자기 직무조차 감당해내지 못하는 것이다.

“아, 이거 판사 동무가 아니시오?… 또 오셨구만.”

호방스레 말하며 오는 사람은 설비관리원 아바이였다. 그는 손잡이가 달린 밥남비를 들고 있었다.

정진우와 석춘이는 일어나 그를 맞았다.

“받게.”

설비관리원은 석춘에게 남비를 내밀었다.

"자네가 주물장에 있다고 했더니 로친(노친)이 꾸려주데."

석춘은 면구해서 얼굴을 붉히며 밥남비를 받아 내화벽 돌 무지에 올려놓았다. 그는 구수한 국밥 냄새가 풍기는 남비를 이윽이 보더니 죄스러운 듯 말했다.

"기능공 아바이… 오늘부턴 제시간에 퇴근하겠어요. 집에 가서…"

석춘은 입술을 깨물며 말꼬리를 흐렸다.

설비관리원은 정진우 판사를 넌지시 쳐다보았다. 두 사람의 눈길에선 의미 깊은 미소가 오갔다.

"음… 그런단 말이지…"

설비관리원은 짐짓 어성을 높이고서 청을 들었다.

"담배나 한 대 주게."

설비관리원은 내화벽 돌 무지에 퍼덕 앉아서 석춘이가 겸손하게 내미는 담배갑에서 한 가치를 뽑아 내였다.

정진우는 아까 석춘이가 했던 것처럼 나무꼬챙이를 집어서 쇠물구멍에 들이밀었다. 몇 순간 지나 뽑으니 꼬챙이 끝이 어느새 녹아버렸고 불은 달리지 않았다.

설비관리원이 웃으며 충고했다.

"판사 동무, 제꺽 뽑아야 하우."

정진우는 그렇게 하였다. 나무꼬챙이는 순식간에 성냥가시처럼 불이 달렸다.

13.

며칠 후.

채순희는 재판소에 찾아왔다. 무엇이 주저되는지 복도에서 서성거리는 것을 본 송 판사가 정진우의 사무실 문을 열어주었다.

정진우는 보던 문건들을 한 옆에 밀어놓았다.

순희는 문가에서 주춤거리며 서 있다가 정진우 판사가 부드러운 말로 재차 권해서야 들어왔다. 힘없이 드리운 두 손을 앞으로 마주잡고 추운 듯 몸을 오그린 녀성은 앞상 곁의 의자에 조심스레 앉았다.

정진우는 서류함 속에서 '채순희 리혼문건철'을 꺼내 앞 상에 놓고서 녀인의 말을 기다렸다. 낯색을 보면 저번날처럼 가정생활과 남편을 격렬히 부정하면서 요구를 들고 나올 것 같지는 않았다. 그러나 생활과 삶의 목적을 포기한 것 같은 절망상태가 오히려 불안스러운 것이었다. 녀인의 눈은 어덴가 애끓는 호소를 안고 있었고 눈시울 주위에는 잠을 못 자서 푸른 그늘이 졌다.

정진우는 어제쯤이라도 순희를 재판소에 부르지 못한 것을 후회했다. 틀림없이 스스로 다시 오리라고 생각하면서 기다린 것이 잘못이였다. 모름지기 그동안 순희는 예술단의 조직으로부터 영향을 받았을 것이고 남편의 변화된 태도와 생활과도 부딪쳤을 것이다. 그래 뒤엉킨 묵은 거미줄처럼 복잡한 감정의 소용돌이 속에서 고민하느라 저렇게 수척했을 것이다. 정진우는 불안스런 의혹을 가지고 순희의 심리를 더듬었다.

"판사 동지…"

순희는 몸가짐을 다잡고 례의 있게 말을 꺼냈다.

"판사 동지가 저의 가정을 회복시키려고 노력하신 것을… 정말 고맙게 생각합니다. 그렇지만… 전 남편과 살진 못하겠어요… 제 잘못이 큽니다. 그래 저는 리혼하고서…"

정진우는 문건철에 눈길을 돌렸다.

"순희 동무는 조직의 충고를 진심으로 받아들인 것 같지 않구만…"

"저의 잘못을 인정하지만… 그건 남편과 생활을 계속하는 것과는 다른 거예요."

순희의 눈에는 물기가 가득히 고였다.

"호남이 아버지가 또 그 전처럼 나옵디까?"

"이제 그런들 무슨 소용이 있겠나요. 쏟아진 물인 걸요. 리혼도 못하면서 사람들의 눈도마에 올라 있자니 수치감에 속이 쓰려 못 살겠어요."

울분으로 고인 눈물이 순희의 볼을 타고 흘러내렸다.

정진우는 문건철을 덮고 일어나 방안을 거닐었다.

그는 순희 곁에서 걸음을 멈추고 나직하나 엄한 음성으로 말했다.

"순희 동무네 가정불화는 리혼으로 해결할 성격의 문제가 아니요. 내찍어 말하는데 리혼 재판을 해야 소송비나 물고 기각을 당하오. 법률적 근거가 안 되니까."

"판사 동지는 왜 저의 맘을 몰라줘요?…"

순희는 울먹거리며 호소했다.

"진정하오. 순희 동무… 난 동무네 가정불화를 객관적으로 조사하는
과정에 바로 동무한테 가정을 화목하게 이끌고 나갈 지성적인 준비와
인격미가 있다고 생각했소. 그런데 섭섭하게도 그런 기대와 믿음이 허
물어진단 말이요. 동무의 리상은 어딘가 자신만을 위한 데 머무르고 있
고 현실에 튼튼히 발을 붙이지 못했소."

"…"

"남편에 대한 정신적 요구를 그렇게 해서는 안 되는 거요. 그것은 가
정 안에서 신중한 도덕적 문제가 아니겠소. 남편이 시대적 미감에서 뒤
떨어진 우직하고 막힌 사람이라고 해도 어쨌든 세대주이고 호남이 아버
지요. 때문에 부부 간의 의리를 처음 맺어주던 때의 깨끗하고 순박한 사
랑을 저버려서는 안 되오. 그걸 귀중히 여기고 그 우에 시대의 정신생활
이 낳는 새로운 감정들로 사랑의 탑을 쌓아가야지… 그런데 순희 동무
는 남편을 부정하면서 처녀 시절에 고향산촌의 강변에서 만났던 석춘
동무마저 버렸소…"

순희는 흐느꼈다.

정진우는 앞상 곁에서 멈춰 섰다. 가슴 아파하는 녀인을 보면서도 내
심 속에서는 인간적 도덕적 의무감이 더욱 꿈틀거렸다.

"순희 동무는 선반기능을 석춘 동무에게서 배웠지… 공장의 소박한
작업반 로동자들이 노래 잘 부르는 선반공인 동무를 아끼고 사랑해주었
소. 기름 때가 묻고 쇠밥 내가 나는 작업반 사람들의 축복 속에 결혼을

하고 집도 꾸렸소. 노래의 진실한 감정도 그 선반공 시절에 생겼을 거요. 공장은 동무를 가수로 추천해주었구… 그런데 지금와서는 자기를 사랑해주고 키워준 뿌리를 잊어버렸소. 그러니 예술단 사람들과도 점점 담을 쌓게 되였소.”

순희는 더욱 흐느꼈다.

“동무한테는 우월감이 있소. 그것이 도가 넘어 교만성으로 자라나고 있다는 것을 알아야 하오. 동무에게서 가수라는 당의 신임을 떼버리면 무엇이 남소?… 생활의 가장 가까운 동지인 남편에 대한 의리를 버린 녀성이 그래 남편이 대학을 졸업하고 기사가 되고 기술간부가 된다고 해서 화목할 수 있겠소? 생활리듬이 맞겠는가 말이요… 사람의 지성과 인격은 결코 직위나 직업이나 자격과 외모 같은 데서 나오는 게 아니요. 당이 내세운 숭고한 목적을 위해 투쟁하고 생활하는 사람, 그런 인생관을 소유한 사람이 진실로 높은 지성을 가졌고 인격자라고 볼 수 있소. 순희 동무는 좀 아프긴 하겠지만 그런 거울에 자신을 비쳐보시오… 예술을 한다고… 노래를 부르는 가수라고 스스로 고상해지지는 않는 거요. 로동하는 사람들을 위해 부르는 노래의 사상감정을 자기 것으로 소화하기 위한 피나는 노력이 있어야 하오. 그래서 올바른 가치관, 인생관을 소유하고 남편과 애정생활을 한다면 동무의 지향은 보다 아름다운 현실로 될 것이고 가정은 화목해질 거요.”

순희는 자기의 진가를 낱낱이 분석하는 판사 앞에서 항변할 론리도 용기도 없어졌다.

정진우는 앞상에 다가와 앉아 '채순희 리혼문건철'을 밀어놓았다. 자책 속에서 흐느끼는 녀인에게 지금은 소용에 닿을 것 같지 않았다.

채순희는 울음을 그쳤다. 얼굴을 들지 못한 채 손가방에서 무늬 고운 손수건을 꺼내여 눈물과 화장이 얼룩진 얼굴의 구석구석을 닦았다. 코물을 들여 마시고 긴 탄식의 숨을 내그었다. 의자를 조심스레 밀어놓으며 일어났다. 고개를 숙이고 돌아서 나가려고 한다.

"인사도 없이 헤여지겠소?"

정진우는 녀인이 경우를 가릴 형평이 못 되였다는 걸 알면서도 부드럽게 말을 건넸다. 그것은 도덕을 모르고 나간다는 말이 아니라 무언가 새 출발을 기대하는 물음이였다.

순희는 주춤 서더니 정말 례의를 잊었다는 걸 알았는지 수그린 머리를 더 깊이 떨구는 것으로 인사를 차렸다. 물기 젖은 눈은 부은 듯했고 얼굴은 창백했다.

"순희 동무, 이번 일요일은 어떻게 보내겠소?"

"내키는 대로 하루를 살게 되겠지요… 전 래일 아침 차로 성간군으로 떠납니다. 이동공연 때문에…"

정진우는 예술부단장이 자기 권고를 받아들인 것이 기뻤다.

"언제 돌아오오?"

"금요일에 그곳 로동자 회관에서 마감공연이 끝난다니까 토요일에야 오겠지요. 그런데 왜 그러세요?"

순희는 원망이 가시지 않은 깔끔한 어조로 되물었다.

"일요일이 5월 10일이기에 묻는 거요."

정진우는 월력을 쳐다보며 말을 이었다.

"동무와 석춘 동무가 결혼한 날이 아니요. 십 년 전에."

"?!…"

문손잡이를 잡았던 순희의 손이 맥없이 드리워졌다. 창백한 얼굴에 회오의 그늘이 서서히 퍼져갔다. 그는 판사의 인정 깊은 눈길을 피하여 널마루의 한곳을 하염없이 바라보았다. 눈시울 속에 또 눈물이 그렁하게 고였다.

"그날이… 그런… 날은 정상적인 가정에서나…"

"내가 그날 집에 가도 되겠소?"

"오십시오… 판사 동지가 오시겠다는데…"

"아니, 난 동무네 집에 판사로서가 아니라 벗으로 놀러가고 싶소. 호남인 나를 친구로 반갑게 대할 거요. 허허."

정진우의 롱조와 웃음은 녀인의 얼굴에 옮아가지 못했다.

정진우는 녀인에게 문을 열어주었다.

"그럼 이동공연에서 성과를 거두고 돌아오오."

순희는 아무 대답 없이 재판소의 복도로 나갔다. 뒤축 높은 구두소리가 멀어지더니 아주 조용해졌다.

정진우는 온몸이 나른해짐을 느꼈다. 목이 갈렸다. 일종의 공허감과도 같은 피로가 겹쳐들었다. 그는 보온병에서 물을 따라 마시고서 팔걸이의 유단이 닳은 쏘파에 몸을 묻었다. 눈을 감고 있으려니 석춘이네 가정생활이 자기 가정의 지난 생활들과 대비적으로 떠올랐다. 안해의 연구사업을 뒤받침해주고 주부 노릇을 할 때마다 어떤 불만들이 있었던가?… 아량과 애정이 없이 실망을 앞세우고 무관심하게 대한 적은 몇 번이던가?…

정진우는 어쩐지 안해가 그리워졌다.

늦서리도 지나가고 날씨가 더워졌으니 안해는 혹시 오늘 연수덕에서 떠나올지 모른다. 구배(비탈진 정도)가 심하고 가파로운 수백 리 산협길을, 하루 한 번 다니는 뻐스를 놓치면 화물차를 얻어 타고 올 것이다. 들추고 먼지 나는 적재함에서 턱 밑에 수건을 졸라매고 쪼그리고 앉아 무슨 생각을 할 것인가… 남편한테 연구사업의 고달픔을 한 번도 겉에 나타내본 적이 없는 안해이니 그런 때엔 아마 마음 약한 생각을 할지도 모른다. 머리 우에서 푸른 하늘과 함께 흘러가는 높은 산봉우리들, 울창한 혼성림들, 산벼랑 아래로 까마득히 내려다보이는 강줄기, 안개 서린 험한 골짜기들이 매번 풍만한 정서와 고산의 특유한 아름다운 풍경으로만 안겨 오지는 않을 것이다. 자주 다닌 길이니 새 맛이 없고 지루하게 느껴질 것이다. 그래 시간과 길을 빨리 축내고 싶어 눈을 감고 졸음에 몸을 맡겨본다. 하지만 울퉁불퉁한 산협길은 적재함을 가만두지 않으며 승객에게는 토끼잠조차 허용하지 않는다… 안해는 무슨 생각을 할 것인가. 처녀시절에 그 길을 처음 갈 때 느끼던 랑만과 포부를 회고할 것인가. 전진이 뜬 연구사업에 대한 실망을 느낄 것인가, 불만이 없지 않은 남편에게 집과 모종을 맡겨두고 온 걱정과 시름도 클 것이다…

지난날 그렇게 연수덕에서 돌아온 안해를 어떻게 맞이해주었던가? 생활의 실무적 타성으로 묵묵히, 때로는 랭정히 맞이했고 그동안 남편으로서 하지 말아야 할 고달픈 일을 했다는 속생각을 로출(노출)시킨 적도 있었지. 역증을 내기도 하고… 그래도 안해는 상냥히 웃었고 소리 없이 밀린 집안일을 했었지… 그런 안해에게 불만을 품다니!

전화기가 찌르릉거렸다.

정진우는 송수화기를 들었다. 도 공업기술위원회의 채림이였다. 판사의 기분을 맞추려는 은근한 목소리가 전화줄을 타고 울려왔다.

"판사 동무… 방에 계시겠습니까?…"

"있겠습니다. 그러지 않아도 부르려던 참입니다. 재판소에 곧 오시오."

정진우는 실무적으로 말했다.

풀이 죽어 한층 비굴성을 띤 채림의 음성이 수화기 진동판에 잦아들었다.

"가겠습니다.… 판사동무… 난 며칠째 밤잠을 제대로 자지 못했습니다. 내가 잘못했구… 죄를 범했다는 것을 깨달을수록 잠이 오지 않았습니다.…"

정진우는 버럭 쏘아주고 싶은 것을 참았다. 나라의 기술발전에 저해를 주었고 공민의 성실한 노력의 가치를 짓밟고서도 며칠 밤을 자지 못한 것으로 속죄할 수 있단 말인가.

"판사 동무… 난 법 앞에서 진심으로 잘못을 느끼고 있습니다.… 오늘 아침에 내 사무실부터 시작해서 청사 안에 비법적인 자금으로 사온 가구 비품들을 모두 걷어냈습니다. 그리구… 쇠울타리는 그만두고 자체로 브로크를 빚어서…"

"위원장 동무, 전화로 자기 행위를 홍정하겠습니까?"

"그런 게 아닙니다… 인차 가겠습니다."

채림은 황황히 대답했다.

정진우 판사는 송수화기를 놓고 생각에 잠겼다. 채림의 비법 행위에 대해 오늘은 처분 결심을 내려야 한다. 아무래도 채림의 행위를 과실적 범죄 행위로 보아야 할 것 같았다. 그가 고의적으로 국가에 그런 손실을 끼쳤다고 할 수는 없었다. 일군으로서 나라의 기술발전에 무관심하고 권세욕의 수단으로서 기술을 대하면서 창안자들의 노력을 자기 공명을 세우는 데 리용하였다. 아직 진심이 못 되고 위선적인 데가 있으나 자기의 비법 행위를 깨닫고 서둘러 시정하고 있다. 채림에게 그런 일이 처음인 것만큼 이제 재판소에 와서 본인이 잘못을 심심히 뉘우치고 개심한다면 관대히 보아서 형사책임 추궁문제는 좀 고려해보아야 할 것 같았다. 채림이네 상급기관에 그 행위에 대한 자료를 넘겨주고 행정적 처벌이든가 규률(규율)적 책벌을 제기하는 것이 좋을 것이다.…

3장
—
가정

14.

정진우 판사는 저녁 늦어서야 채림이와 면담이 끝났다. 그는 긴 시간
에 걸쳐 채림이 자기 비법 행위의 국가적, 사회적 엄중성과 손실을 뼈아
프게 절감하도록 법적 론거를 세워 준절히 일깨워주었다.

서리 맞은 시래기처럼 휘줄근해진 채림은 이제 또 상급 기관의 검토
를 받아야 하며 어떤 책벌이 내려질지 모른다는 것을 알았을 때 한숨을
푹 쉬고서 아무 의견도 말하지 않았다. 그에게는 의견이 있을 수 없었
다. 형법상 책임을 지지 않은 것만도 다행인 것이었다.

정진우 판사는 채림을 문가에 바래주었다.

채림은 문손잡이를 쥔 채 열지 못하고 흐리멍텅한 눈으로 판사를 바
라보았다. 그 침울한 눈길은 보다 어떤 관대한 조치를 바라는 것 같지는
않았다.

"판사 동무… 한 가지 물을 게 있어서… 내가 과오를 범한 걸… 순희한테 말했습니까?"

"순희네 부부는 자기들한테서 불화의 원인을 찾고 있습니다. 그러니 스스로 찾아가서 자신의 비도덕적 행위를 사죄하시오."

"…"

채림은 어깨를 푹 떨구고 나갔다.

정진우는 채림이 재판소 마당을 지나 전나무숲 공원을 꿰질러 멀어진 다음에도 그냥 서 있었다. 분개할 인간의 운명을 정당히 처리했는데도 마음은 괴로왔다. 불현듯 채림이 처음 이 방에 나타나던 모습이 생각키웠다. 그의 온 얼굴과 몸가짐에서 풍기던 자부심과 권위와 도고성은 진실한 사업과는 아무 관련도 없는 허무맹랑한 겉치장이였다. 왜 그런 인간이 생겨나는가?… 기술이 나라의 경제발전에서 생명처럼 귀중하다는 엄연한 진리를 존중하지 않는 그런 인간이 아직 속빈 풍채를 떨치며 기술부문의 행정직위에 올라앉아 있다! 자기가 받는 대우와 생활비가 나라의 수백만 기능공, 기술자들의 탐구적 노력의 대가로 생겨난다는 것을 알기나 하는가!…

정진우 판사는 네온등들이 켜지기 시작한 거리에 나와서야 의분이 좀 가라앉았다.

주위에는 땅거미가 스며들었다. 미풍이 나무잎새들에서 청신하고도 싱그러운 냄새를 실어온다. 가로수들에 갓 피여난 잎사귀들은 깝진깝진한 (조금 끈적끈적하게 달라붙는 성질의) 기름기가 네온등빛에 번들거린다. 물차가 지나가자 아빠트의 불빛이 비낀 차길(찻길)로 뻐스들과 승용차들, 상품을 실은 화물차들이 경쾌히 달린다.

걸음길의 돌포장 우로는 제 나름의 저녁생활 목적을 가진 사람들이 분주히 오간다. 고민도 우울도 없는 락관에 찬 얼굴들이고 기운찬 걸음이다. 사색에 잠겨 느직이 걷는 사람들도 있다. 생활의 만족과 권태에서 오는 배포유한 표정들도 있다. 열정과 확신에 찬 사람들보다 그들의 몸가짐은 느리고 걸음은 어딘가 틀지고 거만스럽지만 행복한 이 거리, 이 산간 도시에서 사는 긍지의 미소는 공통적이다.

곁에서 친절한 목소리가 들렸다.

"안녕하시오."

정진우는 몸을 돌렸다.

그의 아빠트 2층에 사는 연공이다. 학생들에 대한 지극한 사랑을 지닌 녀교원의 남편, 가정관계가 좋은 사람, 애주가… 그는 후렁한(헐렁한) 밤색 양복을 입고 밥곽이 들어 배가 불룩한 삼면 쟈크 가방을 옆구리에 꼈다. 눈섭 우까지 채양이 드리운 모자전 밑으로 총이 센 머리가 탄력 있게 삐여졌다. 로동에서 단련된 쩍 벌어진 든든한 어깨, 굵은 목, 이마와 입 주위에 성실한 로동의 흔적처럼 인상 좋게 패인 주름살들, 젊은이처럼 정채가 도는 눈… 연공한테서는 육체로동의 달큼한 피로가 엿보이고 야외 일의 신선한 냄새가 풍긴다.

"퇴근이요?"

정진우가 물었다.

"하루일을 끝냈지요. 천정기중기를 손쉽게 올려놨거든요… 판사 동무 무슨 생각을 그리하시오?"

"…"

"리혼문제 같은 사건이 생긴 게군요."

"짐작이 옳소."

"판사 직업이 어렵겠습니다. 퇴근 후에도 머리속에 일이 묻어다니니…"

연공은 진심으로 걱정하고 나서 물었다.

"요즈음도 부인이 출장을 갔습니까?"

정진우는 입가에 엷은 미소를 지으며 머리를 끄덕였다. 안해가 그에게 가사를 맡기고 출장 다니는 것이 초기에는 온 아빠트의 화제거리로 되더니 그 후에는 인사말로 되여버렸다. 동정과 감동이 섞인 그 물음이 여느 때는 귀에 거슬렸지만 오늘은 어쩐지 고맙게 들렸다. 안해가 그렇게 고생하는 것이 연수덕에 남새작물을 풍요하게 키우는 일이건만 새로운 천체를 발견하는 것처럼 중요한 일로 생각되였다.

"판사 동무, 한잔 마시고 가지 않겠소?"

연공의 권고에 정진우는 눈길을 들었다. 유리벽이 록색(녹색) 네온등 빛으로 물든 '선술집'이 앞에 보였다. 안에서 몇 사람이 매대에 팔굽을 고이고 술고뿌를 기울인다.

"그냥 갑시다."

정진우는 반대했다.

"집에 가야 부인도 없어서 고적하겠는데 한 고뿌 하기요."

마시기도 전에 한잔이 고뿌로 늘어났다.

정진우는 연공의 굵은 팔목을 잡아 끌어당겼다.

"부인이 매일 근심에 싸여 아빠트 현관 밖에서 기다리는 게 걱정되지 도 않소? 맡은 학급애들 걱정만 해도 머리가 세겠는데."

연공은 하는 수 없는지 타협적인 웃음을 짓고 나서도 발길이 잘 떨어지지 않아 '선술집' 쪽을 돌아보았다. 입맛을 다시고서 결심한 듯 걸음을 옮겼다. 담배를 피워물더니 은근한 자랑이 섞인 하소연을 한다.

"판사 동무… 보다싶이 내 몸이 얼마나 좋소. 그런데도 우리 집사람은… 내가 건강이 나쁜데 술을 마신다고 바가지를 긁지요."

"그건 안해의 사랑이지요."

"어이구, 얼마나 지루하고 듣기 싫다구… 처음엔 좀 권력을 써봤지만 소용이 없습디다. 잔소리가 더 길어지는 걸요. 그래 인제는 입을 봉하는 로선(노선)을 취하지요. 편안합디다. 소낙비란 건 한바탕 내리다가 그치고마는 게니까. 하늘이 개이거든요."

"또 마신단 말이지요."

"판사 동무, 안해라는 건 법률과는 달라서 융화도 있고 아량도 넓지요. 오늘 맹세하고도 래일 또 마시고 오면 한숨을 쉬고 용서하거든요."

"난 연공 동무네 가정이 아주 화목한 줄만 알았소."

"못한 건 또 뭐요?"

연공이 반문했다.

정진우는 부드럽게 말했다.

"안해의 마음을 그렇게 괴롭혀놓으면 녀선생이 어떻게 학생들을 배워주고 사랑해주겠소."

"?!…"

연공은 정진우의 얼굴을 두려운 듯 흘깃 쳐다보았다.

"안해가 겉으로 한숨을 쉬고 용서하지만 속으로 얼마나 눈물을 흘리겠소. 저녁에 맑은 정신으로 공부도 하고 새 기술탐구도 하면서 건전하게 살던 결혼시절을 회고하면서 말이요. 그때야 술을 적게 마셨겠지요."

"…"

연공은 바지 주머니에 손을 찌른 채 고개를 떨구고 걸어갔다. 길동무를 잊어버린 듯 깊은 생각에 잠겨 걷더니 불쑥 몸을 돌이키며 버럭 소리질렀다.

"내한테서 술은… 인생의 전부가 아니요! 그까짓 끊지 못할 것도 없소!"

연공은 더 빨리 걸었다.

정진우는 미소를 지었다. 거치른 연공의 태도가 오히려 마음에 들었다.

젊은 시절의 인생 목적을 술에 다 녹여버리지 않았다는 것만도 다행한 일이었다.

"그렇다구 화를 낼 거야 있소. 같이 가기요."

정진우는 연공을 따라잡았다.

연공은 침울한 얼굴로 땅만 보며 걷는다. 옆구리에 낀 밥곽 가방이 삐여져 떨어지려고 했다.

정진우는 가방을 옆구리에 디밀어주었다. 마음이 언짢아졌다. 힘든

일을 끝내고 좋은 기분으로 퇴근하던 연공을 가슴 아프게 한 것 같아 저으기 후회되었다.

"내가 동무네 가정문제에 경솔하게 간섭을 한 것 같은데… 량해하시오. 직업적 타성을 누르지 못해 가끔 다른 사람들의 사생활에도 법적 심각성을 부여한다오. 나의 그런 의분 때문에 내게서 멀어진 동무들도 있소."

연공은 머리를 들었다. 침울한 얼굴이지만 눈은 깊은 사색을 담고 정진우를 바라본다. 선량해 보이는 그 눈에는 아까처럼 로동과 술과만 결부된 가정생활에 대한 단순한 만족, 희열만이 깃들어 있지 않았다. 어딘가 잠재해 있던 진취적인 빛이 저녁 해살을 받은 눈에서 흘러나왔다. 그 눈이 다시는 술기운에 풀려 흐리멍텅해지지 않겠다는 듯 슴벅거린다.

"판사 동무… 난 내 자신에게 성을 냈더랬습니다…"

연공의 가라앉은 음성은 무겁고 진지했다.

"나의 어느 술친구보다도 판사 동무를 존경합니다. 솔직히 말해서 난 판사 동무가 연구사업을 하는 안해의 뒤바라지를 하는 걸 보구 어리석다고 비웃기도 했습니다. 내 자신은 아무런 창조사업이 없는 생활을 하면서 말입니다. 난 술과 처의 사랑 속에서 허무하게 세월을 보낸 것 같습니다. 우리 집 이불장 꼭대기의 먼지 낀 트렁크 속에는… 젊었을 때 내가 뭘 좀 연구해보던 종이장(종잇장)들이 가득합니다."

연공은 음울해서 말을 이었다.

"한때 우리 집사람은 그 트렁크의 먼지를 매일 닦아냈지요. 내게서 뭔가 기대한 모양입니다… 후- 그게 오래 전 일이지요… 인젠 그 랑비한

214

세월을… 되찾을 수도 없구…"

정진우는 솔직하고 허심한 연공에게 진심으로 권유했다.

"늦어 자도 날은 같이 밝는다는 말이 있지 않소. 락심(낙심)하지 마시오. 시간이 귀중한 걸 알고 노력하면 성공할 수 있소. 동무야 교육자인 훌륭한 안해가 정신적으로 도와주지 않소."

두 사람은 말없이 걸어갔다. 가로수 길에서 벗어나 오른쪽으로 굽어들자 그들의 아빠트가 나졌다(나타났다).

현관 입구 쪽에서 쩨타를 간편히 입은 녀인이 총총히 걸어 나왔다. 연공의 안해이다. 녀교원은 반가이 마중 나왔으나 연공은 땅만 보며 걷는다. 후회와 새 생활에 대한 충동이 그를 번민에 잠기게 한 것 같았다.

녀교원은 정진우에게 가벼운 인사를 하고는 근심스러운 얼굴로 남편에게 다가갔다.

정진우는 방해하지 않으려고 먼저 걸어갔다. 그는 아빠트 현관 층계를 천천히 올라갔다. 3층 복도에 들어서자 그 전처럼 일종의 외로움과 의무감이 그를 사로잡았다. 안해가 없는 썰렁한 집, 옷방 '온실'관리, 저녁 동자질… 안해의 손을 바라는 그 일들은 또다시 정진우의 휴식을 방해할 것이고 담당한 사건들에 대한 깊은 사색과 분석의 지속적인 시간을 빼앗을 것이다.

그러나 정진우는 열흘 전, 안해가 연수덕에 간 날처럼 떠오른 불만을 털어버렸다. 잠을 적게 자면서 재판소 사업을 하면 어떤가. 연수덕 남새 재배의 초행길을 걸어가는 안해를 그만큼도 도와주지 못한단 말인가…

결혼할 때 나누었던 인생의 고상한 목적을 저버리는 인간이 되지는 말아야 한다. 자기 자신의 안일과 향락을 위한 결혼을 하지는 않았다. 그래서 이십 년 전 결혼을 하던 눈 덮인 3월의 그날들이 그처럼 아름다왔고 잊을 수 없는 추억을 불러일으키는 것이 아니겠는가.

15.

정진우 판사는 주머니를 더듬어 열쇠를 꺼냈다.

그런데 뜻밖에도 집안에서 귀익은 발자취 소리가 들리더니 출입문이 활짝 열렸다.

문가에는 안해가 앞치마에 손을 닦으며 반가움과 어줍음(어색함)이 섞인 상냥한 얼굴로 서 있었다. 언제나와 같이 말없는 부드럽고 의미 깊은 눈인사이다. 리해성이 눈표정에 함축되고 겉치레 없는 따뜻한 마중이다.

안해의 얼굴은 열흘 전보다 퍼그나 수척해졌고 잔주름이 더 많아진 듯싶다. 볼에는 그래도 북방고원의 찬바람에 튼 젊은 녀인처럼 홍조가 비꼈다. 집에 도착하자 서두른 부엌일의 화기에서 온 것인지, 열흘마다 또 남편을 혼자 집에 있게 한 미안쩍은 감에서 인지는 잘 알 수 없었다.

정진우는 안해의 꾸밈없는 그런 표정이 진정 마음에 들었다. 가정생활의 권태와 단조성과 녀성적 우월감이란 알지도 못하는 순박성과 부드러움이 그 표정 속에 흐르고 있음을 그는 새삼스레 느끼였다.

잠시 후에야 정진우는 안해의 홍조띤 표정 밑에 가리워진 연구사업의 곤난과 먼길의 피로를 찾아보았다.

"그동안 고생했겠구려."

따뜻한 말을 해준다는 것이 퉁명스럽다 할 정도로 온기가 없었다.

"저야 뭐… 그런데 점심을 못 싸가지고 출근하셨어요?"

은옥이는 그의 손에 가방이 없는 것을 보고 걱정스레 물었다.

"늦잠 자는 바람에… 점심은 식당에서 먹었소."

"아침은요?"

"찬밥이 있었소."

"…"

은옥은 죄스러운 듯 대답을 않고 남편의 구두를 신장에 들여놓았다.

"하, 이거 집안에 맛있는 냄새가 난다."

정진우는 웃옷을 벗어 안해의 손에 넘겨주며 우정 다심한 큰소리로 말했다. 산나물과 파를 볶는 독특한 향취와 말끔히 정돈된 방안이 실지 그의 마음을 푸근하고 흥겹게 했다.

열흘 동안의 '홀애비 생활', 재판소에서 묻어온 정신적 피곤이 일시에 녹아버린 듯싶다. 집안에 안해가 있어야 할 의의를 절감하는 이런 순간을 지나온 가정생활에서 얼마나 많이 체험했던가! 그러나 오늘은 그 모든 과거와는 비교도 안 될 기쁨과 안정과 평온이 정진우를 휩쌌다. 이 집에 살림을 펴고 결혼의 첫 생활을 누리던 때의 까닭 없는 기쁨, 뒤설레는 마음이 살아나 잠자지 않는 바다마냥 그 평온 속에서 꿈틀거렸다.

은옥이는 부엌을 오가며 찬그릇들을 날라다 저녁상을 차리고 있었다. 안해의 큰 손은 이른 봄볕에 탔고 거칠어 보인다. 남자의 손처럼 두껍다. 결혼하던 3월의 눈 내린 날 밤, 화려한 신부 옷을 입었던 그날 안해의 손은 희고 작았으며 나긋했다. 숱 많은 머리는 검었고 달빛에도 윤택이 흘렀다. 그 탐스럽던 머리는 검은빛을 잃고 부유스름한 갈색을 띠였고 귀 밑에는 벌써 흰 오리가 섞였다.

"웃방 '온실'이… 제대로 됐는지 모르겠소."

"정말… 수고하셨어요. 관리일지까지 다 써놓아서…"

은옥은 남편이 아닌 어떤 딴 사람이 자기 일을 성심껏 도와준 것처럼 어렵게 말했다. 부부 간의 례사로움을 벗어난 진정한 고마움과 신뢰가 그 말 속에 응축되여 있었다.

"연수덕은 추웠겠지?"

"눈이 왔어요. 바람이 세게 불구… 밤에 언 땅이 한낮이 돼야 조금씩 녹군 해요. 례년에 없는 날씨예요."

"남새모들은 얼지 않았소?"

"일 없었어요. 다 잘 자라요. 올 배추는 두 벌 잎이 충실하게 돋았는걸요."

은옥이는 마치 남새가 아니라 귀여운 어린 아들이 잘 자라고 있으며 이발까지 돋았다고 기뻐하는 것 같았다. 그의 눈과 입가에 피여난 긍지 어린 순진한 미소는 모성애의 미소와 같았다.

정진우는 흘러간 시절에 안해가 어린 아들을 품에 안고 젖을 먹이며 머리를 쓰다듬어줄 때도 지금과 같은 표정이였음을 생각하자 가슴이 저릿하게 마쳐왔다.

정진우는 손바닥을 마주 비비며 나직이 말했다.

"금년에는… 배추잎이 넓구 통이 커져야겠는데… 무우는 고자리(잎벌레의 애벌레)가 먹지 말구… 도마도와 오이는 파종을 앞당겼으니… 생육기일이 길어져 수확을 제대로 내겠지?… 작년처럼 꽃이 떨어져 인차 열매가 삭아 물러나는 일은 없어야겠는데…"

정진우는 안해를 따뜻이 위로해주고 고무해주고 연구사업에 대한 신심과 락관(낙관), 희망을 주고 싶은 자기의 솔직한 마음을 이렇게밖에 표현하지 못했다.

은옥이는 빈 쟁반을 든 손을 늘어뜨린 채 남편을 애정 어린 미더운 눈길로 바라보았다. 은옥의 실주름 잡힌 유순한 눈가에 아량 담긴 엷은 미소가 흘렀다. 살이 못 지는 배추, 고자리 먹는 무우, 열매가 시초에 삭는 도마도와 오이는 생육기일만이 아니라 고산의 내륙성 날씨와 풍토, 종자, 유전, 세포… 등의 생물학적인 제반요인에 기인하는 복잡한 문제이며 그것을 남편은 소박하고 단순한 념원으로 표현했던 것이다. 하지만 세월과 더불어 남편의 그 소박한 념원 속에는 자기에 대한 사랑, 결혼시절에 두근거리며 맛보던 무한한 사랑이 진하지 않고 있음을 뜨겁게 느낄 수 있었다. 연구사업의 목적이 결혼의 언약으로 되여 세월의 흐름 속에서 념원으로 굳어졌지만 남편의 인내성과 성실성에는 금이 가지 않았으며 가정의 행복은 탐구의 세파에 아랑곳없이 고스란히 지켜지고 있었다. 남편인들 어찌 이 불균형적인 생활에 불만이 없겠는가… 은옥은 오늘 어쩐지 지난날의 무수한 출장들… 연수덕에 갔다 왔을 때보다 더욱 살뜰한 남편의 정을 느꼈으며 정신적 힘을 얻었다. 그리하여 열흘간의 연수덕 생활에서 얻은 고충, 먼 산협길에서 겹쌓인 피로는 안개처럼 가뭇없이 사라져버렸다.

"국이 식어요. 어서 나앉으세요."

"당신도 앉구려."

정진우는 밥상에 다가앉으며 말했다.

"반찬이 요란하구만… 두릅나물, 햇고사리… 이런 걸 뜯을 시간이 다 있었소?"

"연수덕 고향 사람들이 준 거예요. 단으로 묶어서 자동차에 막 실어주지 않겠어요."

"!…"

작년에도, 재작년에도, 그 전 해들에도 이 계절에는 둘 사이에 이런 말들이 오갔다. 두릅을 포대로 따내고 고사리를 낫으로 베고 참나물을 자동차로 실어내는 고장, 인심이 후한 연수덕 사람들의 정이 목 메이는 가운데 그들은 수저를 들었다.

창밖에서는 봄날의 어스름이 깃을 펴기 시작했다.

잎이 핀 가로수의 잔가지가 누구를 불러내고 싶은 듯 창문을 조심스레 건드려본다. 봄바람은 잠들고 싶지 않은 모양이다. 대륙의 먼먼 산발과 골짜기와 들판을 달려오고도 피로하지 않은 것 같았다.

아니, 바람은 지쳐서 집안에 들어오고 싶어 하는 것 같다. 밤이 되고 싸늘한 봄 추위에 몸이 얼어드니 그제야 거처할 데가 생각난 것 같다. 바람한테는 보금자리가 없다. 어데서, 누구한테서, 무슨 일 때문에 쫓겨났는지, 배반했는지, 스스로 '가정'을 버렸는지… 기원은 알 수 없으나 영원히 불행한 몸이다. 광막한 공간을 울며 정처 없이 떠다니고 나무숲이나 어느 강가에서 찬비를 맞으며 떨고 눈보라에 꽁꽁 언다. 세월을 두고 쌓이는 괴로움과 고통에 성질이 이지러져 해 비치는 따스하고 조용한 날에도 아무에게나 푸접없이(포용성 없고 쌀쌀하게), 때로는 사납게 달려든다. 교만하고 질투하고 성내고 고함지르고 마구 잡아 흔든다. 그래서 짝을 못 가지고 불행하게 산다…

바람은 우의와 애정이 꽃처럼 핀 아늑한 집안이 그리운 듯 나무가지로 창문을 두드리며 졸라댄다.

밤은 깊어 갔다.

은옥이는 설겆이(설거지)를 끝내고 그동안 밀린 옷가지들을 깨끗이 빨아놓았다. 웃방 온실의 모종 화분들을 일일이 관찰하고 보살펴주고 나니 시간이 퍼그나 갔다.

그때까지도 정진우는 탁상등 밑에 책들과 원고지를 펼쳐놓고 있다. 펜을 들어 쓰다가는 참고서적을 뒤져보고는 깊은 생각에 잠기더니 또다시 원고지에 열정적으로 써나갔다.

은옥이는 남편의 뒤에 소리 없이 다가섰다. 남편이 펜을 놓고 손으로 관자노리(관자놀이)를 짚은 채 생각에 잠겼을 때는 저도 모르게 남편의 든든한 어깨 우에 조용히 손을 올려놓았다.

　정진우는 안해의 거칠어진 손을 만져보고는 끌어당겨 옆 의자에 앉도록 했다.

　은옥이는 손으로 볼을 고이고서 잠자코 남편의 피로한 얼굴을 찬찬히 지켜본다.

　"론문이예요?"

　"그 비슷한 글이요. '법학론문집'에 써낼려는데 어디 잘 돼야지…"

　정진우는 안해의 다심한 애정이 비낀(어린) 서느러운 눈을 한동안 마주보다가 빙그레 미소를 지었다.

　은옥이는 책상 우에서 원고를 조심히 집어 들었다. 원고의 내용보다도 남편의 탐구적 노력을 소중히 여기는 마음이 글줄을 훑어나가는 은옥의 눈에 함함히(소담하고 탐스럽게) 어렸다.

　"어디 좀 비평해주겠소"

　정진우는 반롱조(반농조)로 물었다.

　은옥이는 정겨운 눈으로 남편을 힐난하고는 종이장을 번지였다. 진지한 표정으로 원고의 마감장까지 읽고야 책상 우에 내려놓았다.

　"이번 일요일도 원고를 쓰시겠어요?"

　"글쎄…"

　정진우는 말끝을 흐렸다. 할 일이 많은 것이다.

　은옥은 책상 웃서랍을 열더니 봉절(개봉)영화 관람표를 두 장 꺼냈다. 은옥은 미소를 머금고 남편을 쳐다보았다. 그 눈에는 젊은 시절의 애틋한 광채가 비꼈다.

"일요일은 좀 쉬세요. 낮에는 유원지에서 뽀트를 타고… 공원과 강안
(강기슭) 유보도(산책길)를 거닐자요. 저녁엔 영화관에 가고…"

"신혼부부만치나 계획이 요란하구만. 허… 당신은 우리가 오십 고개
에…"

"나이가 정서생활에 무슨 방해가 돼요. 마음만 젊으면…"

"젊었지… 우린 젊어서 살지. 그래 생활에서도 사업에서도 열정을 잃
어버리지 않았소… 고맙소. 그렇지만 일요일은… 안 될 것 같소."

"왜서요?"

"난 강안동의 한 집에 가봐야 하오."

"리혼문제예요?"

정진우는 침울해서 머리를 끄덕였다.

은옥이는 말이 없었다. 괴로운 듯 한숨을 내쉬고는 손으로 희끗한 귀
밑머리를 쓸어 올렸다. 그는 언제나처럼 남의 가정불행에 호기심을 나
타내지 않았다. 남편의 공적 사업이여서뿐만 아니라 리혼이라는 부정의
어지러운 보따리를 헤치느라면 괴로와 잠들 수 없었고 자기의 절절한
동정이나 분개가 아무 소용없음을 일찍 깨달았던 것이다. 오히려 남편
의 마음을 다시금 아프게 할 뿐이였다. 그래서 은옥이는 아무것도 더 묻
지 않았지만 리혼이라는 두 글자의 어두운 그림자는 벌써 그의 얼굴에
비꼈고 방안의 분위기를 흐리여놓았다.

두 사람은 묵묵히 앉아 있었다.

그들은 일신상의 소박한 기쁨, 어쩌다 마련할 수 있는 일요일의 즐거운 계획을 쓸쓸히 포기하였다. 그리고는 자기들 가정의 가장 친근한 사람들에게 그런 불행이 생긴 것처럼 온 마음을 쓰는 것이었다.

창밖에서는 바람이 나무가지들을 지꿎게 흔들어대며 신음소리 비슷한 탄식을 내뿜는다.

정진우는 아까 써놓은 원고에 눈길을 돌리며 나직이 권유했다.

"먼 길을 오느라 피곤하겠는데 먼저 자오."

"…"

정진우는 안해가 응답이 없어 고개를 들었다.

"내게 무슨 할말이 있소?"

"여보… 혼자 집에 있기가 힘들지요?"

"그럼, 리혼이라도 해줄 테요?"

정진우는 껄껄 웃었다.

은옥이는 웃지 않았다.

"공연히 걱정 말구 어서 자오."

"아침 저녁밥을 짓고 재판소 사업을 하고 웃방 온실을 관리하고, 론문을 쓰고… 힘들 거예요."

정진우는 안해가 어떤 진지한 대답을 바란다는 것을 느끼였다. 그는 펜을 놓고 책상에 팔굽을 얹었다.

"당신은 오늘 내 속마음을 들여다본 모양이요…"

"…"

은옥이는 눈시울을 내리깔았다.

정진우는 안해의 드리워진 꺼칠한 손을 두 손으로 감싸쥐였다.

"좀 힘들긴 하지만… 그리고 가끔 불만스럽고 짜증나는 적도 있었지만… 보람 있는 생활이였소. 결혼시절의 리상이… 지향과 목표가 한 걸음 한 걸음 이루어지는 것이 난 기쁘오. 연약한 당신이 그 참다운 연구생활에서… 기나긴 탐구의 길에서 머리에 서리가 내리면서도 물러서지 않는 걸 보는 게 내게는 행복이요. 솔직히 말해서 지난날에는 이런 진실하고 깨끗한 동지적 감정을 품지 못했더랬소. 젊었을 땐 당신이 사랑스러워서 뒤바라지를 했고 다음엔 그저 남편이니 안해를 도와주어야 한다는 의무감이 앞섰더랬소. 그러다보니 남들의 아늑한 정상적인 가정생활을 부러워했고 목가적인 순수한 가정적 행복을 바란 적도 있었소."

"!…"

은옥이는 가슴이 뭉클해서 거칠고 따스한 손으로 남편의 손등을 어루만졌다. 은옥의 눈에는 물기가 그렁하니 고였다.

"좋은 말을 나누는데 울긴… 나보다 당신이 힘들 거요. 퍽 힘들지. 손이 튼 걸 보오. 장갑을 끼라는데… 모종을 다룰 땐 할 수 없겠지만 그 담일은 장갑을 끼고 하오."

"그… 러겠어요."

은옥이는 손가락으로 눈굽을 찍었다.

"실망하지 마오. 연구사업이 그 전보다 얼마나 진척되였소… 무우, 배추는 성공한 거나 다름없잖소. 오이도, 호박도 파악을 했고… 아무렴,

파악을 했지. 래년(내년)엔 아마 연수덕 사람들이 배추와 무우는 신선한 걸 먹을 수 있잖을가?"

"그럴 것 같애요…"

은옥의 얼굴에 밝은 미소가 서서히 퍼져갔다.

"이번엔 언제쯤 연수덕으로 떠나겠소?"

"당신만 허락한다면 월요일에 갈가 해요."

"월요일에?… 그래서 당신이 일요일 계획을 다심스레 세웠댔구만… 떠나오. 요 전날처럼 '미안'이나 '부탁'이 담긴 쪽지편지는 써놓지 말고. 허, 이래뵈도 내가 손색없는 연구조수일 거요."

"!…"

바람은 탁상전등 불빛이 흐르는 집안의 아늑한 분위기에 머리 숙인 듯 조용히 물러갔다.

16.

순희는 호남이에게 저녁밥을 먹이자 쓰러질 듯 자리에 누워버렸다. 시간이 갈수록 자신에 대한 수치스러움과 까닭 모를 쓰디쓴 환멸이 그를 휩쌌다. 커다란 정신적 충격을 받은 몸은 공허와 절망에 싸인 채 물거품처럼 흩어져 바람 부는 허허벌판으로 날아가는 것 같았다. 주위는 온통 어둠 속처럼 캄캄했고 생명의 초불(촛불)은 점점 희미해져 갔다. 초불은 바람이 불 때마다 위태롭게 춤을 추더니 꺼져버렸다. 빨간 숯 심지가 쓸쓸히 타들다가 어둠 속에 녹아 없어졌다…

순희는 소스라쳐 몸을 떨며 정신을 차렸다. 방안은 고요한데 호남이는 책상다리 곁에서 수수대(수숫대)로 안경을 만들고 있었다. 순희는 아들애를 껴안으며 괴로운 마음을 달래고 위안할 수 있을 것 같아 살뜰히 물었다.

"너 자지 않겠니?…"

"마저 만들구…"

"어서 오려무나."

"싫어, 아버지 온 다음에 잘래."

"…"

순희는 아들의 고집을 꺾고 싶지 않았다. 그는 가냘피 한숨을 쉬고서 눈을 스르르 감았다. 그러자 판사의 부드러우면서도 꿰뚫어보는 듯한 눈초리가 되살아 올랐고 자기의 속마음을 낱낱이 헤쳐 놓던 수술 칼과도 같은 날카로운 말들이 귀전(귓전)에 울렸다. 판사의 예리한 분석은 거울처럼 그를 비쳤다. 그 거울은 가슴속 병집을 드러내고 진단하는 렌트겐 광선 같은 것이었고 투명한 정신적 거울이었다. 그 앞에서는 결함을 감출 수도 없었고 자신을 두둔해서 울며 호소해도 소용없었다. 과연 어떻게 음악을 해왔던가… 남편을 어떤 관점으로 보고 살았던가…

수수대 안경을 낀 호남이가 엉뎅이밀로 순희 옆에 다가왔다.

"어머니… 안경 좋지?"

"꽤 만들었구나."

"오늘 저녁에도 아버지 집에 오지?"

"글쎄… 모르겠다. 공장일이 바쁘면 안 들어올 게다."

그 전에는 아버지에 대해 물으면 쏴붙이던 어머니가 순탄히 대답하자 호남이는 부쩍 용기가 생겼다.

"어머니, 아버지 밥도 핸?"

"응…"

"거 보라, 아버지 온다고 생각하문서…"

"!…"

순희는 속이 엉큼한 아들애를 끌어안았다. 호남이는 순순히 어머니 품에 안겨들었다. 순희는 아들의 어깨와 잔등을 따뜻이 쓸어 만졌다. 그는 어린 아들의 가슴 속에 박혀 있는 아버지에 대한 애틋한 사랑을 떼여낼 수 없음을 알았다. 어머니가 아버지를 나쁘게 대할수록 아들과 어머니의 정은 버성겨지고(틈이 벌어지고) 어머니가 아버지를 좋게 대하면 아들도 어머니의 사랑을 받아주는 것이다. 어린 아들의 천성적인 도덕적 순결성과 의리는 순희의 가슴을 쩌릿하게 만들었다. 외롭고 서글프던 감정은 어딘가 멀리로 사라지고 따스한 온기가 순희의 가슴을 덥혀주었다.

밖에서는 어둠이 깊어지고 바람이 불었다. 갑자기 개가 컹컹 짖더니 이어 반가운 듯 낑낑거렸다. 마당에서 귀익은 발자국 소리가 들렸다.

"아버지다."

호남이는 벌떡 일어나서 방문을 열었다.

"어, 너 그러다 아버지 이마를 쫓겠다."

석춘이는 문지방에 올라선 호남이를 덥석 안고서 방안에 들어왔다. 밤의 찬 기운과 기계기름 냄새가 뒤따랐다.

남편의 음성과 몸에서 풍기는 그 고유한 공장 냄새는 순희가 두려워하고 서글프게 생각하던 그 모든 지난 생활을 단번에 눈앞으로 가져왔다. 아무런 변화도 일어날 수 없으며 그대로 답습되리라는 강렬한 인식을 주었다. 그러자 까닭 모를 울화가 치밀었다. 순희는 남편의 얼굴을 쳐다보지도 않고 고개를 숙이고 부엌으로 내려갔다. 저녁상을 차리자니 방안에서 우정 태연스레 아들과 말을 주고받는 남편이 밉살스러웠다. 그러거나 말거나 방안의 다심스런 화제는 계속되고 있었다.

"세필이 녀석이 어쩐다구?…"

"내가 유치원에서 나올 때만 해서는 늘쌍 담장 뒤에 숨어 있군 해요. 유치원 간식을 안 주면 때려요."

"유치원을 졸업한 녀석이 그 따위 짓을 하다니… 그 녀석을 혼내주자. 그런데 너도 달라면 좀 주어라. 나눠먹기도 해야지."

"매번 줬어요. 세필인 욕심쟁이예요."

순희는 두리반상을 들고 방안에 올라갔다.

"이거… 반찬이… 요란하구만…"

석춘이는 나직이 말했으나 안해를 쳐다보지는 않았다.

순희는 남편이 열적어하면서도 우정 호방스레 표정을 꾸미는 것 같아 싫었다. 가정불화가 있었던 것 같지 않게 태도를 취하려드는 것이 어색하게 생각되었다. 차라리 그 전처럼 울뚝한 고집을 세우고 얼굴이 거칠 었으면 좋을 듯싶었다.

오늘따라 류별나게 식찬의 가지수(가짓수)가 많게 되었다. 옆집에서도 내여 오고 인민반장이 식료품 상점에서 사다준 것이였다. 순희는 풍성 하게 식탁을 차린 것이 마치 남편에게 다시 정을 기울여 살자고 굽어든 것만 같아 속이 은근히 매워났다. 아까는 왜 이런 생각도 못하고 쑥스럽 게 다 만들어놓았던지… 순희는 스스로도 파동이 심한 감정변화를 알 수 없었다.

"여보… 이걸… 좀 빨아주오."

석춘이는 순희 쪽에 뭉그린(뭉뚱그려서 둥실둥실하게 만든) 배낭을 밀어 놓았다.

"판사 동지의 배낭이요… 돌려주어야겠소."

석춘은 안해의 의아쩍은 눈길을 스쳐보고는 갈린 소리로 말을 이었다.

"수일 전에 판사 동무가 주물모래를 이 배낭에 넣어 가져왔댔소. 내가 모래 질이 나빠 골머리를 앓는 걸 보고 글쎄 저 앞 강에서 파오지 않았 겠소. 물이 얼음처럼 찼겠는데… 무거운 모래 배낭을 지고 용선로 곁에 왔을 때 난 목이 메였소. 판사 동지의 옷은 젖었고 바지가랭이는 먼지투 성이요. 얼굴은 랭기로 퍼렇게 상하고…"

"!…"

순희는 어쩐지 가슴이 쩌릿해났다. 강가에서 빨래를 할 때 찬물 속에 서 삽질을 하던 판사가 눈앞에 선히 떠올랐다. 집수리 때문에 모래를 파내는 것으로 여기고 법관이 구차스레 그런 일을 한다고 우습게보지 않았던가…

"판사 동지가… 파온 모래로… 주물했어요?"

순희는 잦아드는 목소리로 물었다.

"못 했소… 그런 모래를 주물에 쓰지 못하오… 자재 과장이 동해안의 솔진포구에서 실어온 모래로 주물했소. 그렇지만… 난 그때 판사 동지한테 앞 강 모래를 쓰지 못한다고 말할 수 없었소…"

석춘은 무겁게 한숨을 쉬었다.

앞으로 어느 때인가는 모래에 대한 진실을 말할 수 있으리라고 생각했다. 자기의 가정문제에 기울인 판사의 뜨거운 심정이 헛된 것이 아니였다고…

일요일이였다.

순희네는 성간군에서 이동공연을 마치고 렬차로 돌아오고 있었다. 토요일에 떠나려던 것이 그곳 로동자들의 부탁으로 하루 더 공연을 하였다.

렬차는 도 소재지를 가까이 달렸다.

순희는 창탁(창문가에 놓인 탁자)에 팔굽을 세우고서 손바닥으로 볼을 감싼 채 그린듯이 앉아 있었다. 반쯤 열어놓은 웃창으로 들판의 구수한 흙내와 연한 록음(녹음)의 싱그러운 냄새가 숨 막히게 흘러들었지만 그

녀자에게 아무런 자극도 주지 못하는 것 같았다. 까슬하니 연지까풀이
튼 입술은 조각상처럼 영영 열리지 않을 것 같았고 멀어지는 산들과 골
짜기와 들판을 초점 없이 바라보는 눈에는 그 푸르고 따뜻하고 생신한
자연이 쓸쓸한 초겨울처럼 비껴 있었다. 산산한 바람결만이 그의 이마
에서 머리칼의 률동(율동)을 멈추지 않았다. 머리 모숨은 생명을 가진 듯
흩날리며 이마를 시원스레 열어놓기도 하고 덮어주기도 한다.

"너 또 그 생각을 하는 게구나."

맞은 켠에 앉은 은미가 책망하듯 말했다. 은미는 늘 번민에 잠겨 있는
순희의 심정에 관심을 돌렸다. 저번날 극장홀에서 다툰 다음 날에도 은
미는 무람없이 순희에게 먼저 말을 했었다. 선량하고 유순하면서도 도
량이 넓은 은미가 부러웠다. 어떠한 슬픔도, 고민도, 실망도 은미한테서
는 봄눈처럼 녹아버리고 생신한 푸른 싹을 자래워(길러) 낼 듯싶었다.

순희는 은미에게서 고개를 돌리고 다시금 번민에 잠겼다. 불현듯 호
남이가 보고 싶었다. 이 며칠간 아들애가 밥이랑 제대로 먹고 유치원에
다녔는지… 뒤집(뒷집)의 세필이가 때리지 않는지… 걱정스러웠다. 아들
이 그리워지자 잇달아 남편이 떠올랐다. 잎사귀 달린 가지처럼 떼여놓
고 생각할 수 없었다. 하지만 그립거나 보고 싶은 마음은 없었다. 그런
데도 남편이 그동안 아들을 데리고 고생을 좀 했겠구나 하는 생각이 들
었고 왜 그런지 예술을 하는 자기 때문에 남편한테도 두루 고충이 있으
리라는 생각을 지워버릴 수 없었다. '반자동 선삭기' 창안은 어떻게 되
여가는지… 창안을 떠나서 살지 못하는 남편이니 아들애한테 아침 저녁

밥을 해먹이면서도 씨름질 했을 것이다… 순희는 성간군으로 떠나기 전날 저녁 남편이 집에 들어와서 호남이를 안고 아무 일 없은 듯이 례사롭게 행동하던 것을 생각하자 마음이 알찌근해졌다. 집안의 어두운 분위기를 호전시키려고 서툴게 애쓰던 그를 어리석게 여기고 곰살궂게 대해주지 못한 것이 후회되었다. 그날 밤 호남이는 얼마나 토라져 있었던가. 식사 후에 호남이는 아버지하고 웃방에 올라가 오래동안 수수대로 소와 달구지를 만들었고 아버지 곁에서 잠을 잤다.

순희는 아들이 보고 싶었다. 그리움은 설음으로 번져갔다. 그 애는 역전에 어머니를 마중 나오지 못할 것이다. 순회공연에서 돌아올 때마다 한 번도 그런 적은 없었지. 남편이 나오지 않으니 그 애도 나올 수 없는 것이다. 순희는 조용히 물었다.

"은미… 내가 이번에 노래를 잘 부르지 못했지?"

"떠난 지 한 시간 만에야 말하는구나. 넌 노래를 어둡게 불렀어. 선률에 담겨진 감정이 아니라 너의 그늘진 감정으로 노래했지. 그래도 괜찮게 불렀어. 관중들이 두세 번 재청하지 않았니."

"…"

순희는 차창으로 얼굴을 돌렸다. 떠날 때 배우들에게 온실에서 딴 도마도를 상자에 담아주던 관중… 순희에게 박수를 치고 꽃다발을 안겨주던 성간군의 공장 사람들이 후덥게 안겨왔다. 로동의 희열이 넘치는 얼굴들이 떠오르고 친근한 감정이 샘처럼 솟아올랐다.

"순희, 차비(채비)하려무나. 역전에 다 왔어."

순희의 상념을 방해하지 않고 잠자코 있던 은미가 말했다.

렬차는 차굴(터널)을 빠져나오자 속력을 늦추었다. 구내 어구에 들어서는 듯 철길을 성급히 바꿔 타는 차 바퀴의 진동 소리가 높아졌다. 배우들과 연주가들, 승객들은 설렁거리며 웃옷을 입기도 하고 선반에서 가방을 내리우기도 하였다.

순희는 등받이에 몸을 기대고 눈을 감았다. 그는 언제나 동무들이 홈에 마중 나온 남편, 안해들과 가족들과 반가운 상봉을 하고 개찰구로 갈 때에야 렬차의 승강대를 내려서군 했다. 그러면 아들도 남편도 마중 나오지 않는 자기의 외로운 신세, 서글픔과 고통을 감출 수 있었다. 그런 가슴 아픈 순간이 닥쳐오는 것이였다. 렬차는 마중 나온 사람들이 늘어선 홈에 서서히 들어서자 곧 멈춰 섰다. 동무들과 은미는 좌석통로로 밀려가서 승강대를 내렸다. 홈에서 부르고 찾고 만나는 반가운 웨침소리가 창문으로 흘러든다. 평상시 얼마나 정 깊고 화목하게 살았으면 저렇게 반가와할가…

"손님, 깨나세요. 종착역입니다."

렬차원 처녀가 밀대를 들고 지나는 길에 가벼이 일깨워준다.

순희는 창밖을 내다보았다. 붐비던 사람들이 한산해지고 개찰구 쪽으로 밀려간다. 순희는 흩어진 머리를 대충 어루쓰다듬고 가방을 들었다. 승강대에 내려설 때는 그가 렬차의 마감손님이였다.

홈은 텅 비여 있었다. 다만 개찰구로 가는 홈의 저쪽에 두 사람이 예닐곱 살짜리 아이의 손목을 쥐고 서 있었다.

순희는 한순간 몸을 흠칠 떨었다. 짜릿한 공포 같은 기쁨이 전류처럼 온몸을 휩쌌다. 홈에 서 있는 두 사람은 판사와 남편이 분명하였다. 아이는 호남이였다.

"어머니!–"

모성애가 움튼 시절부터 순희의 심장에 꽉 박힌 아들의 목소리다. 어린 아들은 고무공이 굴러오듯 줄달음쳐왔다.

"호남아!–"

순희는 가방을 떨구고 경황없이 아들을 향해 마주 갔다. 호남이는 어머니에게 던지듯 몸을 안겼다. 그 서슬에 순희는 넘어질 듯 몸을 비칠거렸다. 그는 허리를 굽히고 아들을 끌어안았다. 그래도 아들을 품에 다 안을 수 없어 무릎을 꺾고 앉았다. 그제야 아들의 몸덩어리를 한가슴에 품을 수 있어 마음이 안정되였다.

호남이가 속살거렸다.

"어머니, 저 아저씨가 우리 집에 왔댔어. 어머니가 안 왔다니까 아버지와 나보고 역전에 어머니 마중가자고…"

"!…"

"아버지 있잖니, 밤에 공부하는 대학에 가겠대."

"그래…"

순희는 목이 메여 뜨끈한 것을 삼켰다. 그는 아들의 손목을 쥔 채 천천히 몸을 일으켰다. 눈물이 그렁해져서 판사와 남편이 초점을 잃고 뿌옇게 보였다.

정진우는 그냥 홈에 서 있고 석춘이만 다가왔다. 그는 아무 말 없이 안해의 려행가방을 집어 들었다.

부부는 오래간만에 서로 눈길을 피하지 않고 마주보았다. 무뚝뚝한 얼굴과 서글픈 얼굴이다. 원망과 리해, 용서와 희망이 비낀 눈길이 서로의 속마음을 어루만지고 있었다.

호남이는 아버지와 어머니 사이에 끼여들어 손을 잡았다. 부모의 손을 동시에 잡아보는 것이 무척 그리웠던 모양이다.

정진우 판사는 세 사람이 다가오는 것을 부드러운 눈매로 보았다.

순희는 손가락으로 눈물을 황황히 찍어내였다.

"공연에서 성과가 있었소?"

정진우는 인사삼아 따뜻이 물었다.

순희는 그저 고개를 숙였다. 그의 가슴에서는 머리에 서리가 내린 이 법일군에 대한 존경심과 미더운 감정이 물결쳤다. 마음이 따스해나고 눈앞에서는 삶에 대한 생신한 희망과도 같은 것이 부풀어 올랐다.

그들은 역사 앞의 소광장에 나섰다.

정진우 판사는 호남이의 손목을 잡고서 물었다.

"너 우리 집에 가지 않겠니?"

"정말?…"

"그럼."

"아저씨네 엄만 완(오셨나요)?"

"오지 않구. 집에서 널 데리고 오는가 하고 기다린다."

"가자."

호남이가 웨쳤다.

순희가 눈짓으로 나무랬으나 호남이는 정진우의 바지가랭이 뒤에 숨었다.

정진우는 빙그레 웃으며 그들 부부에게 말했다.

"석춘 동무, 순희 동무와 함께 먼저 가오. 난 호남이하구 산보하겠소. 저녁에 집에 데려다 주겠소."

정진우는 석춘이 부부를 오래간만에 호젓이 걷도록 해주고 싶었다. 결혼한 지 십 년이 되는 날이니 얼마나 생각이 많으랴. 첫사랑, 신혼생활… 추억, 교훈, 희망…

정진우 판사는 호남이의 손목을 잡고 거리를 걸어갔다.

5월의 태양은 따뜻이 비치고 가로수 잎사귀들에서는 싱그러운 냄새가 풍긴다. 성긴 나무그늘이 포장돌길에 어른거린다.

집집의 창문들은 해빛과 신선한 공기를 향해 활짝 열렸다.

유원지 쪽으로 갈라지는 길 어구에는 공원이 있다. 혼성림으로 풍치를 두른 공원 속에는 늦은 봄철의 꽃들이 핀 화원이 있다.

파란 뼁끼칠을 한 윤기나는 뻰취 곁에서 그들은 멈춰 섰다.

"좀 쉬였다 갈가?"

"응."

정진우와 호남이는 뻰취에 나란히 앉았다.

꽃들의 달콤한 훈향이 코를 간지럽힌다.

수삼나무와 은행나무들 사이의 잔디 깔린 길로 신랑 신부 한 쌍이 사람들에게 옹위되어 걸어온다. 그들은 화원과 나무들과 원경으로 보이는 거리의 고층 아빠트들을 배경으로 사진을 찍으려는 모양이다.

신랑 신부는 정진우네가 앉아 있는 뻰취 쪽으로 다가온다. 신랑의 얼굴은 앞가슴에 단 꽃송이처럼 환하다. 신부의 저고리 가슴에도 그런 꽃송이가 안겨 있었고 머리에는 홍보석 같은 장미 한 송이가 유난스럽다. 신부의 치마자락은 사르락거렸고 땅에 닿을 듯 말 듯한 치마기슭에서 오이씨 같은 구두가 사뿐사뿐 옮겨 딘다. 신랑 신부는 뻰취에 얼마 못 미쳐서 다정히 붙어섰다. 신부는 신랑의 어깨에 고개를 살며시 기댄다.

사진사는 무릎을 꺾고 앉아 초점을 맞춘다.

호남이는 뭔가 즐거워나서 뻰취에 붙인 엉뎅이를 괜히 들썩거렸다. 그러더니 정진우에게 자기의 흥뜨는 천진스런 심정을 한마디로 물었다.

"좋지?"

"음…"

정진우는 깊은 생각에 잠겨 긍정했다.

젊은 새 가정을 이루는 행복한 날의 한 장면, 생의 아름다운 화폭, 결혼… 나이 많은 사람들에게는 추억으로 되고 청춘들에게는 현실로, 그 다음 세대에는 시간처럼 틀림없이 다가오는 고유한 풍속, 사회의 선물이다. 인류가 수천 년 동안 답습하지만 이날의 기쁨은 낡아지는 법이 없다. 그 무엇으로써도 깨뜨릴 수 없는 인간세계의 영원한 전통이다.

"아저씨…"

호남이는 어른처럼 신중한 표정을 짓고 말을 이었다.

"우리 엄마 아버지도 결혼식을 했으면 좋겠어."

"!…"

어린 소년이 세상에 태여나기 전에 부모가 저 신랑 신부처럼 이미 결혼을 했다는 것을 말해주면 아이는 서운해 할 것이다. 넌지시 아이의 속궁냥을 건드려본다.

"너 과줄(한과)이랑 맛있는 음식을 먹고 싶은 게로구나."

"아니야."

"그럼?"

"결혼식을 하면 저렇게 사이가 좋을 것 아냐."

"!…"

정진우 판사는 눈굽이 찡해났다. 그래, 결혼식을 하면 다정해지고 부모의 밝은 그늘 속에서 너도 기쁘고 살기가 좋을 것이다. 그러나 어찌겠느냐. 너의 부러움을 자아내는 저런 결혼식은 일생에 한 번만 있다… 혼인관계의 사회상을 리해할 수 없는 아이에게 무엇을 말할 수 있으랴.

정진우는 호남이를 내려다보며 마음 속으로 달래였다. 걱정하지 말어라. 너의 아버지와 어머니는 다시 결혼을 할 게다. 혼례식은 없어도 새 가정을 꾸릴 게다. 정신적 결혼을 말이다.

일요일을 즐기는 사람들의 물결이 흘러간다.

가정을 이루거나 가정 속에 사는 사람들이다. 가정을 떠난 사람은 없다. 가정은 인간의 사랑이 살고 미래가 자라는 아름다운 세계이다.

소설 『벗』에 대하여

정도상(소설가, 6.15민족문학인 남측협회 집행위원장)

1. 파리에서 가장 잘 팔리는 소설

"지금 프랑스 파리에서 가장 잘 팔리는 소설이 뭔지 알아?"

두어 해 전, 작가 황석영이 술자리에서 불쑥 이런 질문을 꺼냈다. '에이 자기 자랑이로구만'으로 생각했다. 이럴 때에는 맞장구를 쳐줘야 만사가 형통이다.

"선생님의 소설 중에서 하나일 것 같은데요."

프랑스에서 출간된 황석영의 소설에 대해 제목을 특정할 수 없어 두루뭉술하게 되묻는 방식으로 대꾸하였다.

"백남룡의 벗이야."

"벗이라고요?"

"지금 파리에서는 한국 소설보다 그게 더 팔린다더라."

백남룡의 『벗』에 대한 대화는 그걸로 짤막하게 끝이 났지만, 매우 인상적인 장면으로 기억에 남았다. 나는 이 소설을 1995년 봄에 읽었다. 항일무장투쟁을 다룬 소위 〈불멸의 역사〉 총서인 『꽃 파는 처녀』 등과 남대현의 『청춘송가』를 먼저 읽었던 터라 별다른 거부감 없이 독서할 수 있었다.

『벗』을 처음 읽은 지 무려 25년 가까운 세월이 흘렀지만 그 감동은 여전하다. 북한소설만이 가진 어떤 특징을 고스란히 간직한 채 『벗』은 내 가슴에 남아 있다. 북한 소설은 러시아나 중국의 영향을 받은 것도 아니고, 더구나 유럽의 영향은 더더욱 받지 않은 상태로 발전해온 매우 특이한 겨레말 소설이다. 남한 소설은 일본의 사소설과 프랑스 소설의 절대적 영향 하에 놓여 있으며 오히려 독자성을 상실한 채 표류하고 있다고 할 수 있다. 반면에 북한 소설은 국가라는 공동체의 이익에 부합되는 방향에서만 존재하고 있다는 혐의를 지울 수 없다. 공동체 안에서 개인은 기계의 부품처럼 존재할 뿐이고 작품 속의 인물 형상들도 크게 다르지 않았다.

"오직 소설이 발견할 수 있는 것만을 발견하라. 그것만이 한 편의 소설의 유일한 존재이유이다."

『몽유병자들』의 작가 헤르만 브로흐가 남긴 말이다. 무엇을 발견하란 말인가? 제임스 조이스와 마르셀 프루스트는 붙잡을 수 없는 시간을 탐색하는 지루한 작업을 해냈고, 버지니아 울프는 내면의 흐름을 찾아 『등대로』 떠났다. 발자크는 일상 속에서 역사와 사투를 벌이는 인간학에 접근했고, 톨스토이는 인간 행위의 비합리와 그것이 일으키는 비극에 주목했다. 카프카와 사르트르는 실존의 부조리를 캐냈고, 시몬느 보부아르는 여성 안에 담긴 인간을 보고자 했다. 오르한 파묵은 소수민족에 대한 학살과 그것을 바라보는 지식인의 연민을, 마르케스와 마리오 바르가스 요사는 남아메리카에서의 삶이 던져주는 비현실성을 마술적으로 재구성했다. 폴 오스터는 미국적 삶의 일상성과 그 안에 파묻힌 인간을 집요하게 추적했고, 밀란 쿤데라는 철학적 사유 속에서 파편화된 근대인과 전체주의에 희생된 인간 존재의 보잘 것 없음을 독특한 문체 속에 풀어놓고 있다. 파트릭 모디아노는 불현듯 사라진 인간을 찾아 『어두운 상점들의 거리』를 지금도 떠돌고 있다. 이 모든 것들은 유럽이 발견하고 낳은 소설의 모습들이었다.

그러나 백남룡의 『벗』은 이 모든 것에서 벗어나 있다. 북한이라고 하는 매우 독특한 사회공동체의 풍경을 담아낸 겨레말 소설이 된 것이다. 백남룡은 소설 『벗』에서 '동무'가 아닌 '벗'을 발견했다. 사회주의 체제에서 인간관계는 주로 동무(Comrade)라는 호칭으로 상징된다. 그것은 공동체를 함께 건설하고 유지하고자 하는 이데올로기가 만들어낸 호칭이었다. 물론 겨레말에서 동무의 사전적 의미는 '함께 자라는 벗'이었다. 하지만 남북이 분단되면서 남한에서 '동무'라는 어휘는 자취를 감추었다. 동무의 어휘에 이데올로기가 부여되는 순간 본디 가지고 있던 고유의 의미를 상실했기 때문이었다. 백남룡은 공동체의 삶에서 동무를 뛰어넘는 어떤 관계를 발견했고 그것을 '벗'이라고 불렀다.

1995년 봄에 『벗』을 읽고 우리는 북한식 리얼리즘에 대해 이러저런 토론을 했었다. 나에게 리얼리즘이란 소설 기법상의 현실묘사주의가 아니라 세계관이었다. 염무웅은 《월간중앙》 1974년 12월호에서 리얼리즘이란 "예술의 세부적 규칙들에 이리저리 구애받는 소심한 완벽성의 추구나 심미주의적 실험이 아니라, 인간의 참된 삶이 있어야 할 구체적 방식을 밝히려는 끝없이 뜨거운 정열과 용기가 순간순간 변모하는 상황에 대처하여 예술 속에 자신의 불가피한 모습을 드러낼 때 그저 우리가 두르는 이름"이라고 했다. 리얼리즘에 대한 염무웅의 정의에 가장 부합된 소설을 꼽으라면 백남룡의 『벗』을 들 수 있다.

　　리얼리즘은 비판적 리얼리즘, 민중적 리얼리즘, 혁명적 리얼리즘, 당파적 리얼리즘, 사회주의 리얼리즘으로 분류할 수 있다. 그중에서도 주체문예를 표방한 북한 소설 대부분은 당적(黨的) 리얼리즘에 속한다고 볼 수 있다. 당적 리얼리즘이란 국가를 지배하는 공산당이나 노동당의 공동체 지향의 목표를 생활적으로 묘사하는 작품 경향이라고 소박하게 정의할 수 있다.

　　북한에서 창작된 수많은 작품 중에서 우리가 백남룡의 『벗』을 주목하는 것은 다른 소설에 비해 당적 리얼리즘의 도그마적 규칙에서 많이 벗어나 있기 때문이다. 무엇보다도 작가 자신이 기계공장의 노동자 출신이기 때문에 인민생활 혹은 노동생활을 충분히 체험했기 때문에 소설의 풍경이 아주 풍부해졌다.

백남룡의 소설 『벗』을 그저 북한 소설이라고만 생각하지 않는다. 『벗』은 겨레말 문학의 한 범주이며 동시에 아시아의 한 영역에 위치하고 있다. 유럽이나 일본 등에서는 결코 볼 수 없는 창작의 방법을 보여주고 있으며 동시에 작품의 세계관도 공동체가 나가야 할 방향을 제시하고 있기 때문이다. 파트릭 모디아노가 '어두운 상점들의 거리'를 떠돌고 있는 것도 공동체가 남긴 상처를 찾아 떠돌고 있다는 것을 한국의 독자들은 애써 무시하고 있다. '어두운 상점들의 거리'를 떠돌고 있는 파트릭 모디아노의 소설적 자아는 개인적 자아면서 동시에 공동체적 자아이다. 소설 『벗』은 북한의 산간에 있는 소도시의 이야기지만 동시에 '어두운 상점들의 거리' 이야기이기도 하다. 삶의 파편성만을 담아내는 것이 어찌 소설이라고 할 수 있겠는가. 삶의 온전성을 보듬고자 하는 사람들의 노력이 『벗』에는 담겨 있다.

2. 벗이란 누구인가

소설 『벗』의 주인공은 인민재판소의 판사 정진우다. "앞 상 맞은 켠에는 연한 화장 내가 풍기는 삼십 대의 녀인이 고개를 떨구고 앉아 있다. 변호사가 출장 중이여서 며칠 후에 오면 리혼 상담을 할 수 있다고 말해주었지만 그 녀인은 가지 않고 여러 시간을 재판소의 복도에 뿌리내린 듯 서 있었다. 그래서 정진우 판사는 녀인을 불러들여 마주 앉게 된 것이다.

흰 목을 시원히 드러내놓은 새 류행의 원피스를 입은 녀인은 울고 있었다. 곡선미 있는 어깨가 가냘피 떨었다.

정진우는 법률상담 문건에 펜을 놓고서 녀인이 진정하기를 기다 "리는 것으로 소설은 시작되고 있다. 소설의 핵심은 이혼상담인 것이다.

판사인 정진우를 중심으로 이혼 상담 중인 예술단의 성악배우 채순희와 강안기계 공장의 선반공 리석춘이 중심으로 엮이고, 여기에 도(道) 공업기술위원회 위원장 채림과 기계 공장의 기능공 아바이가 주변으로 엮인다.

정진우는 이혼 상담을 하면서 예전에 이혼 판결을 내렸던 사건들에 대해 회상한다. 정진우의 회상을 통해 북한이라는 사회에서 이혼은 절대불가의 행위가 아니라는 점을 알 수 있다. 부부 간에 문제가 발생하면 얼마든지 이혼이 가능하다는 전제가 성립되어 있는 것이다. 또한 부부가 이혼할 때 발생하는 아이의 양육권과 재산 분할 등의 문제는 북한만이 아니라 전 세계가 공통적으로 겪는 이혼의 문제인 것이다. 이러한 회상을 통해 정진우는 이혼 이후에 제기되는 양육의 문제에 대해 괴로움을 느끼고 있다. 법적인 판결이 장차 가져올 어떤 파탄에 대해 정진우는 늘 괴로웠던 것이다.

"리혼 수속을… 언제쯤 하게 될가요?"

"리혼이란 게 무대에서 노래를 부르고 퇴장하는 것처럼 간단하지 않습니다. 가수 동무의 남편을 만나 사연을 알아보고 인민반과 직장의 반영을 들어보아야 합니다. 그리고 나서…"

"판사 동지는 제 말을 믿지 못하겠다는 겁니까?"

"법정은 한 사람의 호소에 대한 일방적인 믿음에 기초하는 것이 아니라 사실의 객관성과 공정성을 기초로 해서 론거를 세우게 됩니다."

정진우는 신중히 그루를 박았다.

여기서 판사가 문서로만 이혼을 판단하지 않는다는 점을 주목해야 한다. 판사가 인민반과 직장의 반영을 듣겠다는 것이다. 인민반이라면 거주지의 생활을 담당하는 최소 단위이다. 판사가 이혼을 제기한 당사자들이 살고 있는 동네에 가서 주변의 의견을 듣겠다는 뜻이다. 북한이 아닌 다른 나라에서는 상상하기 힘든 판결 과정인 것이다.

채순희를 통해 정진우는 아내 한은옥에 대해 다시 돌아보는 계기가 되었다. 정진우의 아내 한은옥은 '남새분 연구소'에 근무하는 연구원이다. 벌써 이십여 년 동안 육종사업을 연구하고 있다. 한은옥은 고산 지대라 채소 재배가 불가능한 고향 연수덕에서도 자랄 수 있는 채소 품종을 만들고자 연구에 몰두하고 있다. 한은옥은 자주 연수덕으로 출장을 가서 새로운 모종을 시험하곤 했다.

이십여 년의 결혼생활 동안 정진우는 아내의 잦은 출장으로 인해 종종 혼자 생활해야만 했다. 채순희의 인민반에 갔다가 비를 맞으며 앓는 부부의 아들 호남이를 업고 집에 온 정진우는 아내 대신 남겨진 메모를 보는 순간 새삼스레 아내에 대한 불만이 솟구쳤다. 판사인 그도 역시 아내에게 불만이 많은 남편이었던 것이다.

채순희와 리석춘의 이혼 문제는 단순한 가정불화가 아니었다. 채순희는 남편에게 야간대학에 진학하라고 하는 등 지성적으로 새로워질 것을 요구하였는데 번번이 거절당한 상태였다. 그로 인해 부부싸움이 잦아지고 예술단의 중음가수인 아내가 선반공인 노동자 남편을 무시하는 것처럼 주변에 알려지게 되고 갈등은 심화되었다.

한편 리석춘은 지난 오 년 동안 실패를 거듭하면서도 마침내 성공시킨 '다축라사 가공기'를 출품하고 3등을 획득하였는데도 아내가 상품과 상장을 무시하자 크게 실망한 상태였다. 리석춘은 아내가 허영에 빠져 있다고 생각했다. 리석춘은 오로지 선반공 이외의 일은 하지 않겠다는 융통성 없는 노동자였다.

판사 정진우는 부부의 갈등이 어디에 놓여 있는지 정확하게 파악하고 채순희와 리석춘의 주변을 살피다가 도 공업기술위원회 위원장 채림이 불법을 저질렀다는 것을 알게 되었다.

정진우는 관료적이고 권위적인 채림을 교화시키고, 채순희와 리석춘 부부를 이혼에서 사랑과 신뢰로 이끌어냈다. 그 과정에서 판사 정진우는 두 사람에게 판사 동무가 아닌 벗으로 인간적인 노력을 다했다. 심지어는 부부의 아들 호남이의 벗도 되어주었다. 채순희의 친척이며 인민의 가짜 벗인 채림을 교화하고, 직장동맹의 기능공 아바이와 예술단 부단장과 벗이 되면서 마지막에는 아내 한은옥과도 벗이 되었다. 정진우의 이러한 노력을 통해 백남룡은 북한 사회에 만연하고 있는 관료주의와 권위주의에 대해 경종을 울리고자 했을 것이다.

정진우는 노동자 출신의 채순희가 예술단 중음가수라는 화려한 직업으로 변신한 뒤에 선반공인 남편 리석춘과 갈등하는 모습에서 함부로 채순희를 단죄하지 않았다. 노동계급의 건강성과 계급성만을 강조하는 계몽에서 벗어났다. 오히려 정진우의 눈을 통해 '남편과의 부부생활에 지성적 요구의 수준이 높고 성취도가 강한 여성'이라고 채순희를 평가했다.

또한 정진우는 훌륭하지만 융통성 없고 완고하기만 한 노동자 리석춘을 향해 '자기 계발에 힘쓰는 멋쟁이 노동자'가 될 것을 권유했다. 새로운 기계의 창조에만 매달리는 노동적 창조성에만 집착하지 말고, 극장에서 채순희가 출현하는 예술공연도 관람하는 문화적 창조성을 가진 노동자가 되라고 벗으로서 조언하였다.

백남룡은 북한 이외의 사회에서는 결코 볼 수 없는 벗과 같은 판사인 정진우를 통해 북한이라는 공동체가 요구하는 인간형의 실체에 대해 보여주었다. 특히 소설 내적인 흐름에 따라 인물들이 이야기를 끌어가고 있기 때문에 다른 북한 소설에서 자주 보는 느닷없는 결말과 낙관적이며 비약적 갈등 해결은 보이지 않았다. 이것이 백남룡 문학이 쌓아올린 미학적 성과라고 할 것이다.

단어 표기와 뜻풀이

(ㄱ)
가대기 - 밭을 가는 기구
가지수 - 가짓수
갑자르며 - 뜻대로 되지 않아 힘들어하며
값눅은 - 값 싼, 보잘 것 없는
강안 - 강기슭
거마리 - 거머리
거쿨진 - 울퉁불퉁 마디지고 거친
건늠길 - 건널목
건늬였다 - 건넸다
건말질 - 건성으로, 또는 터무니없이 하는 말질
고뿌 - 컵
고자리 - 잎벌레의 애벌레
곤난 - 곤란
곰배 - 곡식, 흙, 재 등을 펴거나 긁어내는 도구
과줄 - 한과
관자노리 - 관자놀이
구배 - 비탈진 정도
구새통 - 속이 썩어서 구멍이 생긴 나무
궁근소리 - 웅숭깊은 소리
궁싯궁싯 - 어찌할 바를 몰라 이리저리 머뭇거리는 모양
귀가 - 귓가
귀전 - 귓전
규률 - 규율
균렬 - 균열
그러루하니 - 대개 그렇듯이
그루를 박았다 - 말을 다지거나 힘을 주어 단단히 강조하다
금새 - 물건의 값이나 가치
기대 - 공작기계나 방직기계 등을 이르는 말
깇었다 - 하였다
깝진깝진한 - 조금 끈적끈적하게 달라붙는 성질의
꺼내여 - 꺼내어
꼬바기 - 꼬박
꾸레미 - 꾸러미

(ㄴ)
나무가지 - 나뭇가지
나무리더군요 - 나무라더군요
나무잎 - 나뭇잎
나졌다 - 나타났다
날자 - 날짜
남새 - 채소
녀교원 - 여교원
녀성 - 여성
녀인 - 여인
녀자 - 여자
년령 - 연령
년장자 - 연장자
념두 - 염두
념려 - 염려
념원 - 염원
노래소리 - 노랫소리
논벌 - 논으로 이루어진 벌판
눅거리 - 싸구려
느끼였다 - 느끼었다
는개비 - 안개보다는 조금 굵고 이슬비보다는 가는 비
닁큼 - 냉큼

(ㄷ)
다우쳤다 - 다그쳤다
담배재 - 담뱃재
담보 - 보장
대바르며 - 성품이 곧고 바르며
덕 - 고원의 평평한 땅
덞습니다 - 어지럽혀지거나 때가 끼어 더러워지다
도고성 - 스스로 높은 체하며 교만한 성질
도담한데 - 도도하고 당찬데
동무 - 노동계급혁명을 목표로 일하는 사회주의 국가 사람들이 서로를 친근하게
　　　　부르거나 가리키는 말
동자질 - 밥 짓는 일
동지 - 동무의 높임말
뒤모습 - 뒷모습
뒤바라지 - 뒷바라지

뒤받침 - 뒷받침
뒤생활 - 뒷생활
뒤소리 - 뒷소리
뒤전 - 뒷전
뒤집 - 뒷집
드살 - 남이 마음 놓고 있지 못하도록 괴롭힘
들씌우지요 - 뒤집어씌우지요
때물 - 땟물
때벗이 - 촌티를 벗어나지
떡떡 - 몹시 딱딱한 말씨로 어르는 모양
떼목 - 뗏목
뛰다싶이 - 뛰다시피
띠염띠염 - 띄엄띄엄

(ㄹ)
라선형 - 나선형
락 - 낙
락관 - 낙관
락수물 - 낙숫물
락심 - 낙심
란간 - 난간
람용 - 남용
랑비 - 낭비
래년 - 내년
래력 - 내력
래일 - 내일
랭각수 - 냉각수
랭기 - 냉기
랭담성 - 냉담성
랭랭한 - 냉냉한
랭정한 - 냉정한
랭혹한 - 냉혹한
량 - 양
량심 - 양심
량해 - 양해
려객 - 여객
려행 - 여행
력사 - 역사

련결대 - 연결대
련관성 - 연관성
련민 - 연민
련발 - 연발
련상 - 연상
련속 - 연속
련습 - 연습
련애 - 연애
련정 - 연정
렬차 - 열차
령감 - 영감
령리 - 영리
례 - 예
례사 - 예사
례의 - 예의
례의 - 예의
례절 - 예절
로골적 - 노골적
로동 - 노동
로선 - 노선
로세대 - 노세대
로인 - 노인
로임 - 노임
로출 - 노출
로친 - 노친
록색 - 녹색
록음 - 녹음
론거 - 논거
론리 - 논리
론의 - 논의
론쟁 - 논쟁
롱말 - 농담
료해 - 요해
루루이 - 누누이
루적 - 누적
류달리 - 유달리
류별 - 유별
류창한 - 유창한

류행 – 유행
륜곽 – 윤곽
륜관적인 – 상사로서 부하에 대한
륜리 – 윤리
률동 – 율동
리력서 – 이력서
리면 – 이면
리봉 – 리본
리상적 – 이상적
리성적 – 이성적
리용 – 이용
리유 – 이유
리익 – 이익
리조 – 이조
리해 – 이해
리혼 – 이혼
립자 – 입자
립장 – 입장
립증 – 입증

(ㅁ)
망탕 – 되는대로 마구
모숨 – 한 줌에 쥘 만큼을 세는 단위
모스린 – 얇고 부드러운 면직물인 머슬린
모지름 – 고통을 견뎌내려고 모질게 쓰는 힘
무랍없고 – 허물없이 가깝고
무맥 – 맥없이
무져 – 무더기로 쌓여
뭉그린 – 뭉뚱그려서 둥실둥실하게 만든
미립 – 경험을 통해 얻은 묘한 이치나 요령

(ㅂ)
바께쯔 – 양동이
바늘잎나무들 – 침엽수들
바위돌 – 바윗돌
바재이던 – 마음이 놓이지 않아 머뭇거리던
바지가랭이 – 바짓가랑이
반 뽐 – 반 뼘

반롱조 - 반농조
반군 - 받곤
밥곽 - 도시락
방조 - 도움
배심 - 뱃심
버성겨지고 - 틈이 벌어지고
버치 - 아가리가 벌어진 큰 그릇
번 - 뻔
번지였다 - 한 장씩 넘겼다
벌방 - 들이 넓고 논밭이 많은 고장
법일군 - 법일꾼=법관
베아링 - 베어링
별치않은 - 특별한 것이 없고 하찮거나 대수롭지 아니한
보다싶이 - 보다시피
봉절 - 개봉
부대끼다나니 - 사람이나 일에 시달려 크게 괴로움을 겪으니
불집 - 말썽 또는 위험한 문제
비낀 - 어린
비누물 - 비눗물
비방울 - 빗방울
비법 - 불법
비살 - 빗살
비속 - 빗속
비줄기 - 빗줄기
빗물 - 빗물
빛갈 - 빛깔
빨래방치 - 빨래방망이
뽀뿌라나무 - 포플러나무=미루나무

(ㅅ)
사연일가 - 사연일까
사이길 - 샛길
사품치는 - 계속 부딪치며 세차게 흐르는
살눈섭 - 속눈썹
살뜰한 - 자상하고 지극한
삼거웃 - 삼 껍질의 끝을 다듬을 때에 긁히어 떨어진 검불
색갈 - 색깔
서느러운 - 시원스럽고 선선한

선률 - 선율
설겆이 - 설거지
설분 - 분한 마음을 품
설음 - 서러움
섭쓸리지 - 함께 섞여 휩쓸리지
세대주 - 가장
소랭이 - 물을 담아 무엇을 씻을 때 쓰는 둥근 용기
소론문 - 소논문
소발구 - 소달구지
소품 - 작은 예술작품이나 공연
속궁냥 - 속궁리
속대 - 마음의 줏대
송사 - 원고와 피고 사이의 권리와 의무 따위를 법률로 확정하여 줄 것을 법원에 요구함
쇠물 - 쇳물
쇠물깡치 - 쇳물 찌꺼기
수걱수걱 - 말없이 꾸준하고 성실하게
수도가 - 수돗가
수수대 - 수숫대
수자 - 숫자
수채통 - 하수관
스뎅 - 스테인리스
슬치며 - 스치며
슴새여들었던 - 조금씩 스며들었던
시내물 - 시냇물
신소 - 억울한 사연을 신고함
실아지 - 어린 가지
쎄타 - 스웨터

(ㅇ)
아래방 - 아랫방
아래사람 - 아랫사람
아바이 - 어르신
아이보개 - 보모의 낮춤말
안받침 - 뒷받침
안삼블 - 앙상블
안해 - 아내
알찌근했다 - 알알하게 아프다
앞코숭이 - 맨 앞쪽 끝

애군 - 늘 애를 먹이는 사람
애리애리한 - 연하고 무른
어간 - 사이
어리무던한 - 사람됨이나 마음씨가 어질고 무던한
어제날 - 지난날
어줌음 - 어색함
연공 - 건설 현장의 높은 곳에 올라가거나 매달려 일하는 기능공
연추 - 납으로 만든 추
열적어했다 - 겸연쩍고 부끄러워했다
오또기 - 오뚜기
오래동안 - 오랫동안
오작 - 잘못 만든 작품이나 물건
완 - 오셨나요
왕청같은 - 생각하였던 것과는 전혀 엉뚱한
외토리 - 외톨이
욍심 - 혼자 속으로 안타깝게 애쓰며 마음을 조임
우 - 위
우습강스레 - 우스꽝스레
우연분자 - 들어올 수 없는데 우연한 기회에 정체를 숨기고 대열에 끼어든 사람
우점 - 우수한 점
우정 - 일부러
웅큼 - 움큼
웨침 - 외침
유보도 - 산책길
은폐 - 은폐
이발 - 이빨
이악한 - 한 번 마음먹은 것을 끈질기게 이루려는
인민참심원 - 판사와 같은 권한을 가지고 재판 사건의 심리 과정에 직접 참여하는
　　　　　　인민의 대표자
인차 - 곧
일군 - 일꾼
있은 - 있는

(ㅈ)
자래워 - 길러
저가락질 - 젓가락질
저마끔 - 저마다
저으기 - 적지 않게

점직한 - 부끄럽고 미안한
제발 - 발탁
조동 - 행정적 조치로서 직장을 옮기는 것
종이장 - 종잇장
주물사 - 주물작업에 쓰이는 모래
주추돌 - 주춧돌
줄당콩 - 콩과의 한해살이 덩굴성 식물
증견자 - 직접 제 눈으로 보고 증명하는 사람
지구 - 기계 가공·조립용 보조장치
지꽂게 - 짓궂게
지내 - 너무
지숙한 - 지긋한
직맹위원장 - 직업동맹위원장
쪼프리며 - 찌푸리며
찌글떠 보고 - 따갑게 노려보고
찌지 못한 - 물이 빠지지 않은

(ㅊ)
차굴 - 터널
차길 - 찻길
차비 - 채비
창탁 - 창문가에 놓인 탁자
채 - 체
챙챙히 - 야무지고 맑게
청더구리 - 딱따구리과의 새
초불 - 촛불
총각애 - 사내아이를 살갑게 부르는 말
총화 - 일 전체를 한데 모아 결산함
치렬 - 치열
치마자락 - 치맛자락

(ㅋ)
코날 - 콧날
코집은 센 여자 - 코가 높은 여자

(ㅌ)
타매한다 - 더럽고 경멸스럽게 여기며 욕함
톺았다 - 몰아쉬었다

(ㅍ)
퍼그나 - 퍽
퍼석얼음 - 깨지거나 부서지기 쉬운 얼음
페장 - 폐장
페지 - 페이지
편역 - 옳고 그름에는 관계없이 무조건 한쪽 편을 들어 주는 일
포전 - 채소밭
포치 - 역할을 맡겨 배치함
푸접없이 - 포용성 없고 쌀쌀하게
풋철 - 겨우 눈뜨기 시작한 사리분별
풍겨먹는 - 속임수로 남의 것을 차지하거나 남의 것을 몰래 훔쳐 먹는
피줄 - 핏줄

(ㅎ)
한뉘 - 한평생
한생 - 평생
함함히 - 소담하고 탐스럽게
해빛 - 햇빛
해살 - 햇살
행표 - 돈표, 전표
헤염 - 헤엄
호상 - 상호
호수물 - 호숫물
화제거리 - 화젯거리
활 - 거칠고 갑작스럽게
황황히 - 어쩔 줄 모르고
후대 - 후손
후더운 - 절절하고 뜨거운
후렁한 - 헐렁한
횅뎅그렁 - 넓은 곳에 물건이 아주 조금밖에 없어 잘 어울리지 아니하고
       빈 것 같은 모양
휴계실 - 휴게실
흥떴지만 - 흥겹고 마음이 부풀었지만
희멀끔 - 희고 멀끔한 모양
희붐 - 날이 새려고 밝은 기운이 어렴풋이 비쳐 오는 모양
희슥한 - 빛깔이 좀 흰 듯한

〈아시아 문학선〉을 펴내며

우리는 무엇보다 언어에 주목한다.

지난 오 백 년 동안, 우리에게 알려진 세계의 언어들 중 거의 절반이 사라졌다고 한다. 에트루리아어, 수메르어, 컴브리아어, 메로에어, 콘월어, 음바바람어……지금 이 순간에도 지구 곳곳에서 수많은 언어들이 사라지고 있다. 소멸의 속도도 점점 빨라진다. 대신 그 자리를 영어와 또 하나의 언어, 그러나 기왕에 존재했던 어떤 언어와도 전혀 다른 종류의 기계어 '비트'가 메워 나가는 중이다.

한 가지 언어가 사라진다는 것은 무슨 뜻일까. 그것은 한 집단의 기억이 최후를 맞이한다는 뜻이다. 물론 성실한 언어학자들의 노력으로 운 좋게 몇몇 단어가 살아남을 수도 있다. 그렇지만 엄밀한 의미에서 그것은 살아 있는 언어가 아니다. 언어는 언어학자의 노트에 적히는 것만으로 생명을 보장받을 수 없다.

이제 우리는 이와 같은 일방통행의 역사에 작으나마 흠집을 내고자 한다. 그 출발이 바로 〈아시아 문학선〉이다.

우리는 서구가 주도했던 지난 시기의 근대화 과정에서 수많은 문명의 유전자가 흔적도 없이 사라졌고, 지금도 아시아 어딘가에서 어떤 기억의 보살핌도 받지 못한 채 속절없이 사라져가는 것들이 많다는 사실을 잘 알고 있다. 그러나 우리는 겸손해야 한다. 소멸은 대개 슬프지만, 때로는 자연스럽게 권장되어야 할 어떤 것이기도 하다. '불멸의 신화'가 지닌 폭력성을 흔히 목격하지 않았던가. 우리는 서구 근대의 가치를 대체하는 아시아 담론을 창출하겠다는 다부진 야심을 갖고 있지 않다. 우리는 다만 아시아의 수많은 언어가 제각기 품어 온 기억의 서사들을 존중하려 할 뿐이다.

특히 문학에 관한 한, 아시아는 이른바 세계화가 가장 덜 진척된 영토로 존재한다. 아시아 문학은 대다수 서구인들에게 여전히 낯설고 어색하면서도 이따금 신기하고 흥미로운 존재다. 가상공간과 더불어, 빈약한 서사를 보충해 줄 최후의 영토로 간주되기도 한다. 그런 시선 속에서, 지난 몇 세기 동안, 아시아는 수없이 발명되고 발견되었다. 그 결과 논과 밭, 구릉과 숲으로 이루어진 아시아의 주름진 대지는 이차원의 매끈한 평면으로 아주 쉽게 왜곡되었다. 거기에서 소수와 은유는 묵살되고, 틈과 사이는 간단히 메워졌다.

이제 우리는 다시 주름들을 기억하려 한다. 고속도로와 지름길이 길의 다가 아니듯, 표준어와 다수만 아시아의 입체를 구성하지는 않는다. 그러나 놀랍게도, 서구인에게 낯설고 어색한 것 이상으로, 우리 스스로 아시아를 얼마나 낯설고 어색하게 생각하고 있는지! 불행히도 우리 주변에는 읽고 싶어도 읽을 아시아조차 많지 않다. 우리의 기획은 이런 경이로운 무관심과 태만을 반성하는 데서 출발한다. 동시에 우리는 혹 '미지의 세계' 아시아를 또 하나의 개척영역, 흔히 말하듯 '미래의 먹거리' 쯤으로 상정하는 것은 아닌가, 우리 안의 유혹을 끊임없이 경계한다.

이렇게 경계선을 넘으려 한다.

바라건대, 저 너머에는 새로운 세계문학이!

〈아시아 문학선〉 기획위원회

〈아시아 문학선〉 기획위원
전승희(문학평론가, 미국 하버드대학교 한국학연구소)
김남일(소설가, 아시아문화네트워크 연구원)
방현석(소설가)
자카리아 무함마드(팔레스타인, 시인·신화연구가)
A. J. 토마스(인도, 시인·번역가·영문학·전 《인도문학》 편집장)
자밀 아흐메드(방그라데시, 연극연출가·평론가·다카대학 교수)
하리 가루바(나이지리아, 문학평론가·남아프리카 케이프타운대학 교수)

벗

2018년 4월 25일 초판 1쇄 펴냄
2018년 5월 18일 초판 2쇄 펴냄

지은이 백남룡 **| 펴낸이** 김재범 **| 편집장** 김형욱
인쇄 AP프린팅 **| 종이** 한솔PNS
펴낸곳 (주)아시아 **| 출판등록** 2006년 1월 27일 **| 등록번호** 제406-2006-000004호
전화 02-821-5055 **| 팩스** 02-821-5057
주소 경기도 파주시 회동길 445(서울 사무소: 서울시 동작구 서달로 161-1 3층)
이메일 bookasia@hanmail.net **| 홈페이지** www.bookasia.org
페이스북 www.facebook.com/asiapublishers

ISBN 979-11-5662-358-8 04800
        978-89-94006-46-8(세트)

*값은 뒤표지에 표시되어 있습니다.

이 도서의 국립중앙도서관 출판시도서목록(CIP)은 서지정보유통지원시스템 홈페이지(http://seoji.nl.go.kr)와
국가자료공동목록시스템(http://www.nl.go.kr/kolisnet)에서 이용하실 수 있습니다.(CIP제어번호: CIP2018009680)